西北民族大学重点学术著作
本书为西北少数民族文学研究中心资助项目
国家民委中青年英才培养计划

中国现代
西部文学地理

张向东 等◎著

中国社会科学出版社

图书在版编目（CIP）数据

中国现代西部文学地理/张向东等著．—北京：中国社会
科学出版社，2018.5
ISBN 978 - 7 - 5203 - 2322 - 2

Ⅰ.①中… Ⅱ.①张… Ⅲ.①中国文学—现代文学—
文学研究 Ⅳ.①I206.6

中国版本图书馆 CIP 数据核字（2018）第 073305 号

出 版 人 赵剑英
责任编辑 郭晓鸿
特约编辑 席建海
责任校对 朱妍洁
责任印制 戴 宽

出 版 中国社会科学出版社
社 址 北京鼓楼西大街甲 158 号
邮 编 100720
网 址 http://www.csspw.cn
发 行 部 010 - 84083685
门 市 部 010 - 84029450
经 销 新华书店及其他书店

印 刷 北京明恒达印务有限公司
装 订 廊坊市广阳区广增装订厂
版 次 2018 年 5 月第 1 版
印 次 2018 年 5 月第 1 次印刷

开 本 710 × 1000 1/16
印 张 21.5
插 页 2
字 数 253 千字
定 价 88.00 元

20 世纪中国西部文学地理学论纲

（代序）

　　中国西部文学地理学，是借助文化地理学的视角和方法，来系统研究西部作家、作品的地理分布及其迁移，地区景观对作家风格和区域文学风格的影响，方言与地域文学的关系，民族融合对民族文学的相互影响等问题的跨学科课题，其核心问题是研究文学中的人地关系。西部文学之所以能够成为一个相对独立的研究对象，在很大程度上取决于西部文学赖以产生的独特地理环境。套用一句俗语来说，就是"一方水土养一方文学"，这是有道理的。西部文学赖以生存的这块土地，是"高迥沉寂空旷恒大"的内陆（昌耀《内陆高迥》），它雄奇、辽阔、神性，然而又干旱、寒冷、贫穷，它以博大包容一切，以坚毅忍耐一切。西部养育了它的本土作家，也吸纳那些败北的"失道者"，赋予他们灵感、素材，塑造了他们卓绝的人格和西部文学的独异秉性。

　　尽管对西部文学之"西部"的界定存在分歧，但考虑自然环境、生产方式、文化传统等综合因素，我认同将西部文学的"西部"界定为陕、甘、宁、青、新西北五省区加西藏和内蒙古中西部。这个西部，既是一个地理的概念，也是一个文化的概念。

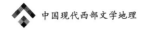

一 研究的历史回顾

从地理学的角度研究中国文学，从先秦以后的《诗经》《楚辞》研究中已见端倪。此后，从地域文化角度评论作家与作品，在历代的文集、诗话中时有出现。近代以来，在西学东渐的背景下，出现了以地理为本位的文化地理研究和以文学为本位的文学地理研究，前者以梁启超《地理与文明之关系》（1902 年）为代表，后者以刘师培《南北文学不同论》（1905 年）为代表。在 20 世纪中间时段，由于各种原因，中国文学的地理学研究成果甚少。

金克木 1986 年发表于《读书》第 4 期《文艺的地域学研究设想》一文，是新时期最早系统性地提出文学地理研究构想的论文。他认为我们的文艺研究习惯于历史的线性探索而缺乏以面为主、立体的和时空合一的多维研究。他提出的文艺地理学研究包括四个方面：一是分布，二是轨迹，三是定点，四是播散——文艺的地理分布，作家作品及文体、风格的流传道路，文学艺术流派的集中发展地点，不同艺术流派的传播情况。

21 世纪以来，杨义在《重绘中国文学地图与中国文学的民族学、地理学问题》（《文学评论》2005 年第 3 期）提出了关于文学地理学的四个主要问题：一是地域文化的问题，二是作家的出生地、宦游地和流放地，三是大家族的迁移，四是文化中心的转移。2006 年，梅新林在《中国文学地理形态与演变》导论中对中国文学的地理学研究提出了具体的理论构想、体系建构和研究方法。邹建军是从事比较文学与世界文学研究的学者，他在《文学地理学研究的主要领域》（《世界文学评论》2009 年第 1 期）和《文学地理学批评的十个关键词》（《安徽大学学报》2010 年第 2 期）中分别提出了文学地理学研究的八个问题和十个关键词，并将与文学地理学相关同时又容易混淆的几个概念进行了区分和界定。比如，文学地理学研究和地域文化研究、空间批评、生态环境批评等的联系和区别。

中国文学地理学在古代文学研究中已经取得了比较可观的成绩，但中国现当代文学的地理学研究还处在探索阶段。20 世纪 90 年代中后期，由严家炎主编的"二十世纪中国文学与区域文化丛书"、樊星《当代文学与地域文化》（华中师范大学出版社，1997 年），主要是从地域文化的角度研究中国现当代文学，但其中已经涉及文学地理学的问题。

20 世纪 80 年代中期提出的"西部文学"概念，本身包含着文学地理（地区）意识的觉醒，但早期的西部文学研究，主要是从地域文化的角度切入的，强调的是西部文学的"文化"特征而非"地理"特征。

20 世纪 80 年代以来的几部研究西部文学的专著，在部分章节中涉及西部文学的地理问题，尤其是肖云儒在《中国西部文学论》第二章《中国西部自然和人文地理特色及其对文化艺术的影响》和李兴阳在《中国西部当代小说史论》第二、三章对作者身份的界定和自然景观的描述。

余斌是较早在宏观层面从地理角度界定西部文学的学者，他在《论中国西部文学》（《当代文艺思潮》1986 年第 5 期）从民族地理、自然地理和文化地理三个方面，对西部文学的地理范围作了界定。

早期从地理角度研究西部文学的多为西部作家论和作品论，李镜如《张贤亮小说创作中的地方特色》（《固原师专学报》1985 年第

2 期），认为张贤亮小说的鲜明地方特色，表现在他善于抒写自己熟悉和热爱的自然景物、地方风光等地理环境，也得力于富有大西北浓郁乡土生活气息的语言（方言）。颜纯钧在《张承志和他的地理学文学》（《文学评论》1987 年第 1 期）敏锐地捕捉到张承志创作中的"地理学"问题，并对他的作品中各种"地理"因素做了细致的分析。姑丽娜尔·吾甫力在《维吾尔文学研究的人文地理学视角》（《喀什师范学院学报》2007 年第 5 期）以艾合买提·孜亚依叙事长诗《热比亚与赛丁》为例，分析了作者对喀什的地域文化意识赋予作品的地域文化色彩。

梁璐以人文地理学者的视野和研究方法，对当代陕西文学空间分布和地域差异的特点、成因及其变化做了相当细致的考察和分析，[①] 由于她跨学科的视野和图表、统计方法的运用，给我们从地理学的角度研究西部文学提供了很多方法论的启示。

通过以上对研究现状的梳理可以看出，运用文学地理学的视角和方法研究中国西部文学，尽管已有二十多年的历史，但还处在探索的阶段。把产生于具有地理相似性的西部区域文学作为一个整体，运用文学地理学的理论与研究方法，进行全面系统的研究，有助于我们重新审视被文学史忽视的空间维度，在文学史的线性时间之外，拓展和丰富文学研究的内容。所以这一课题的研究意义，不仅在于对中国当代文学研究的对象和内容的拓展上，而且也给我们提供了一种可供尝试的全新的理论视角和研究方法。

---

① 参见《陕西文学地理初探》，《人文地理》2006 年第 2 期；《陕西文学地理分异研究》，《地理科学》2008 年第 1 期；《当代三秦文学地域特色机理研究》，《西北农林科技大学学报》2007 年第 6 期。

二 西部文学地理学的主要内容和基本观点

文学地理作为文学研究的空间维度，是研究文学史必不可少的一个方面；中国西部独特的地理状况（包括自然地理和人文地理）是影响西部文学整体风貌的一个重要因素；作家地理分布的历时变迁，会带来文学中心的转移。新中国成立以后，大量作家和知识分子的西进，使得20世纪中国文学的东西差距缩小，从而为新时期西部文学的崛起准备了人才队伍；民族特色和方言特色，也是西部地理赋予西部文学的独特要素。

（一）西部地理大发现与西部文学的崛起

古代中国的西部，虽有过源远流长的民间文学和辉煌灿烂的边塞诗，但与中原地区相比，西部文学的发展呈现出历时的不均衡性。回顾西部文学的历史，其中一条重要的规律是，西部文学的繁荣期往往伴随着西部地理的大发现，这在唐代的边塞诗中表现得尤为明显。对于20世纪中国西部文学来说，它的四个具有划时代意义的发展阶段都与西部地理大发现有关。一是19世纪末外国探险家如斯文·赫定、兰登·华尔纳、科兹洛夫等的探险和考察，他们的考察游记，呈现给世人一个神秘而充满异域情调的西部，从而吸引着此后一批又一批的中外人士前来汲取文学的灵感。二是20世纪三四十年代抗日战争和解放战争期间，一大批作家和知识分子因躲避战乱或工作需要来到西部，写下了为数不多但脍炙人口的西部游记、日记，如范长江《中国的西北角》《塞上行》、茅盾《西北行》、顾颉刚《西北考察日记》等。三是20世纪50年代经国家分配或志愿支边来到西部的作家，呈献给我们一个辽阔而富饶的西部，如闻捷

《天山牧歌》、李季《玉门诗抄》等。四是 20 世纪 50 年代后期因"反右运动"而流落西部的"右派"和"文化大革命"期间因"上山下乡运动"来西部插队的知青，他们长期生活在西部，西部的自然景观和人文景观，构成了他们 80 年代以来取之不尽，用之不竭的文学源泉；而 80 年代中期以后的"文化热"，再次使人们发现贫穷而又神奇的西部。

（二）西部作家的地理分布

文学地理学是文学、地理学的融合，作家是人地关系、文学世界与现实世界的中介和纽带，所以研究一个区域的文学地理，首先要考察它的作家的地理分布状况。这里我们要考查两个问题：

一是作家的籍贯问题。从个体来说，考查作家的籍贯可以了解一个作家文学气质的最初形成，以及与其居留地的整体文学风格之间的关系，并进而说明地理空间的改变对作家风格的影响，比如我们可以考虑王蒙、张贤亮、昌耀这些作家的西部经历对其创作风格的影响；而作家群体的籍贯，则可以说明文学风气因时间的推移而产生的空间移动和变化，比如 20 世纪中国西部文学，本土作家和移民作家的比例发生了很大变化。移民作家的增加，给本土文学带来的变化是属于空间地理范畴的。

二是作家群体的移动和文学中心的转移问题。抗日战争爆发前，现代文学史上有名有姓的西部本土作家可谓凤毛麟角，抗日战争期间，延安作为一个文化中心，吸引了一个庞大的作家群落，对战后西部文学的发展起了很大的辐射带动作用。新中国成立后，众多作家通过国家分配、支援西部、劳改流放、知青插队等方式来到西部，为 80 年代西部文学的崛起奠定了人才基础。更为重要的是，在移民作家的带动下，本土作家的成长，使得西部文学能够长期延续和保持活力，从而形成了与新中国成立前迥异的中国文学版图。

（三）西部地理景观对西部文学的影响

地理对文学的影响，是通过作家这个中介环节来实现。它直接表现为地理给文学提供了一种表现的对象和材料，间接地表现为对作家审美风格和作品风格的影响，并进而影响一个区域的文学整体风格和面貌。

要说明西部特殊的地理环境对西部文学的影响，首先要明了西部独特的地理环境。

西部地处中国地形中的第一阶梯（青藏高原）和第二阶梯中的大部（内蒙古高原、黄土高原的西部、北部以及辽阔的新疆腹地），概括来说，西部自然环境和人文环境具有如下特点：地势高迥，气候干旱寒冷，地形多为高原大山、戈壁荒漠；生产落后，物质匮乏；民族众多，人口稀少；文化多元共生，多远古遗风。

这独特的地理景观，首先赋予西部文学独特的意象：冰山、黄土、草原、羊群、森林、戈壁、骏马、飞鹰、长河……试想张承志、张贤亮、贾平凹、路遥、昌耀、周涛，他们的作品无不以其鲜明的西部景观擦亮人们的眼睛；其次，它又是作家灵感的源泉。且不谈西部地理对生于斯长于斯的本土作家的心灵哺育，即使那些作为过客的流放或劳改作家，他们无不感慨西部这块神奇的土地给予他们魂牵梦萦的灵感。王蒙在谈到《夜的眼》的创作时说，"至于新疆，那里的高山湖泊给了我这样写的动机，但也许边疆有另外的风景，辽阔微茫，寂寥如铁……柔和的韦哈尔，使我对边疆的想象变得亲切了"，"新疆的生活，伊利的生活是我的宝贵财富，对比它与北京，是本作者小说灵感的一个重要源泉与特色。我不会放过我的独一无二的创作本钱"①。

西部地理景观对西部文学整体风格的影响，是通过对作家个体风格的塑造实现的。这里我们要考察的，一是本土作家的风格特色，二是移民作家迁入以后的风格变化。西部文学的风格是在对比中发现的，明代诗人唐顺之就说过"西北之音慷慨，东南之音柔婉"(《东川子诗集序》) 的话。近代学者刘师培在《南北诸子学不同论》中不仅区分南北文学的不同风格，而且还分析了这种不同风格与地方风土之间的关系："山国之地，地土硗瘠，阻于交通，故民之生其间者崇尚实际，修身力行，有坚忍不拔之风。泽国之地，土壤膏腴，便于交通，故民之生其间者，崇尚虚无，活泼进取，有遗世特立之风。"② 西部文学的整体风格，简而言之就是阳刚之气或"悲壮"，它包含了诸如苍凉、粗犷、浑厚、悲怆、雄奇等要素。这种风格的形成，既跟西部严酷的自然环境有关，又是西部神奇的传统文化和绚烂多彩的各民族风习共同熏染的结果。

(四) 多民族人口地理对西部文学的影响

西部地区是我国少数民族最多的地区，民族和人口作为人文地理的要素，它对西部文学的影响主要体现在：一是在艺术风格上，西部各民族文学间的交融互渗导致文学的混杂性和多样性；二是在作品内容上，民族风情和异域情调的表现。对西部的本土作家而言，各民族文学之间的相互影响是潜移默化而不易觉察的，但对那些到西部流放或劳改的作家而言，这种影响则是显而易见的。王蒙在新疆生活

① 王蒙：《王蒙自传·大块文章》，花城出版社2007年版，第49、50页。
② 刘师培：《刘师培辛亥前文选》，生活·读书·新知三联书店1998年版，第370页。

· 8 ·

将近二十年，新疆各少数民族的生活、习俗、文化、语言，对他的影响是多方面的。尤为重要的是，王蒙刻苦学习维语，并对他的创作产生了直接影响，他在《在伊利》系列小说《哦，穆罕默德·阿麦德》里写到，有一次酒过三巡，小说主人公穆罕默德·阿麦德大声唱道：

> 在我死后，在我死后你把我埋在哪方？
> 埋在大道旁？哦，我不愿埋在大道旁，
> 那里人来车往，人来车往是多么喧嚷。
> 埋在戈壁上？哦，我不愿埋在戈壁上，
> 那里天高地阔，天高地阔是多么荒凉。①

这歌词就是王蒙翻译的。他还这样说：

> 我写的主人公并不完美，甚至还有不雅绰号，然而，我动情地写了它的善良，聪慧，无奈，"文革"中的遭遇，我写了小人物的酸甜苦辣，写了他们的阴差阳错，他们的愿望、爱情与梦。尤其是小说中的对话，我完全是先用维吾尔语构思，后用汉语翻译写出来的。我没有白白地在天山脚下伊利河边抡砍土镘，我没有白白地吃这块土地上的馕与菜，相距八千里，一抓笔便又走进了他们中间。②

我在此特别强调的是王蒙说他这些小说中的对话，是先用维语构思，再用汉语翻译写出这一特殊的写作方式，充分说明各民族文学的相互影响有时是特别微观的，但又是确实存在的，这仅是语言之间相互影响的一个例子。

---

① 王蒙：《在伊利》，人民文学出版社2003年版，第20页。
② 王蒙：《王蒙自传·大块文章》，花城出版社2007年版，第49、50页。

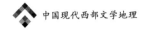

（五）语言地理与西部文学

文学语言具有独特的地域性，词汇、语音有着明显的地域差别。

文学的地域特色和语言尤其是方言的地理分布关系密切，尽管在此界定的"西部"并不具有统一的方言，但该地域的大部分地区属于北方方言区的西北官话区，再加上该地区的蒙、藏、维等少数民族语言及其各民族语言之间的相互影响，使得西部文学的语言具有鲜明的地域特色和民族特色。

目　　录

抗战时期作家西迁与西部大发现

西部文学地理学

文学地理学视野中的张承志小说

文学地理学视野中的乌热尔图小说

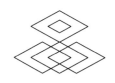

抗战时期作家西迁与西部大发现

第一章　抗战期间文人西迁与
"大西北"的发现
——顾颉刚《西北考察日记》中的"秦陇"风景

我心头充满戈壁底沉默

脸面有黄河波涛底颜色

——闻一多《我是中国人》

　　一个地方的知名度，文学对它的塑造功莫大焉。虽然日记中的景观描写，不比诗文与小说中的广为人知，但日记中的景观描写也有它的优势。周作人说："日记与尺牍是文学中特别有趣味的东西，因为比别的文章更鲜明地表现出作者的个性。"① 考察日记中的景观描写倒不是表现了作者的个性，而是因为它的琐碎的趣味："这种琐碎的描写，是最有趣味的，夹在较长的日记文中，如那沙漠上的绿洲，使人望着生一种快感。简单几个字，又妩媚，又动人，写景物的更如一颗露珠，玲珑剔透。你读到那里，不由得你不停住目光，

---

① 周作人：《日记与尺牍》，《雨天的书》，河北教育出版社 2002 年版，第 12 页。

向下深深思索。"① 我们要是承认日记是文学，而且是有个性的文学，那么，从顾颉刚《西北考察日记》来讨论抗战期间文人对"大西北"景观的文学书写，总算是搭题了。而且，"文学写作与地理学写作两者相互借鉴，它们都吸收了常用的写作方法并考虑到读者的期望，各自都采用不同的文体和修辞来提供一个可信的视角。我们不应该把地理学和文学看成两种不同的知识系统（一种是虚构的，另一种是真实的），我们应该把它们看作是相同类型的写作，这样就体现出了'文学写作的世故性与地理学写作的想象力'"②。

1937 年 7 月 7 日卢沟桥事变后，半壁江山沦陷。随着国家机关和文化、教育团体的大批西迁，不少文化人来到西北，于是有"大西北"在文学地理上的发现——景观的奇特、地域的辽阔、文化的深厚、物质的匮乏、民性的坚韧淳朴，这一切都奇特地混杂在一起。这样，长期以来被遗忘的大西北，不仅成了抗战的大后方与根据地，而且也成了文学的处女地。无数的学者、作家、记者、政客，都用他们的生花妙笔，描写着这块苍老而新奇的土地。蒋经国 1942 年考察西北后写下了《伟大的西北》，这篇长文，既是政治家的政治动员报告，也是文学家的抒情散文，他说：

> 几年来抗战的经验告诉了我们，敌人侵略我们的主要目的并不只是限于东南的土地而是西北的资源。同样的，我们也早已认清了西北才是我们主要的抗战根据地。那里有高山大川，

---

① 阿英：《论日记文学》，《阿英全集》（附卷），安徽教育出版社 2006 年版，第 5—6 页。

② ［英］迈克·克朗：《文化地理学》，杨淑华等译，南京大学出版社 2005 年版，第 52—53 页。

有广袤的平原，有广大的土地，有诚朴可爱的同胞，有茫无边际的浩瀚，也有沙漠中的绿洲，有千千万万的羊群，有蕴藏无数量的矿产，有塞上的明月，有晚风中的驼铃，有丰富的文化遗物，有各民族艺术的结晶，那里包括陕西、甘肃、青海、宁夏、绥远以及西藏、（内）蒙古、新疆等省，杂居着汉、满、蒙、回、藏各族的同胞，他们是那么亲爱，那么诚挚地生活在一起。①

一个地方的文学，有赖于作家的创作，而创作的对象总离不开人物生活的地理环境，对于纯粹的写景抒情作品而言，景物当然更是主要的对象了。但是久居其地的人，未必就能"发现"他眼前的景物。于是，一地的人情风景，在文学上是有赖于"他者"的眼睛来观察，需要"他者"的笔触来描写的。就这个意义上来说，秦陇"风景"在现代文学上的发现，是有赖于抗战期间来此的众多文人学士的，顾颉刚就是其中的一位。

抗战爆发不久，顾颉刚于1937年9月29日至1938年9月9日（期间两次赴西宁约20日）受中英庚款董事会委托，考察甘青两省教育。

顾颉刚"性好游览"，在甘考察教育期间，他登名山，渡大川，吊古城，搜残碑，足迹遍于河、湟、洮、渭之间，每到一地，必穷其胜而后快。对兰州、临洮、渭源、漳县、岷县、临潭、卓尼、陇西等地的自然景观与名胜古迹多有歌咏。本书想通过顾颉刚在甘期间，对秦陇地理景观描写的分析，一是想说明作家对某些景观的特殊关注与他的潜意识或情感诉求之间的隐蔽关系。二是要说明作为

---

① 蒋经国：《伟大的西北行》，宁夏人民出版社2010年版，第4页。

历史地理学家的顾颉刚，他对无论是自然景观还是人文景观中积淀下来的民族共同意识，有着深刻的理解。他对大西北的景观描写，意在唤醒抗敌御辱的民族意识。

一 顾颉刚笔下的秦陇"风景"

1937年9月30日，即他到达兰州的第二天去看黄河铁桥：

> 游黄河铁桥，高丈余，宽两丈余，为此间惟一新式建筑，清光绪末陕甘总督升允委德商所建，足下黄河滚滚，皮筏去疾如矢，胸中为之开畅。河边多水车，藉风力转动，可以灌高地，城中居民食水皆由水车从城头输进。[①]

10月4日去临洮途中：途中荒凉，增我悲感，得一绝句云："车走黄沙白石间，天低云压马头山。江南河北知何似，凝眉层峦不展颜。"

1938年2月17日，在渭源县游秦长城：秦城起自秦代之临洮，即今岷县，由是东折至渭源，又北东至临洮，又北至皋兰，皆有其遗迹，惟存者已仅耳……至则城虽零断，其宽处犹可数人联臂以趋，墙上版筑之迹宛然如新。南望漳岷，万山攒聚，高直摩天，于狂风怒号之中更显其岳岳之姿，而我等跼躅危崖者直将不敢张目以望也。

2月18日，在渭源游渭水源、鸟鼠山：当地人士约游鸟鼠山，此为幼年读《禹贡》时所冥想者，今得亲涉其地，甚快。

---

① 顾颉刚：《甘青闻见记·西北考察日记》，《甘肃文史资料选辑》第28辑，甘肃人民出版社1988年版，第21页。为行文方便，下文凡引《西北考察日记》，均出自此书，不再一一标注。

车至渭水源，不能进，跨驴而行。途中山壁耸立，人行其间，如穿曲巷。泉源重重，入冬而冻，犹著瀑形。最上一源曰品字泉，盖三源凑集，有如此字也。今筑木壁围之。到导渭村刘家小憩。回水源及禹王庙，各摄一影。当地人士请作庙联，因书："疑问鼠山名，试为答案歧千古；长流渭川水，溯到源头只一盂。"经学家对于"鸟鼠同穴"之名素有一山二山之争，故及之。闻鸟为土白灵，鼠为鼩，今尚营共同生活，惟已鲜见，则以人烟稠密，又远迁至荒凉之境矣。

3月1日（康乐）：饭后与同人循胭脂川行，入林中，席地坐溪边，听黄鸟歌声，休息一小时。康乐多流泉，丛丛灌木，不植自生，春烟荡漾，酷似江南。

3月13日（临洮）：十三日之晨，梦中得一联云："眼底名山皆属我，江南逐客已无家。"醒而诧曰：上一语何其豪迈，下一语何其凄凉，太不类矣！盖予近日胸中实有此矛盾心理，于驰驱也则喜，于无归也则怆，故发之于梦寐者如此。夜间步月，离思难禁，得"天中皓月好分君"一语作对，似较称。

5月2日（漳县）：昨日大雨雪，今日晴光高照，野中水蒸气因作白云，横遮山岭，麦陇之上轻烟冉冉而飞，更为奇丽，漳水流域沟洫纵横。树木茂密，土地肥沃，而甘肃有谚曰："合水无水喝，两当不可当。莫说环县苦，还有陇南漳。"谓此四县为本省最瘠苦之地，何哉？

5月10日（岷县）：今日在途中，忆离临洮时梨花乍放，越两旬矣，而行道所经，以地势渐高，春来愈后，无不乍放者，得句云："一路梨花次第看。"告之树民，渠促足成一诗，因续之曰："此春应不惜花残。新来学得延年术，直上西倾挽岁寒。"

西倾为此间诸山之主峰，登其上当尚留得去冬凉气也。

6月6日（卓尼）：《禹贡》朱圉山，本说在甘谷县。前在《石遗室诗话》中见王树枏诗，谓卓尼即《禹贡》朱圉之转音，若猪野之讹为居延；且其地有山殷然四合者，形似朱圉者；否则朱圉反在鸟鼠之下，与《禹贡》导山次序不合……早五时与俱出，至上卓尼，登山。此山自南望之，屹然一峰，诸山围之，色赤，宛若兽在围中，称以朱圉固甚当。唯此名甚文，而彼时中原文教尚未达此，其名为何人所命殊为难索之谜耳。山上为卓尼藏民之山神，每年阴历五月十五日嗏经祭神，十里以内之人皆至。

6月7日（临潭旧城）：今日途中到处开马兰花，色深紫，群蝶绕之，蹁跹不已，因得一小诗云："榴红照眼忆乡关，已染胡尘不欲还。五月寻芳飞乱蝶，马兰紫遍卓尼山。"

6月15日（临潭旧城）：登山观八龙池，南望叠布则雪山峥嵘天际，所谓"石门金锁"者有若蟹之张螯欲攫。同人请为诗，因口占两绝云："八龙山上八龙池，荡漾云光上藻丝。顾视群峦齐俯首，几留峭顶照湖湄？""雪压南山是叠州，石门金锁望中收。白云锁住石门里，添得雪山几个丘？"

6月18日〔临潭、黑错（合作）途中〕：二时半到陌务，字一作买吾，今日行五十余里所见惟一之村落也……旋至寺前川畔席地坐，入暮方归。今日所度为分水岭，自此以往水皆西流入夏河。得一小诗云："解得浮生十日忙，溪山坐对两相忘。买吾寺下西流水，无尽流连向夕阳。"

6月19日（黑错）：经马连滩，花发更茂，马蹄所踏皆芬芳也。此间夏日乃如江南春天，满山锦绣，无人摘取，有若内地之公园，唯扩而充之至白千里耳，戏成一绝云："到处有山便有花，蓝红黄紫遍天涯。东方故旧如相问，马上行人不忆家。"告之同人，佥笑谓此诗不可使家人见也。

6月22日（黑错、夏河途中）：过隆洼口后，在丛丛灌木之下踏泉而行，野花怒发，境至清丽……与同人到水滨小坐听泉。夜中到隆洼寺访王僧官，并参观经堂。九时归，得一绝云："月黑流泉声更悲，寺前栈道杖行危。忽然风起香盈路，猜是闲花开满崖。"

7月14日（夏河、临夏途中）：今日行六十里，一路风物更美，山之峭，水之湍，林之茂，都当入甲等。水副官导游晒经滩寺，谓是玄奘遗迹；然彼何由至是，当是番僧取西游演义中神话附会之于此耳。出，游风洞，七时许还店。夜中坐炕上听流泉声，杂以雨声，更觉凄怆欲绝。

8月2日（兰州）：早与克让同游小西湖，访秦长城，得其一堵。此间本有一大池，自民国九年地震后已干涸。长林中缀以亭榭小桥，亦有一二分肖明圣湖处，故当地名流所作联额专就杭州景物下笔；实则金山之下，黄河之岸，其气象豪迈，原不必依傍脂粉西子耳。

8月29日（兰州河口）：下午一时上筏，四时至湟水入黄河处，凡九十里。以暴雨，筏上无盖，急携物避入村民家。五时三十分霁，又上筏。六时至青石关。六时五十分至新城，落宿一小店中。夜听流水声甚壮厉，得一小诗云："青石关前滞客行，长空惟有阵云横。黄河夜泻千峰雨，迸作金戈铁马声。"

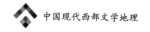

二 在西北看到"江南"

顾颉刚一生两次来甘，都与战乱环境的逼迫有关。"七七"事变后，7月21日日记："方纪生君至予西皇城根寓所，云得冀察政务委员会确息，敌人欲捕抗日分子，开出一名单，予以办通俗读物编刊社，宣传民族意识于下层民众，久为日本特务人员所注意，名在前列。"① 他在《西北考察日记序》中又说："初意作短期游历耳，乃卢沟桥战事突起，敌人以通俗读物之宿憾，欲致予于死地，遂别老父孱妻而长行。东南既尽陷，予义不当返家，吾父不胜思子之情，含恨入地。吾妻万里相从，又旋里代我理父丧，病躯不堪其劳，亦撒手嘉陵江上。听永夜之鹃啼，涕涟涟而不止。"②

以常理推测，凡人对于故乡常见的景物，并不觉得其有观赏的价值，所谓"熟视无睹"也；但置身异地，同样的景物又成了思乡的蛊惑，即是"触景生情"。顾颉刚游历秦陇大地，多次使用"江南"或描写江南风景的词语（如"曲巷"）来描述所看到的景物，说明此时"江南"在他生活中的缺失。于是，他将西北偏于柔媚的风景，比拟"江南"，将自己置身于"江南"的风景中，以获得心理上的补偿与慰藉。历代落魄文人，多有寄情山水，从自然的安闲淡定中领略人生的真谛，乃人之常情。战乱逼仄，与人的惊慌无助形成鲜明对比的是山河的沉稳自处，"溪山坐对两相忘"，是沉默的山水给予人的启示。作为"江南逐客"，滞留异乡，流连山水，类似"江南"的风景，一方面不断勾起他的乡思，但另一方面，使他在此

---

① 顾颉刚：《甘青闻见记·西北考察日记》，《甘肃文史资料选辑》第28辑，甘肃人民出版社1988年版，第12页。

② 同上书，第4页。

地得到安慰——"榴红照眼忆乡关,已染胡尘不欲还。""到处有山便有花,蓝红黄紫遍天涯。东方故旧如相问,马上行人不忆家。"但他也知道,即使陇南一代的景物如何近似"江南",那只是一种幻觉。所以,他月夜临泉,卧听风雨,泉声呜咽,风雨凄凄,象征他无法排遣的羁旅之思。1938年6月2日,顾颉刚在临潭过端午,恰遇"六月飞雪",这一巨大的时令差异,又一次提醒他"江南逐客"的身份。于是,他马上在音乐中寻找一个"江南"的音调,以替代时令反差带给他的心理刺激:"听前院二胡声,其调则南方所习闻者也,佳节逢此,又兴思乡之感。"见不到杨柳依依的江南,那就在雨雪霏霏的西北,聆听"江南"。这即他所谓"于驰驱也则喜,于无归也则怆"的矛盾心理。

三 "大西北"地理景观与历史文化认同

顾颉刚在考察日记中描写的地理景观分为自然景观与人文景观。自然景观有黄河、鸟鼠山、渭水源、朱圉、西倾山、马兰花等;人文景观有拉卜楞寺、秦长城、哥舒碑、黄河铁桥、羊皮筏、水车、寺庙等。

山河化木,均属自然景观。但自然景观也有历史,乃因自然作为人类生活之环境,人不得不将其生活中的悲欢离合等感情投射到它的身上,所谓山河含悲、草木有情,均属此意。但对作为历史学家的顾颉刚来说,山河草木等自然景观,经过一代代文人学士的妙笔修饰,积淀了深厚的历史文化内涵。

黄河作为中华民族的母亲河,见证了这民族兴衰多难的沧桑历史,积淀着深厚的民族记忆,也塑造了中华民族百折不回的坚韧品性。顾颉刚于1938年7月22日到永靖县积石山,探访

《禹贡》所记"河源",见黄河蜿蜒出峡,积石巍峨雄伟。顾颉刚这次对"河源"的探访,已不是一般意义上的游览,而是对于民族文化的寻根与祭奠。这在日军侵略的背景下,更能说明他的心理动机。正如陪同游览的王树民所说:"《禹贡》首著'积石'之名,可征先民足迹所至之远,观之自激发高度之民族自豪感!"①而顾颉刚游兰州河口所作"黄河夜泻千峰雨,进作金戈铁马声"诗句,以"金戈铁马"来形容黄河气势之大,让人想到光未然《黄河吟》、冼星海《黄河大合唱》等。在日本侵略中国的背景下,这条与民族一样悠久的河,与这个民族一样愤怒地咆哮了。

西倾、朱圉、鸟鼠诸山,在《尚书·禹贡》中就有记载,说明这些山虽非名山,但是它们以悠久的历史,陪伴与呵护了中华先民的成长。正如顾颉刚的感叹与疑问那样,在《尚书》成书的时代,中原文化尚未远播之际,有人能以"朱圉"如此文雅的字眼来命名此山,既让人不可思议,也让人感叹祖先的智慧;同样,通过对"鸟鼠山"命名由来的考察,让我们知道了这山的悠久历史。

与自然景观相比,人文景观因其凝聚了人的劳动与智慧,更是一个民族永不磨灭的标记。顾颉刚对此有深刻的理解:"……先民之遗产。或建筑之伟,或雕刻之细,或日用器皿之制造,或文字图画之记录,莫不使我侪见之惊心动魄,叹祖宗贻我之厚如此。"②

顾颉刚在夏河游览了拉卜楞寺,不仅在日记中有周详的记载,

---

① 王树民:《甘青闻见记·陇游日记》,《甘肃文史资料选辑》第28辑,甘肃人民出版社1988年版,第283页。

② 顾颉刚:《人间山河》,北京大学出版社2009年版,第29页。

后来又在《拉卜楞一瞥》一文中这样盛赞它："拉卜楞寺则在一个盆地上，四面是山，中间很匀称的分布着金瓦和琉璃瓦的高伟建筑，土人称这形势为'金盆养鱼'，好像各色金鱼浮在一个盆里似的，非常好看……金光灿烂，比了北平的皇宫还要庄严美丽。"①

顾颉刚在甘肃渭源县和兰州市两地见到了秦长城遗址，当他看到在这荒野之中横亘了几千年的城墙上"版筑之迹宛然如新"，这时，他与建造这一人类奇迹工程而死去的祖先，是如何的接近。"南望漳岷，万山攒聚，高直摩天，于狂风怒号之中更显其岳岳之姿。"这山峦，仿佛是驻守长城一线的士兵，以凛然不可侵犯的雄姿，守卫边疆。长城在这里已不是一个历史遗迹，而是抗敌御辱的"战士"。正如闻一多在《长城下之哀歌》一诗中所写，长城是五千年文化的纪念碑，是伟大的民族的伟大标志，又是旧中华的墓碑，守着那九曲的黄河。

大西北人文景观的独特之处，还在于多民族的人口地理构成。顾颉刚作为边疆史地研究的专家，除了对各民族的信仰、风俗、民性等留意观察外，更是在抗战的背景下，从维护中华民族的团结出发，对解决甘肃乃至西北的民族问题提出他的看法。一方面，他对一些地方民族之间的团结和睦深感欣慰，另一方面，他对因历史原因、宗教信仰的不同而造成的民族冲突与隔阂，深感忧虑。1938 年3 月1 日，他给行政院中英庚款董事会总干事杭立武汇报工作时说："康乐为回、汉杂居之邑，回居十之六，汉居十之四。年来回教人士颇有觉悟，自办学校，颂习汉文，并有将《可兰经》译成汉文，将来即念汉文经典之拟议，回、汉间感情亦甚融洽，地方公务均达到

---

① 顾颉刚：《人间山河》，北京大学出版社 2009 年版，第 63 页。

合作之地步，前途甚可乐观。"① "刚未到藏地时总以为藏民尚保持野蛮之习惯，未受文化之陶冶。及亲涉其地，见其平民彬彬有礼貌，无赤贫之家，其寺院则精美弘伟，逾于皇宫，其喇嘛则埋头治学，献其全生命于经典，为之瞿然以惊，皇然以惭。藏民性情宽大，易于接受外来文化，唯以汉人与之往来太少……一时不易接受现代教育。"

6月29日日记又说："盖甘肃居民有汉、回、藏、蒙四族，除蒙族以人数不多，且以崇信喇嘛教故已同化于藏族之外，汉、回、藏三方势均力敌，种族宗教既殊，加以交通不便，不明外间情形，不知天地之大，心思恒多窄隘，遂致日以寻仇为事。"他认为解决西北民族问题的办法，是针对各民族的历史文化和现实问题，发展教育，尤其是社会教育，使之具有国家观念、团结意识："西北今日有无数人得不着受教育之机会，若任其自然，则以彼勇悍之风，偏狭之性，实足增加国家民族之危险性，结果亦非彼中领导人物自身之利益……本会工作倘能向此目标而奔赴，汉、回、藏三方自能以教育相同而达思想相同，因思想相同而情感互通，因情感互通而团结为一体，如是则教育之功用圆满达到国家固享无穷之利，而本会补助之经费得千万百倍之效果矣。"

顾颉刚在抗战期间对"秦陇"景观的描写，从个人潜意识的角度来说，是他在对这些类似故乡——"江南"的风景描写中，寻得了心理上的安慰，以减轻他背井离乡的痛苦；而从唤醒民族意识的角度来说，顾颉刚以他中国历史地理学专家的身份，深知地理景观在民族认同中的意义——地理景观也是想象"民族共同体"的一种

---

① 顾颉刚：《顾颉刚书信集》卷三，中华书局2011年版，第79页。

媒介。"很显然,我们不能把地理景观仅仅看作物质地貌,而应该把它当作可解读的'文本',它们能告诉居民及读者有关某个民族的故事,他们的观念信仰和民族特征。"① 正如我在文章开头所引闻一多《我是中国人》的诗句所说,"戈壁"的沉默已经内化为中华民族的气质,"黄河"的颜色也浸透到炎黄子孙的肤色中去了。在此,地理景观已经和整个民族完美地融合为一体了。

---

① [英] 迈克·克朗:《文化地理学》,杨淑华等译,南京大学出版社 2005 年版,第 37 页。

第二章　顾颉刚与国立西北师范学院

顾颉刚一生两次来甘肃，第一次于 1937 年 9 月 29 日至 1938 年 9 月 9 日（期间两次赴西宁约 20 日）受中英庚款董事会委托，考察甘、青两省教育。第二次来甘，是受兰州大学校长辛树帜之邀，于 1948 年 6 月 17 日至 12 月 7 日来兰讲学。在兰大讲学期间，师院学生常去听课，顾颉刚也多次到师院演讲、授课，西北师院尤其是史地系师生，受惠于顾颉刚者颇多。顾颉刚书信、日记所记他与西北师院的交往，既是他个人历史上重要的一页，也是西北师大发展史上不可或缺的一笔。西北师大的前身"国立西北师范学院"，是抗战期间西迁到陕西的西北联合大学的师范学院，后独立设置为"国立西北师范学院"，1941 年迁到兰州。西北师大的发展，既离不开那些将一生精力贡献给它的一代代学人，同时，我们也不应忘记那些因旅行、躲避战乱和下放、劳改等，在师大做过短期讲学的众多鸿儒硕学。

先将顾颉刚日记所记西北师院逐条列出，以说明他和西北师院交往的具体细节，然后对其相关的人事背景做一分析与介绍，以说明这些事件背后的复杂因缘。

一 《顾颉刚日记》中的"西北师范学院"

1948 年 6 月 19 日："与（王）树民同乘汽车到<u>西北师范学院</u>，晤林冠一夫人、何乐夫夫人，易院长邀至三友饭店吃饭。"①

6 月 22 日："易静正来，同车到<u>师院</u>，饭于三友饭庄。与孙培良游保安堡。"

6 月 26 日："与树帜、易静正同到<u>师院</u>，讲'边疆教育与社会教育'一小时。参观全校，静正、何乐夫导引。到三友饭庄，赴宴。"

7 月 15 日："树民在<u>西北师院</u>，为刘熊祥所龃龉，学校迄不肯改专任，不专任则八、九两月无薪，无以存活。树民性格，得食则逍遥，事急则求人，宜其有此厄也。"

7 月 31 日："到办公室，为<u>师院</u>学报写《汉代的西北》千余字。"

11 月 15 日："今晨接静秋书，知上海恐慌弥甚，买米买油以及什物均须排队，而每次所得甚寡，米一升，肥皂一方而已。车票须三天前买，而又不能必得。恐一家饿死而不为我所知，嘱我必早归。因定下星期即到<u>师院</u>上课，十二月十日前行。"

11 月 22 日："王树民来。与树帜乘公共汽车到十里店三友饭庄赴宴。饭毕，到<u>师院</u>大礼堂上课（巫术时代与王官时代）。"

11 月 23 日："与树民同到十里店，到宋家饭。到<u>师院</u>上课二小时（诸子时代）。晤王蕙。与国钰同到院长室谈。汉濯、树

---

① 本章所引日记，均出自《顾颉刚日记》卷六，中华书局 2011 年版。为了行文简便，不一一标注。

民送上站，到李化方处小坐。"

11 月 24 日："刘熊祥来。到师院，上课二小时（经学时代），到院长室，贺立义、夏增惠来访问。汉濯、树民送至车站。"

11 月 25 日："与树帜同到十里店赴宴。在师院上课二小时（经学时代）。到国文系。到十里店，于傅曾来，同到乐夫家小坐。"

11 月 27 日："到师院，上课二小时（理学时代，未毕）。到国文系，与乐夫、王树民，张鐶、田葆瑛谈。乐夫、树民送上车。"

11 月 29 日："与胡国钰同乘车到师院，讲二小时（二程）。到乐夫处小坐。汉濯、树民送至站。"

11 月 30 日："接家电。即至电局发急电。乘车到十里店饭。在师院上课二小时（朱、陆）。到乐夫处。汉濯、树民送至站。……今日上午接上海家电，静秋早产且难产，嘱速觅机归。我诸事缠身，为之忧闷甚。"①

12 月 1 日："乘刘参谋长汽车到师院，上课二小时，（经学时代，毕。史学时代）。到王树民室，为人写字七件……今日无家电至，不知静秋如何，为之心惊肉跳。而出入交际场中，犹强为欢笑，上课，犹强作镇定，真苦事也。"

12 月 2 日："身体大不适，即归卧，服阿司匹林……予此次之病，实由兰大与师院两处授课，奔波太劳所致，而所以两处同时授课者，则以京沪恐慌，家人函电交促之故。否则兰大

① 顾颉刚 12 月 7 日到达上海，日记云"静秋早产难产云云，尽是欺骗，徒欲我早归耳。"

课毕，再到师院两星期，生活并不累也。"

12 月 7 日："昨日本当理物，以客多，字债多，直至晚十时半始理清（尚有师院学生嘱书字八十件带归写），摒挡各事，直至昧爽始得就绪，即登车矣。飞行中颇打盹，然疲倦迄不解。夜即失眠，以太累也。"

以上日记所记西北师院主要人物有：

易价（静正）（1896—?），湖南湘乡人，1917 年毕业于北京高等师范学校。1946 年 7 月至 1949 年 7 月继黎锦熙后任西北师院院长。

李化方（1898—1978），河北涞水人，曾留学日本学习教育学。早期中共地下党员，时任西北师院公民训育系教授，1949 年 8 月起代理西北师范学院院长。

何士骥（1893—1984），字乐夫，浙江诸暨人，清华研究院毕业，时任西北师院国文系教授、系主任。

胡国钰（1894—1984），河北大兴（今北京大兴）人，1916 年毕业于北京高等师范学校。时任西北师院教育系教授。

刘熊祥（1910—?），湖南衡山人，时任西北师院史地系教授。

王树民（1911—2004），河北文安人，顾颉刚北大任教时的学生，1938 年曾随同顾颉刚在甘、青考察教育，时为兰州大学和西北师院合聘的讲师。

宋汉濯（1913—?），山东郓城人，时任西北师院国文系讲师。1948 年 8 月 27 日与杨宝珍（王树民夫人杨凤居的妹妹）在兰州励志社举行婚礼时，顾颉刚为女宅主婚人。因宋汉濯与王树民有此等亲戚关系，故他们二人常结伴给顾颉刚送行。

林冠一（1907—?），山东滨县人，时任西北师院国文系副教授。

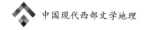

二 顾颉刚到西北师院讲课的经过

1948 年春，顾颉刚答应赴兰讲学，4 月，兰大给顾颉刚寄去路费，中间因兰大发生学潮，一直到 6 月 17 日才成行。在兰大邀请顾的过程中，得知消息的西北师院也搭便邀请。所以，顾颉刚抵兰后第三日（6 月 19 日）即去西北师院。

西北师院这次为了请到顾颉刚来讲课，用足了功夫。顾颉刚 6 月 26 日给夫人张静秋的家信里说："饭局终辞不掉……至西北师范学院的易静正院长则请了三次，为的是要我去演讲几次。"① 顾颉刚此次到兰不久，他远在苏州且怀有身孕的妻子张静秋，接二连三地函电催归，甚至以堕胎、寻死相逼，但顾颉刚为了兑现他的诺言和学问上的成功，他向妻子百般解释不能拒绝西北师院讲课的请求。他 7 月 25 日的家信里说："此地的课真无办法。校外校内，学生先生，天天挤满一大讲堂，下雨也不减少，使我虽欲偷懒而不能。兰大与西北师院向来交换教授，故师院要我前往讲二三星期。但兰大学生听到，就联名写信给辛校长，拒绝此事。所以现在只有请师院学生来城，住在兰大，吃在兰大，来听我的讲。所以，现在我必得一气呵成，把豫拟的题目讲完方可走动。"② 但西北师院的师生，并不就此罢休。他在信里给妻子又说："西北师院，校长和学生时时来邀，必须去一两星期。"③ 邀请者如此殷勤，顾颉刚也无法拒绝："西北师范学院，既已答应人家，当然要去几天，到那边讲的，就是

---

① 顾颉刚：《顾颉刚书信集》卷五，中华书局 2011 年版，第 224 页。
② 同上书，第 238 页。
③ 同上书，第 244 页。

兰大所讲的节本，所以不需更作准备。"① 在妻子的再三催促下，原定 12 月初开始，两个星期的课程，压缩至一个星期，且提前在 11 月 22 日开始上课，他当日的家信给妻子这样汇报："师院功课已往上，天天乘公共汽车往来。十三里路，行十五分钟，尚不为劳。我对他们说明，看票期定于何日，我即早一二天辍讲，不是一定两星期。"② 于是，为了提前离开兰州，在这最后的十多天，顾颉刚把兰大和师院的课，同时进行，以至于连写家信的时间都没有了："自廿二日后，为了上午在兰大上课，下午又到师院上课，真太忙了，所以只发了两个电报。"③

从 11 月 22 日开始，到 12 月 1 日结课，顾颉刚在西北师院共讲了 8 次课，这连续十天在兰大和师院同时开课，把他累得大病一场。

三 顾颉刚所欠西北师院的"字债"与"文债"

顾颉刚这次来甘，在将近半年时间里，虽然力摒俗务，专心讲学和整理学问，但少不了各种应酬——赴宴、写字、演讲。顾颉刚对此不无自豪地说："兰州人当我一尊神佛，人人想对我烧香，固然出足风头，然而亦感痛苦。"④

他 1948 年 8 月 14 日日记写道："此次来兰，每一杂志要我写一文，每一机关要我讲演一次，每一人要我写一两张字，如何不忙！"西北师院对他也有这三项要求，在这三大任务中，顾颉刚于 6 月 26 日到师院做了"边疆教育与社会教育"的讲演。其余两项任务，均

---

① 顾颉刚：《顾颉刚书信集》卷五，中华书局 2011 年版，第 249 页。
② 同上书，第 305 页。
③ 同上书，第 306 页。
④ 同上书，第 239 页。

未完成。他虽于 7 月 31 日开始"为师院学报写《汉代的西北》千余字",但最终没有交差。不仅他日记中没提到给师院学报交稿的事,《国立西北师范学院学术季刊》新中国成立前的最后一期(即第三期,1949 年 7 月出版;创刊号和第二期分别出版于 1942 年 3 月和 1945 年 12 月)未刊顾颉刚此文,《顾颉刚全集》也未收录此文。《顾颉刚年谱》认为此文遗失。①

顾颉刚虽多次到师院,也偶尔为人写字,但他在西北师范学院讲课时,由于时间太紧,没有满足部分学生求字的愿望,以致他带着所欠西北师院学生的"字债"离开了兰州。1948 年 12 月 5 日,即临行前两日的日记这样写道:"今日本不当工作,以将行,所欠字债不得不还,乃借汽油灯,夜以继日为之,亦可怜也。"6 日又记:"终日写字约一百五十件,直至夜十时。"12 月 7 日,回到上海的顾颉刚这样记述他与西北师院之间没有了结的字债:"昨日本当理物,以客多,字债多,直至晚十时半始理清(尚有师院学生嘱书字八十件带归写)。"

以顾颉刚的处世原则,若是太平年代,这一篇"文债"和八十件"字债",肯定会还清的。但那是大动荡的时代,世事多变,所以这字债就永远没法还清了。但这也给他与西北师院的故事留下了一个开放式的结尾,一段令人感慨的佳话!

---

① 顾潮:《顾颉刚年谱》,中华书局 2011 年版,第 388 页。

第三章　顾颉刚抗战期间在
甘肃的书法逸事

　　我的故乡甘肃定西市通渭县，既是苦甲天下的贫困县，又是闻名遐迩的"书画之乡"。普通乡民对于书画有着特殊的爱好，即使家徒四壁，且全家无一识字之人，也要在客堂里挂一幅字画。此种心理，乃是出于对文化的极端崇敬。记得小时候，邻乡有一姓路的农民书法家，谁家盖了新房，或是翻修了堂屋，他都能打听到消息，上门兜售他的字画。若主人不在，他就拿着锤子、钉子，擅自将他装裱好的字画挂在人家新房墙壁上，等到年末岁尾，再上门取钱，乡邻照给不误。贾平凹在《通渭人家》里这样说："现在全县九万户人家，不敢说百分之百家里收藏书法作品，却可以肯定百分之九十五的人家墙上挂着中堂和条幅。我到过一些家境富裕的农民家，正房里，厦屋里每面墙上悬挂了装裱得极好的书法作品，也去过那些日子苦焦的人家，什么家当都没有，墙上仍挂着字。仔细看了，有些是明清时一些国内大家的作品，相当有价值，而更多的则是通渭县现当代书家所写。"在甘肃农村，如此热爱书法，不仅通渭一县，至少相邻数县大多如此。

　　抗战期间，我的先祖在甘肃临洮、岷县一带军中供职，此时恰逢顾颉刚来此考察西北教育，故有机会求得顾先生下面这幅墨宝。

顾颉刚书法条幅

　　这幅字的对联为"书田菽粟皆真味，心地芝兰有异香"，中堂为晚唐诗人吴融《题分水岭》诗。分水岭在岷县城东南麻子川村，为岷州八景之一，是古雍州与梁州的分界线，也是黄河与长江水系的分水岭，自古多有诗人歌咏于此。顾颉刚每到一地，遍访名胜，查阅方志，所写字画，多与地方人事景物有关。此幅所录，与全唐诗《题分水岭》个别字句有出入（已随文注出），估计顾颉刚当时所依为《岷州志》所载诗："两派潺潺（湲）不暂停，岭头长泻别离情。

南随去马通巴蜀（栈），北逐归人达渭城。澄处好窥双黛影，咽时堪寄断肠声。紫溪旧隐还如此，清夜梁山月更明。"因为他1938年5月6日的日记中说："翻看《岷州志》略毕，到第三营张营长处洗澡，并写屏联等十余事。"此诗借景抒情，实则契合了顾氏此时的心绪，寄寓了他自己在抗战期间，家人离散，不得团聚的离愁别恨。

通读《顾颉刚日记》，发现他在甘期间不仅留下了数量惊人的书法作品，同时，也留下了不少相关的逸闻趣事。顾颉刚首次来甘，是在抗战爆发不久，他于1937年9月29日至1938年9月9日（其间两次赴西宁约20日）受中英庚款董事会委托，考察甘青两省教育。第二次来甘，是受兰州大学校长辛树帜之邀于1948年6月17日至12月7日来兰讲学。据我粗略统计，顾颉刚两次在甘时间，共计约500天，其间至少留下了4780件①书法作品，平均每日将近10件。在这数目庞大的一幅幅书法作品背后，不知隐藏着多少鲜为人知的故事。就求字者一面而言，为了得到一幅他们终生难得一遇的大学问家的墨宝，怎样辗转托人，怎样排队等候，有的如愿以偿，有的扼腕叹息……就书写者而言，我们可通过顾颉刚日记，一窥与此相关的许多逸闻趣事。

一 "仁者精神"

顾颉刚先生为什么在甘期间留下了这么多的书法作品？原因有二，一是民众对字画的热爱，尤其是对像顾颉刚这样一些大学问家

①　这个数字是最保守的统计，顾颉刚日记对他每日所写字画的记载，有的是确数，有的是约数，如1938年2月20日："为人书屏联中堂匾额等约七八十事。"同年2月25日："为人写屏联中堂数十事。"对于这样的数字，笔者都按最低数统计，即"约七八十"计70，"数十事"计10。

墨宝的崇敬；二是顾颉刚对求字者的仁爱之心，尽量满足每个求字者的愿望。

1938年年初，顾颉刚在甘肃临洮主持"小学教员讲习会"，其间很多学员和地方人士前来求字。1月28日，他"为人写屏、联近百事"① 不胜劳累，于是他的同事建议他以收费加以限制，可是仍不管用，他次日的日记写道："终日为人写屏联，一日近百件，合前数日为学员所写者合计之，殆逾五百件。施者倦矣，而求者未厌。林漫等见其劳苦，因为定润格以作限制。予臂虽不酸，胸间背上却痛，以写字时佝偻也。临洮市上宣纸，其将为予涂尽。"

1938年2月23日，顾颉刚在渭源县为人写了一百二三十幅字，累得牙痛，害他不能美餐主人的全羊席："此间人好文，予至，求书求文求联语匾额者接踵，一旬中又写四五百事。二十三日晚，杨小霞君办全羊席见饷，自羊首至羊尾循序而进，无一物不登于俎，予食而甘之。忽牙作奇痛，竟不能终食，倘以写字太急太多之故耶？伯农等闻临洮求书事，先为之定润格，谓将以所得笔资办一颉刚幼稚园，作我到此之纪念也。"

1938年4月29日，离开陇西前一日，他为陇西师范学生写字百余件，直到夜半。对此，他在日记中不无幽默地这样调侃："师校学生群来，人出一纸索予书，亦有一人而挟数笺者。以明晨即行，直为挥洒至夜十二时方毕，上午一时就眠。民众动员固有力量，但有

---

① 本章所引顾颉刚在甘有关书法的日记，1937年9月29日至1938年9月9日出自《甘青闻见记·西北考察日记》，《甘肃文史资料选辑》第28辑（甘肃人民出版社1988年版），1948年6月17日至12月7日出自《顾颉刚日记》卷六（中华书局2011年版），为了行文简洁，不再一一标引。至于为什么没有统一引用中华书局出版的《顾颉刚日记》，是因为笔者发现《顾颉刚日记》与《甘青闻见记·西北考察日记》对同一事件的记述有较大差异，两相比较，后者更翔实，但顾颉刚第二次来甘有关书法的记述，只能引用《顾颉刚日记》。

时却非逼死人不可，亦可畏也。"陪同考察的王树民在他同日和次日的日记中对顾颉刚的这种仁爱精神有非常同情的理解：

（廿九日）颉师善书，有求必应，故所至求书者络绎不绝。留陇日浅，求书者即纷还而来，更有持集册以求序跋者，颉师于治事之余均一一应之，稍得暇即出箧书阅读。此为最后一日，来者尤众，时已午夜，犹不稍减，颉师均令满意而去。仁者精神，至足动人，此次则予所留印象之尤深刻这也。

三十日，五时半起床，筹备起行。求墨宝者又麇集，颉师不忍令其向隅，均为一一题写，匆迫中并为《汪氏族谱》写序文一篇，深厚雅洁，如宿构，此更为使予叹服不已者。①

犹有意思的是，温柔敦厚的顾颉刚，也有为写字发脾气的时候。1938 年 3 月 19 日，他"为人写屏联，以磨墨不浓斥责仆人"。

顾颉刚对求字者的"宽容"和对磨墨者的"严厉"，一宽一严，显示的依然是他为人做事的认真与厚道。

二 "兰州纸空"

大家熟知西晋文士因争相传抄左思《三都赋》而使"洛阳纸贵"的文坛佳话，顾颉刚在甘肃为人写字，走到哪里，哪里宣纸的价格飞涨，甚至脱销，也成为吾乡美谈。看他 1938 年 6 月 13 日日记："（临潭）旧城之宣纸本每张三角，予至后连日续涨至一元，升至一元三角，亦售罄；日来求书者多用连史纸等代之。今日有人从岷县购纸回，本钱三角而卖一元，一转手间便获大利。"7 月 11 日，

---

① 王树民：《甘青闻见记·陇游日记》，《甘肃文史资料选辑》第 28 辑，甘肃人民出版社 1988 年版，第 131 页。

顾颉刚来到甘肃夏河，这个小小县城的宣纸马上告罄，于是求字者以绸代纸："市上纸少，售卖一空，遂有出绸求书者；质地光滑，自觉作字较圆润，然而浪费矣。"顾颉刚于 1948 年 6 月第二次来甘，求字者仍络绎不绝，为了专心讲课与研究，他先是限时，"是星期二、四、六上午十时至十二时，不在这时间不动笔"①。继则收费，后来，他干脆宣布从 8 月开始停止为人写字。但即使这样，也挡不住一些人的百般请托，使得兰州一时纸贵。他 7 月 8 日给远在江苏的妻子张静秋的信里说："写字，真是一笔好生意。亏得我写得快，二小时可写五十幅，还对付得过来。兰州的宣纸，纵不卖完，价钱一定提高了。"② 8 月 16 日他给妻子的家信里又说："有一位靳重言君，从青海来，要我写字，走了好几家纸铺子，找不到好的宣纸，原来兰州存留的宣纸，从我来后已给人们搜买一空了。从前有'洛阳纸贵'之说，现在竟'兰州纸空'，也是一段有趣的新闻。"③

三　先到成都的字画与带回上海的字债

顾颉刚在甘考察教育结束后，于 1938 年 9 月 9 日上午十一时坐飞机离开兰州，中午一时五十分到成都，入住东胜街沙里文饭店后即去逛街，在一爿装裱店里见到了先他而至的字画："在某装池肆中见予在夏河所书联，知彼地与成都之往来洵频繁也。"没想到他写的字比他跑得还快，先到成都迎接作者了。

顾颉刚第二次来甘，在将近半年时间里，也留下不少字画。他

---

① 顾颉刚：《顾颉刚书信集》卷五，中华书局 2011 年版，第 228 页。
② 同上书，第 230 页。
③ 同上书，第 247 页。

1948 年 8 月 14 日日记写道："此次来兰，每一杂志要我写一文，每一机关要我讲演一次，每一人要我写一两张字，如何不忙！"这次离开甘肃前，他依然在为还字债苦苦熬夜。1948 年 12 月 7 日，顾颉刚离开兰州，回到了上海。临行前两日，为了还清所欠"字债"，他夜以继日，为兰州的书法爱好者，留下了数百幅书法作品。但即使是这样，他还是未能满足西北师院学生的索字要求，带着"八十件"字债，离开了这座热爱书法的城市。

第四章　易君左的《西北壮游》

在现代作家中，易君左（1899—1972）算是与我最有"缘"的一位了。这所谓的"缘"有三：第一，他是为数不多的去过鄙乡（甘肃通渭）的现代作家之一（据我所知，另一位是张恨水）。我的家乡通渭县既无秀甲天下的山水名胜，也少闻名于世的古圣先贤。这个默默无闻的小县，当然会因文人生花妙笔的点染而增色不少。易君左于1947年4月25日从平凉出发，夜宿通渭华家岭，他的"入陇吟"《宿华家岭》诗云："昨宵阻雨平凉侧，今宵看月通渭滨。天公为慰行人苦，故以变幻乱阴晴。""通渭"者，通往渭河之谓也，言通渭处渭河上游。第二，易君左亦有诗文歌咏我现在居住的兰州市十里店、安宁堡。1947年7月27日，易君左一行赴青海参观塔尔寺庙会，途经安宁时，他目睹这一带如画的风景："兰州、河口间沿途风景甚佳，一个大特色即是沿着浩荡的黄河走，两岸山峦拥着这一条大河流前趋，气魄雄伟。过十里店后，果树渐多，汽车走了二十里，还不断地看见瓜片青青的果树，这就是兰州有名的风景区'安宁堡'，看桃花的美丽乐园。鲜红的桃子垂实累累，不久就可以上市了。兰州是有名的'瓜果城'，像安宁堡的桃子，恐怕天上的蟠桃大会也没有如此的盛况。"① 十里店、安宁堡一带，正是我二十年来读书、生活的地方，可算是我的第二故乡了。现在兰州一年一度有名的"桃花节"就在"安宁堡"举办，曾因蒋大为一曲《在那桃花盛开的地方》在这里演唱，使十里桃乡，名扬天下，生活在此的人们无不为此骄傲。第三个"缘"是，这位诗人20世纪40年代在兰州期间，在我的母校前身——国立西北师范学院（即现在的"西北师范大学"）——的《国立西北师范学院学术季刊》上发表过题为《孔子及孔门谈诗》的论文。

正是有这样的因缘，当我看到易君左的这册长期被大陆读者忽视或遗忘的《西北壮游》时，就多了一份亲切感。

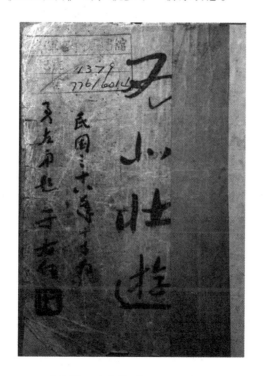

于右任题写书名的《西北壮游》封面

---

① 易君左：《西北壮游》，文镜文化事业有限公司1983年版，第82页。

易君左是现代文学史上有重要影响的人物，他是现代文学发展过程中许多重大事件的参与者和见证人；或者可以说，他是现代文学史上的风云人物，他一生中作为文人的"壮举"，非三言两语所能说清，留待他日专文论述。这里仅借他《小传》里几段文字，以窥他一生的大概：

> 易君左先生，学名家钺，后以字行。湖南省汉寿县人。民前十三年生。毕业于国立北京大学及日本早稻田大学。
>
> 他的祖父易佩绅（字笏山）是前清咸同年间一位有名的儒将，他的父亲易顺鼎（字实甫）是近代中国一位大诗人，均见于《辞海》《辞源》等书。他三世家学渊源，才高勤学，历经世变，所以才有今日文学上辉煌的成就。
>
> 他在"五四"时期就盛有文名，成名最早而享名独久，迄今未衰。以后经过北伐、剿匪、抗战、戡乱，直到今天，他反军阀、反日、反共，拥护国家，热爱民族，总是站在时代的前哨。他是一个著名的爱国诗人和散文作家，尤以游记名于世，而且兼善书画。
>
> 他是一个性格豪爽、生活淡薄的十足书生典型人物，穷且益坚，老当益壮，而写作益勤。先后出版之论著，游记，传记，散文，小说，与诗词等逾五十余种。①

易君左早期的文学创作，涉及小说、白话诗，但都略显生涩和幼稚。正如他的《小传》所说，他是以旧诗和游记名世的现代作家。抗战胜利后，1946 年年底，易君左应张治中之邀赴兰州创办《和平

---

① 易君左：《易君左自选集》，黎明文化事业股份有限公司 1975 年版，第 7—8 页。

日报》并亲任社长，报纸办得颇有影响，成为西北诸省唯一的大报。易君左因此机缘，遍游陕甘宁青新各地，《西北壮游》一书即写于此时。集中计有《铜琶铁板唱关中》《从西安到兰州》《天山飞去来》《兴隆山》《青海之滨》《踏破贺兰山缺》《河西秋旅》《世界艺术的宝库——敦煌》八篇游记，忠实地记录了作者游历大西北的所见所闻，所思所感。西北地区特有的自然风光、名胜古迹以及文化遗产，经由作者的妙笔点染，更具文化底蕴。

从他的游记里看得出，他对大西北充满了崇敬之情，这使我们生活在这片土地上的子民，感到无比欣慰。他写于 1949 年 10 月 7 日的出版后记里说：“来台湾是一个偶然的机会，临上飞机前才决定行止的，所以什么东西都没有带来。住下去以后，常常怀念着西北……我想东南的人士一向对西北是相当隔阂的，实际上，西北是我们中华民族的发祥地、中华民族的摇篮。不到西北，真不知中国之伟大。”① 这是他故国不堪回首的慨叹！

一　西北山水与戈壁、草原奇景

西北多山，且多雄奇壮美。易君左在西北期间，或登临，或从飞机俯瞰六盘山、贺兰山、兴隆山、天山、祁连山等。下举他游六盘山和俯瞰天山的两段游记，以窥其写山笔墨之一斑：

> 伟大的六盘山，完全被大云大雾笼罩着，夹着霏霏的雨丝冰点，这一座六盘山高度虽只十公里，但其气魄的磅礴雄伟，形势的幽奇险要，真不愧一座名山。缓缓地行，昂头上进，正如一个载重的龟，爬上高坡。名为“六盘”，实际弯弯曲曲，不

---

① 　易君左:《西北壮游·后记》，文镜文化事业有限公司 1983 年版。

知多少盘。我们完全裹在云雾里，几乎咫尺难辩。渐渐上山，渐渐发现一个奇迹，那就是雪。山腰西崖，积雪斑斑，皑皑如银。越盘越高，半山是雪。将到山顶，除公路一线外，几乎一望皆白。上山顶后，则迷茫宇宙，尽化琼瑶，一片混沌，冰花刺目，这样的奇景，是绝对出乎意料之外的，使我不相信是坐在车中，生在人世。六盘山成了一座雪山，看不见它的真面目。尤妙的是云呀！雾呀！雪呀！这三样东西纠缠不清，糁揉一体。看去是一团云，原来是雪；看去是一片雪，原来是云。一车的人，也几乎变成了云雾和雪。人和大自然奇景也纠缠不清，糁揉一体。我一肚皮的江南情调，被六盘山涤荡无遗，特成诗一首以美之……此行快慰，或者说：毕生快慰，陇中奇景，或者说：天下奇景，无过于这六盘山了。①

他对六盘山评价之高，让我们生活在西北的人们也倍感快慰！

他空中俯瞰天山，又是另一番景致：

这一座令人歌颂的巍峨的大山，就像古代传奇中酒店里遇着英雄的神遇。嵯峨的山势比祁连山的那一段显得更精神。粉妆玉琢般积雪的面积越多也越宽。特别一个最深的印象，就是天山万峰巅除了雪封，还加上云蒸霞拥，无限的苍凉微茫。从地面上仰望，这已经是一个灵迹，使你幻想二千年前大诗人李白歌赞的"苍茫云海"，在这隐而幽玄的云海间，一定变换着若干的神奇而复杂的影像，而到今天的科学世纪，我们无比力量的飞机竟自跨越天山数万里，凌虚而掠过，云霞冰雪全在我们

---

① 易君左：《西北壮游》，文镜文化事业有限公司1983年版，第24—25页。

的脚下，高山巨岭也就变成了一些培塿，乾坤伟大，人更伟大！仙佛神奇，人更神奇！及至我发现这一个伟迹，还想俯窥那著名的王母的瑶池（在天山绝顶的天池）时，火箭一般驰三十里，已降落在中国极西的一座名城——迪化了。①

与南国的秀山丽水相比，西北不仅"山雄"，而且"水壮"。易君左游览过关中的渭河、兰州的黄河、新疆的乌鲁木齐河、敦煌的月牙泉等，然而最让他心迷神往的，莫过于青海湖了：

　　伟大的青海尽头，你已不是像古人哀歌般愁苦凄凉，那一望无际的碧波，像翡翠一般的娇滴滴的色片，真的，青绿得惹人欢爱，惹人发狂，把诗人、歌者、画家及一切游人的灵魂尽量地提炼、洗净，渗透到人生和宇宙的一种最晶莹圣洁的仙境。微微的风不经意地吹拂着微微的波，细微得像银沫的小浪花轻轻地拍着海滩，奏出一种温柔而和谐的音乐。天空垂蔽一块绝大的墨色的云，低压在水面，在云的深处和海的尽头那一段，似明似暗隐约朦胧的水天交界处，海心山是不是就在那里呢？怀抱这一大片浩瀚的海湾，左边和右边几座赭色的山峦，就像一块碧玉云屏前静列着两把蒙着虎皮的交椅。没有看到树，再没有看到草，但莽苍苍一片，绿油油一片，不就是当前的大海吗？青海吗？青的海吗？地势已海拔三千数百公尺了，绝像仙女高捧一盏翠玉盘向在云端的神灵礼赞，吐出珍珠般的名句。我痴立在这大海滨，幽幽地望，深深地想，我将在一个月夜静听天际的笙歌，我唱出清越柔美的歌曲，把海底的鱼龙换着金

————————

① 易君左：《西北壮游》，文镜文化事业有限公司1983年版，第46页。

鳞玉甲的新装，跃出水面参入我们大海音乐队的交响曲，唱出一个太平的盛世，像这澄清的水。每一个人都像月中仙子的晶莹，镜中花枝的妩媚，我将在一个冰天挟着千万峰的银山，把珊瑚、玛瑙、珍珠、贝壳连同海滩的石子炼成珍贵的食粮，把人世间的一切褴褛衣履化为华丽冠裳，在这周围五六百余里的冰冻海面，筑起千万栋琼楼玉亭，让山珍美肴充塞我们的宝库，明铛翠羽交织我们的眼前，海心山再不是一座孤岛，而是人间同乐的、无遮无际的大平等大自由的乐园，燃起一座光明普照的琉璃的灯塔。啊！海！青海！伟大的青海的尽头！你笑了！笑了！①

正如我曾所说，一个地方及其风景的发现与书写，需要"他者"的眼睛与笔触。所谓"奇景"者，也是对不常见者而言。对生长于南国的人而言，大西北的沙漠戈壁、茫茫草原，都是无比新奇的景致，但对常年生活于此的人而言，可能连"风景"都算不上。易君左笔下的西北"奇景"，真可谓不少，举凡河西"沙阵"（沙尘暴）、兰州"石田"（以小石所覆之瓜田）、戈壁"瀚海"（即沙漠戈壁中"海市蜃楼"）等，都能将其奇妙之处形诸笔墨。然而最让他觉得最奇的"奇景"，还是青海大草原的游牧场景：

在大牧场上最壮大的一幕是检阅了大羊群、大牛群、大马群，我们叫它作"草原的阅兵大典"。将近黄昏，远远地山色从浅蓝染成了深碧，雾渐渐落下山腰，头顶上云层铺开了灰暗的幕罩，而在遥远的西方，那是青海的尽头，露出一长条蔚青的

———————————

① 易君左：《西北壮游》，文镜文化事业有限公司1983年版，第126—127页。

天色，流丽着一抹朱霞，夕阳反照的余光穿过云罅幻出金黄的色片，苍茫茫笼罩着这块一望无垠的广大的牧场。从远远的四围渐渐传来各种苍凉的声浪，音波缓缓地渐传渐近，伟大啊伟大！这就是大羊群、大牛群、大马群，数千只羊、数百只牛、数百只马浩浩荡荡，排山倒海地合围而来了。这是一幅美丽绝伦的画面，一种雄壮无比的场面，一支哀艳动人的恋歌。马群的动作整齐而迅速，由一匹骏马领导着前进，其情调是激昂奔放，全部是黄马。牛群的动作散漫而弛缓，进程作不断的格斗，狮子般的大牦牛奔窜而横逸，而全部是黑牛。羊群的动作分几个单位，每一个单位像画圈圈的前进着，和平而温柔地疾速的转动，而全部是白羊。在这大牧场大草原上，只见一片的蓝山、一片的青草、一片的白羊、一片的黑牛、一片的黄马，以大排行、大姿势共同勇猛地前进，交响着马嘶、牛啸、羊鸣各种苍凉的音乐，像大军的挺进，完成了"草原上阅兵典礼"最愉快最难忘的一幕。①

对于我们过惯了农村或城市生活的人而言，游牧生活的环境、方式和情调，确实给我们带来巨大的心理冲击和无穷的新奇感，尤其是那种你只有在油画中感受得到的浓烈、鲜明而凝重的色彩——蓝天、碧草、白云和羊群、黑牛、黄马，等等。再加上大自然不同音色与旋律的交响，你真得感佩上天赐予这方土地的丰饶与瑰丽。作者将之比作"草原的阅兵大典"，是当之无愧的。

---

① 易君左：《西北壮游》，文镜文化事业有限公司 1983 年版，第 121—122 页。

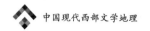

二　大西北的风土人情

一个地方可资文学描写和表现的对象，除了风景名胜，就是风俗人情，所谓一方水土养一方人。其实，由于大西北地域极其辽阔，而又少数民族众多，所以各地风俗千差万别。在 20 世纪 40 年代抗战后期，与东南沿海相比，大西北基本上还是原始的游牧和农耕社会。但由于抗战的爆发，大西北在整个国家战略格局中的地位得到提升，同时，由于作为战时的后方基地，抗战期间西北各地在基础设施、经济发展、社会组织、国民精神等各方面，也发生了很大变化。所以，我们在易君左的笔下，看到是城市与乡村、农耕与游牧、农牧与工商、文明与愚昧、原始与现代等的交错、并置、重叠，所形成的复杂图景。

比如当时的酒泉，市内商业繁荣，兰州、乌鲁木齐见不到的货物摆满商店："美货充斥如上海朱葆三路，雪亮的玻璃橱里陈列的女皮鞋，应该是最新巴黎式的标本。"然而酒泉真的就这样繁荣吗？是的，它是河西交通中心，塞外小上海。"然而它最不够调和，城内是现代化的马路，城外是原始戈壁，没有裤子穿的小叫化，常常会照着最摩登的太太小姐讨钱。"① 他由张掖赴山丹途中有一诗，所写情形，与此有些相似：

> 天昏日暗野风吹，残碟荒原百里随。
> 红柳白杨摇曳处，黄毛赤体牧羊儿。②

诗人说，一路过河西，一丝不挂的贫苦小儿女实在太多了。

---

① 易君左：《西北壮游》，文镜文化事业有限公司 1983 年版，第 56 页。
② 同上书，第 149 页。

我们再看他游记中《玉门油矿》一节，专记这朵戈壁荒漠中的现代奇葩：

> 车向祁连山麓疾驰，上午十一时到达全国闻名的玉门油矿。摆在我们面前的是一片大戈壁滩上的奇迹。我们已经从一个古老的农牧社会跨入一个崭新型的工业社会。我们看见了各种立体的建筑物，无数冒着黑烟的烟筒，无数的油管机器和高耸云霄的井架，这里的气候比武威张掖酒泉更冷，可是在祁连别墅房间里温度适宜，一切设备现代化，晚间燃着白热的电灯。在房里，还以为在上海的国际饭店，把窗布揭开一看，一片黄沙白草，好不凄凉。这显然是两个世界了：玉门油矿和它的周围起码隔了几个世纪，房里和室外平分了半个乾坤。①

更具调侃意味的是，当作者一行到香火旺盛的玉门油矿所在地的"老君庙"抽签时，抽到的签上却滑稽地写着："无事抽签，罚油钱二十万。"这个极具象征意义的事件和景象说明，"神庙"与"油井"并置，正寓意着大西北"原始"与"现代"奇妙而畸形的共生并存状态，及其所带来的现代工业对原始迷信的祛魅。

当然，整体上尚处在农耕和游牧社会中的大西北，不管是农村还是城市，多少保留着前现代的纯朴与慷慨。也许易君左所夸赞的，只是西北人国民性的一面，但读来依然让人欣慰：

> 在这种苦闷燠热的气氛中，却也有几点藉以安慰的。第一是西北人民实在太可爱了，朴实、诚恳、慷慨、健壮，差不多都是西北人民的美德和特性。比如问路或打听什么馆子，无论

---

① 易君左：《西北壮游》，文镜文化事业有限公司1983年版，第160—161页。

问到警察、学徒、人力车夫、行人，总是那样殷勤恳切地详细指点。进商店买东西，买不到对你一样客气，临走时，还打招呼："坐一会儿吧！"坐公共汽车，决没有争先恐后的拥挤情形，你如果先踏一步，他便后退一步让你，还说："别客气。"人力车夫拉远道，放下车给多给少，没听见争吵。这一类事倒不胜枚举。我们的江南有这种好风气吗？尤其是上海，惭愧如何？这种民风，才是中华泱泱大国的风度，才是复兴建国的班底。①

饮食风俗，也是一个地方风俗当中最有意味的一面。我们看罗家伦从关中一路到新疆，吃到了什么？

1947 年 4 月 26 日，易君左一行经过华家岭到定西，找不到一家像样的餐馆，最后糊里糊涂找了一家，进去只吃了些花卷和洋芋（马铃薯）。读者可能以为他们是吃像今日的"农家乐"的菜品之类。其实不要说是抗战后期，就是改革开放之初，苦甲天下的定西，因为穷，青黄不接的季节，很多农民一日三餐吃的都是洋芋。所以，这种饮食，实在是那个艰难时代的真实记录。

1947 年 7 月，易君左到青海游览，行前兰州大学校长辛树帜叮嘱他，到青海乐都，一定要买个那里的馍馍吃，因为乐都的馍馍不仅"大得赫死人，几乎像一个小面盆"，而且因为发酵好，比巴黎的面包还好吃。但易君左到乐都刚一下车，就被前来招呼他们的当地官员领到附近公园喝茶，出来后就上车，又不好意思当着当地长官的面买馍馍。当送他们的官员刚一离开，他们就以每枚一千元（旧时货币，相当于现在的 1 角钱）的价格"抢购"了几个大馍馍，大吃特吃起来。

---

① 易君左：《西北壮游》，文镜文化事业有限公司 1983 年版，第 3—4 页。

1948 年秋，易君左随西北行辕主任张治中考察河西，山丹县城的建筑和饮食给他留下了深刻的印象："城内建筑有一特征，即特别注重门楣，一些诗书官宦人家门楼高耸，金匾辉煌，十足古色古香。我有一首过山丹的诗：'画栋雕梁好门楣，乍见山丹喜不支。四野小溪环大树，满城古貌夹新姿。庙销五百阿罗汉，菜似三千烦恼丝。一角全球驰校誉，合黎山下建培黎。'因为山丹的学校官舍多将寺宇改建，而此地盛产一种绝似头发的'发菜'，诗中五六两句指此。"①"发菜"是盛产于河西戈壁荒漠的一道非常名贵的佳肴，因其形色似发而名。

　　我一再征引易君左对西北饮食习俗的描写，一方面是要说明，一个地方有一个地方的饮食习俗和特色；但更重要的是，饮食习俗也是社会发展的一面镜子。易君左所述游历中的饮食，确实从一个侧面反映了那个时代大西北的贫穷状况。即使作者在陕西邠州吃得最惬意的一顿，也不过如此："邠州的烧菜相当好，嫩韭菜鲜芹，是西北的应时菜蔬。普通饮白酒，陕西土产有名的凤酒。蒜苗也是美味之一。吃遍这一带，无非这几样菜，此外便是炒鸡蛋，牛羊肉。"②

　　若说大西北最有特色的风俗，那当然还是与宗教有关的信仰、习俗了。1947 年夏，罗家伦一行专程赴青海观看塔尔寺庙会——旧历六月初六的"浴佛节"，其中的"晒佛"和"跳神"是他大书特书的场景：

　　　　走到一座山下的广坪，果然望见山上的大佛像巨幅高高地铺下来，把整个的山面斜坡掩被。万千人头在山上山下直钻，

---

① 易君左：《西北壮游》，文镜文化事业有限公司 1983 年版，第 148 页。
② 同上书，第 17—18 页。

万千人头在山上山下匍匐。盛装冶容的藏女至此大显露。但有一点值得提出的，即在晒佛时间，虽然山上山下那样多人，除了悠扬和穆的音乐外，决没有像内地那种拥戏台口的糟乱的动作和喧嚣的声音，从这些地方都可以看出宗教的威力……最有趣的是看那一大群约莫有几百个喇嘛卷佛像巨幅，好像一大窝小蚂蚁推着一块大门板，吃力得很，可惜我们没有等到他们扛下来，是如何抬法，颇不容易。①

"跳神"是喇嘛教中的大典，其意在斩杀妖魔、祓除不祥，其仪式十分繁杂冗长，作者不仅对此有细致的描写与记录，更有他对此的精妙议论：

统观这种跳神，虽分五幕，实是一幕大喜剧，也可以说是一幕大悲剧。中间先后参杂着神与魔的奋斗，道高一丈，魔高十丈，结果是魔高十丈，道高百丈，终于道克服了魔，神收斩了鬼，公理战胜了强权，正义压倒了歪义。②

综上所述，西北民俗风情的最大特点，就在于它的混杂性，除了前述现代与原始、农村与城市等的混杂之外，还在于多民族的共同生活造成的异域情调与景致，易君左眼中 20 世纪 40 年代的乌鲁木齐尤其如此：

南梁是迪化南关外一条长街，是新疆各民族（特别多的是维吾尔族）聚居经商的处所。这条长街现在叫做中正路，全是泥土铺成，坎坷不平，街两旁流着雪水的沟，是它一个特色。

---

① 易君左：《西北壮游》，文镜文化事业有限公司 1983 年版，第 107 页。
② 同上书，第 110 页。

在南梁，可以看到各种不同式样颜色的衣饰，各种不同轮廓颜色的面目，可以听到各种不同的语言，可以说：南梁是一个民族博览会。①

三 名胜古迹与故国之思

西北地区之中，陕、甘原本是上古文明的中枢，随着历朝帝国版图的扩张和文化的传播，华夏文明远播西北各地；另一方面，古代西北各少数民族也创造了自己辉煌灿烂的文明。多种文明交相辉映，遍及大西北。这些文化遗产，以寺庙、陵墓、碑刻、城关墩台、舟桥渡口等各种不同的样式流传至今，其中，名胜古迹是最能唤起人们"故国之思"的文化遗产。易君左的"西北壮游"，既不同于传统文人耽山卧水、寄情烟霞的怡情养性，也不同于当下人们观光消闲的休闲娱乐，而是有着认识国土疆域、了解民族文化、强化国族凝聚力的明确意识。他的游记，"要使读者感染到这篇文章的影响力，而激动他们对祖国和土地的热恋情绪②。"这就是现在学者所谓"国族"意识的构建。

在国家这一"想象的共同体"建构过程中，经常采取的方式之一是"自然国族化"，即将其历史、神话、记忆与"国族特质"投射于一块地理空间或地景之上，从而将国族共同体与特定疆域联系在一起，使后者由一块空乏的物质性的空间，转化为国族成员共同情感与认同所寄寓的象征空间——"家园"。这种通过历史与文化对空间的形塑，以达至民族认同的旅行书写，在易君左《西北壮游》

① 易君左：《西北壮游》，文镜文化事业有限公司 1983 年版，第47—48 页。
② 易君左：《看中华美丽山川·自序》，大明王氏出版有限公司 1970 年版，第2 页。

中比比皆是。

易君左由西兰公路至兰州，一路所经，多秦汉古迹。恰逢战后，满目疮痍，触目皆黍离之悲、故国之思。车过咸阳古渡，作者想到李白"咸阳古道音尘绝……西风残照，汉家陵阙"的诗句。邠州乃是周朝先祖的发祥地，作者有《夜宿邠州》一诗，写天涯孤客的故国之思：

> 土山四面环邠州，山山辟洞筑层楼，大麦渐长菜花盛，春光迫近陇西头。一笛横吹三万里，以山环城城环水，老树杈桠街两条，谁知即是兴周地？小店零星公路旁，风尘忽化为泥浆，孤灯倦旅拥衾卧，荒鸡啼破天苍苍。十年战伐流离苦，愁向寒窗听夜雨，依稀梦里见慈亲，犹自殷殷问行旅。①

邠州据传是周朝祖先公刘的诞生地，因《诗经·王风》中有"黍离"一诗，抒发西周遗民故国重游的亡国之痛和兴亡之感，后世多以"黍离之悲"代指故国之思。当作者遥望邠州四山，满目麦青菜黄，而邠州小城古树参天，街巷萧条，这难道不正是几千年前那位无名诗人吟唱过的"彼黍离离，彼稷之苗"的情景吗？这难道不也是杜甫"国破山河在，城春草木深"所抒发的无限感慨吗？此情此景，怎能让人相信它就是我们祖先的发祥地呢！

易君左在兰期间，两度去兴隆山拜谒成吉思汗陵墓，感慨良多：

> 成吉思汗以旷代英雄，使元代版图横跨欧亚，当时有"黄祸"之称，白种人对黄种人才不敢邪视。从今日五族一家的国度上看来，蒙古人应该发扬光大其先烈的精神，拥护我们这一

---

① 易君左：《西北壮游》，文镜文化事业有限公司1983年版，第34页。

整个的中华民族，尤应时时刻刻牢记祖宗的教训："广土众民欲御辱，必合众心为一！"广土即中华民国，众民即汉满蒙回藏五族，自应合众心为一，以御外辱为天职，何可违背祖宗先烈的遗教，反而与外辱勾结，作国家民族的叛徒呢？①

作者对成吉思汗的崇敬与高度赞誉，显然与作者对中国作为多民族国家"共同体"的想象有关。"广土众民欲御辱，必合众心为一"是成吉思汗遗嘱的汉译，作者认为它应"永远成为一个国家争生存的原理"。正是基于抗战期间民族败类分裂国家的深刻教训，作者才借成吉思汗的遗言，一再申说团结御辱的重要。

1948年9月8日，作者从永昌到山丹途中，目睹雄伟的万里长城，他说：

> 我在长征前进中，以缅怀这先民伟业的历史的心情，感着最大的兴奋，旅行在斜阳荒漠里，没有凄凉的憧憬，而高歌了一首《长城曲》。②

对于中国人而言，长城不仅是一道古代国防的屏障，它更是血泪、牺牲、智慧、坚韧熔铸而成的一道民族脊梁，是中华民族沧桑历史的写照，是五千年文化的纪念碑，是伟大民族的伟大标志。每一个目睹它的人都会心绪难平。

嘉峪关号称塞上第一雄关，这座曾经是中国西北边陲疆域标志的关隘，而今成了徒供行人凭吊的古迹，"今天的世纪，一切都关不住了"。正如他的诗云："轮台明月照天山，版图远在天山外。"③ 因

---

① 易君左：《西北壮游》，文镜文化事业有限公司1983年版，第75页。
② 同上书，第146页。
③ 同上书，第159页。

为在作者心目中："西北是我们中华民族的发祥地、中华民族的摇篮。"所以，他在大西北常发思古之幽情："我们发思古之幽情，或对青海瞭望时，就忘不了祁连山，我们对当前的国防如果有点认识，就更不可疏忽马鬃山。自外蒙古独立以后，这条马鬃山，就是我们北边国防的最前线了。"① 他的《望马鬃山》一诗，表达的正是千百年来边塞诗人所抒发的整顿山河、壮志未酬的惆怅：

　　风云沙雾一层层，远客边陲感不胜。

　　北望马鬃愁紫塞，南瞻牛首恋金陵。

　　情如枕秘香罗帐，心似舟横古渡津。

　　每听鼓鼙思壮士，扬鞭奋欲一登临。②

　　敦煌的千佛洞，堪称世界艺术的宝库，是中华民族奉献给世界和人类的不朽遗产。然而，由于近代中国的衰败没落和国人的愚昧无知，这座宝库中的绝大多数珍品都被国外探险者盗走。目睹劫掠一空的莫高窟，作者不无愤怒地说："有名的莫高窟碑石，还有回鹘文的断碣残幢，仅剩的唐幡残经和元代公主的两只圆圆的肉脚等敦煌古物，都看到了。这是外国强盗吃饱了，扬长去了以后，残留的一点点，真不胜感慨！"③ 他的《敦煌千佛洞杂咏》，对千佛洞在中华文化史上的地位，给予高度评价，认为它是"国族"美名得以不朽、各民族向心力得以凝聚的重要文化凭证：

　　谁写中华亿万年？自非史册与诗篇。

① 易君左：《西北壮游》，文镜文化事业有限公司 1983 年版，第 164 页。

② 同上书，第 165 页。

③ 同上书，第 178 页。

乾坤留此敦煌画，一笔能将国族传。①

现在海外汉学界非常盛行的"国族主义"或"文化中国"等概念，其实早在易君左20世纪40年代的战后旅行书写中，表露无遗。这也足证他确是"拥护国家，热爱民族"的爱国诗人。

四 自觉的"游记"艺术追求

易君左说："我一生好游，一生也好写文章好写诗，每游一处，总是有记录有吟咏的。"所以，他自命为"爱国诗人和散文作家，尤以游记名于世"。这个称谓，他是当之无愧的。

易君左不仅一生游记多，而且他对游记创作有自觉的艺术追求。他认为写一篇较好的游记，起码要具备三个条件：第一，我写游记，游记也写我，主观客观的成分交织交融而混为一体。第二，要抓住写作的重心或据点来发挥。第三，对事象有深刻的观察，注重细腻的描写技巧。至于游记写作的具体技术，应该注意的问题有：①处理题材要用科学的方法，有条有理地好好布置一番经营一番，然后下笔来写。②写情写景要真实，不可过分夸大。③文章的长短要恰如其分，不可贪多，也不可故意求短，意思写完了，便戛然而止。恰到好处即是无上境界。④凡具有影响的文字都可看作宣传的文字，应该以读者的对象来权衡，从写作中涵养潜移默化的力量。⑤题目要紧，好好地装一个题目。②

以《西北壮游》来看，他基本实践了他的这些艺术主张，尤其突出地体现在以下几个方面：

---

① 易君左：《西北壮游》，文镜文化事业有限公司1983年版，第179页。
② 易君左：《看中华美丽山川·自序》，大明王氏出版有限公司1970年版，第2—3页。

第一，细致的观察与真实的描写。我首先举他对兴隆山"成陵"的观察与描写为例：

> 我们有一个蒙古司事引导参观，入殿，首先鞠躬致敬。殿上幂以黄布，中间两旁遍置花圈、挽联和匾额，中悬成吉思汗油画像一幅，其像貌魁伟而刚毅，令人肃然起敬。像前为成吉思汗的银棺，长一二〇公分，宽七七公分，厚九九．五公分。棺周嵌以黄金雕琢的图案，满镶珍珠宝玉，上覆彩绸多幅，——每年三月十八日大祭时加上一幅。银棺前面置照相一帧，是摄自石碑上面的……①

我们常说的细致的描写，它首先要以观察和了解的细致为基础，尤其是要对描写对象的特性有正确的认知。这里除了对陵寝内部整体布局的描写外，对"银棺"的描写，包括大小尺寸、图案、颜色等，莫不来自作者对描写对象相关特性的科学而具体的把握。

与大多现代游记作家一样，易君左也强调描写的"真实"。在他看来，现代的旅行及其游记，与旧式游记（作者谓"游记八股"）但知卖弄辞章、铺张文字不同，也非单单经由个人与自然景观的交融互动、求取心灵慰藉与情感寄托，而是借着理性的认识与客观的描述，获得对观赏对象的"科学"认识。所以，我们在《西北壮游》中看到更多的是作者对所经之地的山川地形、地理概况、疆域沿革、人情物候等的观察与记载。易君左非常清楚地意识到，即使这些看来遨游览胜、登山临水的文字，"都可看作宣传的文字，应该以读者的对象来权衡，从写作中涵养潜移默化的力量"。我借用同样

---

① 易君左：《西北壮游》，文镜文化事业有限公司1983年版，第74页。

是 20 世纪 40 年代来西北考察的陈赓雅对旅行书写之宏愿的自述，说明这些游记文字所肩负的使命与它的文体要求之内在关系：

> 诗人墨客，蹑屩担簦，探奇选胜者，亦复代不乏人。而咏叹游赏之诗文，尤至不胜枚举。然类皆模范山水、寄兴抒怀之作；而绝少涉及其地、其时社会组织之利弊、人民生活之苦乐者。作者仰冀曩哲，踵武前修，此遭斩荆榛、犯风雪，历程数万里，而所持之旨趣，则异乎是：举凡各地民俗风土、政治经济、社会状况，均在采访考察之列。名山大川、古迹胜境，假以机缘，固往登陟；而荒陬废垒、破窑羊圈，亦多加造访；当地名流、地方当局，自往讯以社会之情事、设施之概要；而农夫力役、编户矿工，亦就以探索生活环境之实际资料。俾转以公诸社会，并供负责治理及研讨学术者之参考。信能循兹以为兴革政俗、改进社会之张本，则作者间关跋涉之劳，庶几其不等诸虚化，而足以自慰于万一者乎？①

我们大多都去过很多寺庙，见过很多神像，但能像易君左描写得这样好，也不多见，实在令人佩服他下笔描写的功夫。我们常说的描写细致，除了科学的理解、准确的数据等之外，还需要借文字形容对象的形态、色泽等的能力。我们读了下面这段文字，不仅对大金瓦寺中佛像的位置、大小、姿态，祭器的式样、材料、多寡等都感到历历在目，而且，仿佛能透过文字领略到其中神圣庄严的气氛，甚至嗅到酥油灯的腥膻气味：

> 殿内供宗喀巴巨像。环绕此巨像，满供尺余高的小金佛，

---

① 陈赓雅：《西北视察记·自序》（影印本），文海出版社 2002 年版，第 4—5 页。

尽属西藏式与印度式，长目细腰，姿态优美，以衬托庄严静穆的宗喀巴巨像，全是善男信女由各地朝礼时贡献的，数目约在五千尊以上，全为镀金。殿前供列银器，式样繁多而细致，铸工极精，大者有一人高，雪亮耀目。蒙藏人民贡献的金玉珠宝，陈列龛中，不计其数，殿中除有数千酥油小灯，繁如明星，美如缨络外，并有二巨灯高悬像前，全为珍珠穿成……①

第二，主客交融，情趣盎然。旅游本身是一件苦乐参半的事业，支撑旅行者参与的动力，就是对大自然未知领域的搜奇览胜的热情，若没有这份热情，旅游何来乐趣？只有旅行者将自己的见解、认识、判断、情感投射到自然风景、名胜古迹时，这些景物才会有生命、有情趣。这就是作者所说的"主客观的交融，我写游记、游记写我"。比如作者游了酒泉，甚为喜爱这座城市，他这样形容自己的心情：

> 这河西走廊像一支宝剑插在西北区心腹之地……再以大自然的景色而论：祁连山正是这支宝剑的美丽堂皇庄严肃穆的装潢，像是走廊嵌镶了一道光辉灿烂的彩边，故无论从地理上的价值说，从大自然的风物说，酒泉实在太令人可爱了，太够令人沉醉了。大诗人李白的"恨不移封到酒泉"，而我呢，恨不移"家"到酒泉了。
>
> 如果在酒泉城里或附郭盖一栋小楼，面着一白无垠的祁连山峰，春风拂着白杨古柳的摇曳，从广大无边的瀚海里，清溪头，幽幽地望着驼群马队的经行，或者几个人骑着小驴慢慢走

---

① 易君左：《西北壮游》，文镜文化事业有限公司 1983 年版，第 103 页。

过，我将如饮美酒般地吟哦，所有前代诗人没能描出的心情意境都将一齐涌上我的笔尖了。①

这里不仅有对酒泉自然风光的描写，还有作者的浪漫观感。这是一个历经战乱困扰的现代文人，对宁静和平而富有诗意的生活的向往。或者说，它暴露了现代人对已逝去或即将消失的田园牧歌的永远的乡愁。

1948 年 9 月 20 日，作者的"河西秋旅"行将结束之际，他这样告别敦煌：

> 就在这晚半夜里，我们要离敦煌，预定一天赶回酒泉。一个月明星稀之深夜，我起床到后面荒地出恭，听着一片潺潺流水清冷之音，心里静静的幽幽的空灵圣洁，没有一点尘世的渣汁。白杨参天，微风不动，千佛窟的一排幽影，投射了巨大的轮廓，也没有一个秋虫的鸣声，或一只乌鸦的飞绕，宇宙是这样寂寂的。可爱的敦煌，可敬的千佛洞，我们和你暂别了。②

在这样万籁俱寂的佛教圣地的夜晚，作者产生的是遗世独立的超脱之念，所谓"空灵圣洁"，也就是佛教启示我们的至高境界。在这样的夜晚，万物复苏了他们的灵气和生命，作者面对千佛洞的幽影，就像无言地站在一个临别的友人面前，在和他作无言的诀别。

作者不仅常常触景生情，而且对历史人物、民俗风情、名胜古迹，多有感慨和论断。他在青海塔尔寺参观了"五体投地"的仪式后，一方面深为信徒的这种虔诚所感动；另一方面，他觉得佛教徒

---

① 易君左：《西北壮游》，文镜文化事业有限公司 1983 年版，第 60—61 页。
② 同上书，第 182 页。

应该用这种虔诚的精神从事人世的事业，他说："蒙藏佛教信徒确实有这种伟大精神，可惜错用在'磕头'上面。"① 另外，如前所述，他对成吉思汗，对长城、嘉峪关等历史英雄和名胜古迹，都有诸多感慨和议论。正如他所说，这就是"我写游记，游记也写我"。

第三，诗文并置的写法。易君左系出名门，他的父亲是清末有名的大诗人，受父亲熏陶和影响，易君左不仅好作诗，而且善作诗。作为五四辈的文人，尽管他早年尝试过白话新诗的写作，但他一生的大多诗作，都是旧体诗。

易君左的好作诗，可以说是达到了时时诗兴勃发、出口成章的程度。他常在行进的汽车上打腹稿、在马桶上构思、在黑灯瞎火的旅馆里挥毫写诗……他真是一位"诗文并茂"的游记作家。据我粗略统计，这册小小的，约八万字的游记中，就有诗作 66 首之多，而且多为歌行体长诗。

《西北壮游》的大多篇章，前以散文铺叙，后以诗词抒情；或者散文之中忽然夹杂诗词。这种铺排与简洁、通俗与典雅、无韵与押韵、散漫与齐整的交织互见，让他的游记读来摇曳多姿，雅俗共赏，颇有韵味。

1947 年 4 月 23 日下午，易君左一行由陕西邠州抵甘肃平凉。他笔下的平凉旅店，惨不忍睹：

> 斗室一方，土炕一个，墙壁尘垢破裂，地下烂土，进去就一股臭气。墙上用红土大书"小心老鼠"四字。纸糊芦席，被耗子撕得稀烂，地上大洞小洞，均是鼠穴。店里不预备被盖，要到外面租来，油垢一床，污秽可怕。炕上臭虫，被中虱子，

---

① 易君左：《西北壮游》，文镜文化事业有限公司 1983 年版，第 103 页。

一应俱全。加上我们到的这一天雨下得并不算小，滴滴答答，配合室内情调，孤灯暗淡，好不惨然！在这环境下，迫成了我写出一首诗。这首诗，比之杜公秦陇诸篇，似乎并不多让。假使我坐飞机，又假使到平凉即寓旅行社，那能有此好资料呢？然后知道现实生活的体验才是新诗歌的源泉。①

而我们看他的《平凉曲》，却是诗意盎然，妙趣横生：

平凉一宿愁无底，大雨潇潇阻行旅；平凉一宿笑颜开，大雨潇潇免旱灾。一人裹足万人福，吾宁凄凄栖土窟：尘垢满墙鼠满屋，大洞小洞乱砖覆。白昼漆黑如鬼窦，浓云低压呼吸促；行李车顶雨湿透，火烘风晾忙鹿鹿。一炕盈尺两人宿，孤灯荧荧真似豆；牵绳四角悬衣裤，铜盆盥面兼洗足。半夜隔邻呼屋漏，大儿号寒小儿哭，宪警敲门严查究，大官高枕黄粱熟。

呜呼！做客之难难如此，君不见：秦州杂吟杜子美，千古诗人空断肠，为君一曲歌平凉。②

这就是我们平常所谓旅行中的"苦中作乐"，也是诗人童心未泯的体现。

1947年9月10日，易君左客寓张掖甘园。他一大早如厕，在马桶上诗兴大发："晨，在厕所上成《抵张掖》一诗：'来访河西第一城，甘州词调旧知名。无人再说江南好，有客新从塞北行。秋水蒹葭孤雁影，黎明灯火万鸡声。风沙茫茫休相扰，梦里祁连雪样清。'"③

---

① 易君左：《西北壮游》，文镜文化事业有限公司1983年版，第20—21页。
② 同上书，第35—36页。
③ 同上书，第150页。

9月13日，作者于小雨中抵酒泉，当夜，他"枕上听雨不寐，只好做诗，成《重游酒泉》一律：'游遍河西爱酒泉，祁连千里雪盈巅。麦黄不愿才人老，车少尝为贾客专。砂碛驼峰秋草外，夕阳驴背野村前。来时却认归时路，赖有诗心一线牵。'"①

也许有人觉得一个现代作家，在白话游记散文中时时插入古体诗词，是在有意炫耀他的诗才。其实不然，像易君左这一辈在旧体诗词熏陶中成长起来的现代文人，旧体诗词的声韵腔调，辞藻格式，早已内化为他们的"心灵格式"，最能得心应手地表现他们最深切的感情。再加上中国文人自有登临怀古、伤时悯乱的传统，一旦相似的情境再现，旧体诗词的铿锵节奏，辞藻意象，便一一奔涌笔端。况且易君左的旧体诗词，多能推陈出新，不拘格套，诙谐生动，通俗易懂，富有现代气息。

---

① 易君左：《西北壮游》，文镜文化事业有限公司1983年版，第155页。

第五章　罗家伦抗战期间的"西北行吟"

——五四新文人的"旧诗"与"新歌"

一　引言

"大西北"的广袤与沧桑，曾激发了多少边塞诗人的灵感与壮志。但近代以来，交通的不畅和经济、教育、文化的衰落，使它渐渐淡出了文学家的视野。抗战爆发，东部半壁江山沦陷后，大西北成了抵抗日寇的后方基地，于是大批文人纷纷西迁避难。土地的辽阔、景色的奇崛、民性的淳朴、文化的丰厚，无不使西来的作家为之惊叹、折服，他们以如椽巨笔，挥写大西北壮丽奇瑰的景致，以唤起中华民族抗敌御辱的豪情壮志。于是，国难之际，大西北再次成为文学的沃土。

《西北行吟》初版封面

　　罗家伦的《西北行吟》，是这位五四新文化运动健将的抗战"诗碑"。诗集 1944 年年初于甘肃天水石印数百册，收 1943 年 6 月至 1944 年年初考察西北建设问题时所作诗篇，后又补录他任驻疆监察使往返重庆及漫游西北的诗作，共收诗三百一十三首（其中《玉门出塞集》《海色河声集》《转绿回黄集》三卷收旧诗三百零八首，《塞外高歌集》收白话新诗五首），于 1946 年 1 月初版于重庆。诗人说他这些诗，是他担任"西北建设考察团"团长和国民政府监察院驻新疆监察使时，写于"轮蹄出动与欲眠未得之时"，是"藉吟咏以解于役之疲而寄平生之兴"①、"志行踪而馈友好"② 的纪行遣兴之作。

---

　　① 罗家伦：《西北行吟·自序》，商务印书馆 1946 年版，第 1 页。
　　② 同上书，第 2 页。

二 如何理解现代文学史上的"勒马回缰作旧诗"现象

由于罗家伦身为国民党要员，且 1949 年后赴台，再加上他是以"打倒旧文学、提倡新文学"并身体力行写作白话新诗而赫赫有名的五四新文化运动的健将，所以人们很少谈及、也很不理解他在抗战期间何以写出这部看似走回头路的旧诗集。

20 世纪 40 年代后期，吴小如认为新文学运动三十年后，"一个五四运动时期的中坚分子，拨转头去写旧诗，而且还正式印出来行世，真是一件值得玩味的事"①。吴小如虽然承认自己"所发表的各种文字中也时时流露出耽溺于传统文化的倾向"，但他揣摩罗家伦写旧诗的动机："大概因为新阵营中已插不进足，于是乃摇身一变，改换了过去的'革命'作风，并混入旧诗坛中来，用投机取巧的方式，做一个不甘寂寞的'诗老'。也许，作者认为现在写旧体诗真正内行已很少了，一本旧诗集，容或可以博得某些'门外汉'茫然的盲目景仰与崇敬；不然，就是面对新文化的怒潮，留一个权且自解嘲的退身步。"②

姑且不论一般的旧诗作者，就是那些赫赫有名的五四文学革命的发动者和参与者，在五四以后时时反顾旧诗写作的，实在为数不少。这种现象，正如吴小如所言，是"值得玩味"的，但原因并不像他揣摩的那样简单。因为我们看到，五四以来的诗歌，既有一个白话新诗的"明流"，也有一个旧诗的"暗流"。五四以来的旧诗写作不是一种个别现象，而是具有普遍性的现象。这个"暗流"，时大

---

① 吴小如：《读罗家伦的〈西北行吟〉》，《旧时月色》，北京大学出版社 2012 年版，第 215 页。
② 同上。

时小，但不曾断绝，甚至在某些特殊时期（比如 1934 年很多作家对周作人五十自寿诗的唱和，抗日战争期间大量旧诗集、旧诗社的出现）还蔚然成风。出现这种现象的原因，我们不能笼统地用黑暗现实的逼迫、复古心理的作祟、对民族形式的重视等解释它，这些其实都是外在的因素。旧体诗在五四文学革命之后长期存在的真正原因，乃在于几千年来，五七言的中国古诗这种艺术形式，及其抒发的感情、营造的意境与描摹的意象，已深深地烙刻在整个民族的情感记忆中，这对于已接受旧体诗词教育和熏陶的清末民初成长起来的一代文人来说，尤其如此。我们今人每登临山水，或离家伤别，体验的感情依然来自前辈诗人的"遗传"。这种"遗传"，概而言之，包含两个方面的内容：一是古典诗歌中的情感、意境内涵；二是铿锵悦耳的艺术形式。

很多新文学作家，在内心深处，对他们的前辈创造的艺术成就和人生境界的崇敬，可能超过对他们从事的新文学的信仰。闻一多 1923 年 1 月 21 日给梁实秋的信里这样坦露心迹：

> 我的唯一的光明的希望是退居到唐宋时代，同你结邻而居，西窗剪烛，杯酒论文——我们将想象自身为李杜，为韩孟，为元白，为皮陆，为苏黄，皆无不可。只有这样，或者我可以勉强撑住过了这一生。[1]

我们再看余光中的现代白话诗《等你，在雨中》的结尾一节：

> 步雨后的红莲，翩翩，你走来
>
> 像一首小令

---

[1] 闻一多：《闻一多全集》(12)，湖北人民出版社 1993 年版，第 140 页。

> 从一则爱情的典故里你走来
>
> 从姜白石的词里，有韵地，你走来①

诗人在现实中等待的"美人"，在他的感觉里不是来自现世的，而是从前辈诗人的诗词里走出来的。同样，余光中诗中的"江南"，也是唐诗里的江南、小杜的江南、苏小小的江南、杏花春雨里的江南。② 这说明现代诗人观物感物的心灵，已被无数前辈的诗词所格式化了。现实中新的情境，多多少少，总是以传统的方式被领悟的。

艾略特在谈到诗人的个性与传统之关系时也有类似的观点：

> 每当我们称赞一位诗人时，我们倾向于强调他的作品中那些最不像别人的地方。我们声称在他作品中的这些地方或部分我们找到了独有的特点，找到了他的特殊本质……如果我们不抱这种先入的成见去研究某位诗人，我们反而往往会发现不仅他的作品中最好的部分，而且最具个性的部分，很可能正是已故诗人们，也就是他的先辈们，最有力地表现了他们作品之所以不朽的部分。③

文学上的这种"遗传"，它的存在与否，并不取决于后世作家的主观愿望。主观的拒绝是一个方面，客观的存在又是另一个方面。文学的传统当然不是一成不变的，但变与不变，是辩证的过程。文学发展过程中进二退一或进一退一的胶着状态是常见的现象。写了

---

① 余光中：《余光中集》第二卷，百花文艺出版社 2004 年版，第 18 页。
② 同上书，第 372 页。
③ ［英］T. S. 艾略特：《传统与个人才能》，《艾略特文学论文集》，李赋宁译，百花洲文艺出版社 1994 年版，第 2 页。

六年白话诗的闻一多，在 1925 年 4 月给梁实秋的信里附寄了这样一首诗：

> 六载观摩傍九夷，吟成鴃舌总猜疑。
>
> 唐贤读破三千纸，勒马回缰作旧诗。[①]

这个例子，说明新诗人在深层心理上与旧诗词之间有剪不断、理还乱的纠结关系。

对熟悉旧诗音韵格式的新文学作家来说，写作旧诗可能要比写作新诗更适宜表达他们的情感。一个不争的事实是，尽管当别人说鲁迅的白话功底来源于其文言的深厚修养时，他极力予以反驳，但他在范爱农、"左联"五烈士、杨杏佛等他的至交罹难后，均以旧诗抒发其悲愤欲绝的真切情感。他将这种情况无奈地戏称为"积习"的抬头。

同样是新文学作家，郁达夫不仅在他短促的一生创作了大量的旧诗，而且也从不掩饰他对旧诗的迷恋：

> 讲到了诗，我又想起我的旧式想头来了，目下流行着的新诗，果然很好，但是，像我这样懒惰无聊，又常想发牢骚的无能力者，性情最适宜的，还是旧诗，你弄到五个字，或者七个字，就可以把牢骚发尽，多么简便啊！我记得前年生病的时候，有一诗给我女人说：
>
> 生死中年两不堪，生非容易死非甘。
>
> 剧怜病骨如秋鹤，犹吐青丝学晚蚕。

---

① 闻一多：《废旧诗六年矣，复理铅椠，纪以绝句》，《闻一多全集》（12），湖北人民出版社 1993 年版，第 222 页。

一样伤心悲薄命，几人愤世作清谈。

何当放棹江湖去，浅水芦花共结庵。①

他在《谈诗》一文里，对旧诗在五四之后不曾断绝的艺术原因，作了精辟的分析：

中国的旧诗，限制虽则繁多，规则虽则谨严，历史是不会中断的。过去的成绩，就是所谓遗产，当然是大家所乐为接受的，可以不必再说；到了将来，只教中国的文字不改变，我想着着洋装，喝着白兰地的摩登少年，也必定要哼哼唧唧地唱些五个字或七个字的诗句来消遣，原因是因为音乐的分子，在旧诗里为独厚。

当然，新诗里——就是散文里，也有一种自然的韵律，含有在那里的；但旧诗的韵律，唯其规则严了，所以排列得特别好。不识字的工人，也会说出一句"今朝有酒今朝醉"来的道理，就在这里。王渔洋的声调神韵，可以风靡一代；民歌民谣，能够不胫而走的原因，一大半也就在这里。②

证诸周作人和艾略特关于诗歌语言形式与民族情感之间关系的论断，我们深信郁达夫此言不虚。

周作人说："我不是传统主义（Traditionalism）的信徒，但相信传统之力是不可轻侮的。坏的传统思想，自然很多，我们应当想法除去他。超越善恶而又无可排除的传统，却也未必少，如因了汉字而生的种种修辞方法，在我们用了汉字写东西的时候总摆

① 郁达夫：《郁达夫全集》（第三卷），浙江大学出版社2007年版，第110—111页。
② 郁达夫：《郁达夫全集》（第十一卷），浙江大学出版社2007年版，第138—139页。

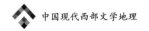

脱不掉的。"①

艾略特认为："情绪和情感是在一个民族的日常语言中——也就是在所有阶层都使用的语言中——得到最完美的表现的。因为语言的结构、节奏、声音、习惯，表现了说这种语言的民族的个性。"②

罗家伦《西北行吟》虽然多为古体诗，但作者毕竟为现代人，战争的体验、大西北缓慢展开现代化的景象，无不使他的旧体诗富有现代的内涵与特征。何况就文学史的发展而言，中国诗歌在近现代的社会巨变中，走上白话诗的发展道路，那只是在特殊的历史境遇中，多种机缘之偶然的走向和选择。20世纪旧诗作者创作的为数不少而且质量上乘的旧诗，足以说明旧诗的生命力并不因白话诗的兴起而骤然消亡，古体诗和白话新诗也不能以简单的"旧"和"新"作为划分二者的标准。正如老舍抗战期间写给台静农的信里说："为诗用文言，或者用白话，语妙即成诗，何必乱吵絮。"③

而且对于像罗家伦这一辈在旧诗词熏陶中成长起来的一代，旧诗的声韵腔调，辞藻格式，已经内化为他们的"心灵格式"，最能得心应手地表现他们最深切的感情，尤其是中国诗歌传统中感时悯乱的情怀。一旦诗人在战乱现实中体验到无数前辈曾歌咏过的"国破山河在"的情境，古人体验过的情绪和铸造的诗句就同时在心中和笔下奔涌而至。

至于罗家伦旧体诗的艺术成就，虽有"出之太易"或"生吞活

① 周作人：《〈扬鞭集〉序》，《谈龙集》，河北教育出版社2002年版。

② ［英］T. S. 艾略特：《诗的社会功能》，《艾略特诗学文集》，王恩衷编译，国际文化出版公司1989年版，第242页。

③ 台静农：《我与老舍与酒》（原载1944年9月《抗战文艺》第3、4期合刊），《酒旗风暖》，青岛出版社2011年版，第62页。

剥""因袭前修"之讥①，但罗家伦自有他的艺术追求："余尝谓诗必有诗意诗情诗境三者乃成，盖无意则空、无情则死、无境则低。余固未逮，窃以此自勉。至于韵脚，不过便歌咏耳，未可以前人之声带缚今人之心灵也。余于诗毫无所长，惟常求写景必真、写情不伪，虚构之词、无病之呻窃非所取。"②《自题诗稿》云："偶耽吟咏原余事，何必苍头夸异军。写到性灵真挚处，也关儿女也风云。"《吟罢》又云："生憎刻意作诗人，豪兴来时句有神。聊借天山风雪夜，醉蘸浓墨写天真。"

新中国成立前的中国现代文学史论著或港台地区的中国现代文学史（中国文学史），对五四以来的旧诗词创作和作家多有论及，然而中国大陆自20世纪50年代以来的现代文学史，由于受制于新、旧对立的文学观念，对五四以来新文学作家的旧体诗词创作和专事旧体诗词的作家，鲜有论及。近年来，希望将五四以来的旧体诗词创作纳入现代文学史叙述范围的呼声日渐高涨，这是由于改革开放以来，学术界反思既往文学史缺陷的结果，也是新时期以来现代文学史观日渐开放、包容的表征。早在1980年，并不治文学史的小说家，就很为这些放逐在现代文学史之外的旧诗词作家和作品鸣不平：

我所说的"大文学史"中，第一要包括"五四"新文学运动以来的旧体诗、词。毛主席和许多党内老一代革命家写了不少旧体诗、词，早已在社会上广泛传颂。新文学作家也有许多人擅长写旧体诗、词，从艺术技巧上看，都达到较高的造诣。因为这些作家有新思想、新感情，往往是真正有感而发，偶一

① 吴小如：《读罗家伦的〈西北行吟〉》，《旧时月色》，北京大学出版社2012年版，第216页。

② 罗家伦：《西北行吟·自序》，商务印书馆1946年版，第1页。

为之，故能反映作家深沉的感触和时代精神。如您的《读稼轩集》一首七律就是精品。郁达夫的旧体诗写得很好，这是大家都清楚的，当然应作为郁氏文学遗产的一部分。现代文学史应该在论述他的小说之外，也提一提他的诗。其他"五四"以来的重要作家，在现代文学史上均照此例。

还有一种类型，例如柳亚子、苏曼殊等，人数不少，不写白话作品，却以旧体诗、词蜚声文苑，受到重视，也应该在现代文学史中有适当地位。其中思想感情陈腐、无真正特色者可作别论。在论述这部分作品时，不仅需要打破文言白话的框框，还要打破其他一些框框。例如学衡派有一位较有才华的诗人吴芳吉，号白屋诗人，不到三十岁就死了，在当时很引人重视。他死后，吴宓将他的诗编辑出版。既然社会上发生过较大影响，要研究一下原因何在。如果他的诗确有成就，也应该在现代文学史上提一笔。又如前年不幸因车祸逝世的著名女词人沈祖棻教授，留下了词集和诗集，艺术水平很高，感慨深沉。她的作品有什么理由摒弃在现代文学史之外？不是白话诗，能成为理由么？①

三 离愁别恨与故国之思

抗战期间，罗家伦与许多中国人一样，怀着国仇家恨，辗转流徙，共赴国难。1943年3月，罗家伦遭父丧，6月旋即赴西北考察，正如杜甫《无家别》所谓"存者无消息，死者为尘泥"。然而诗人

---

① 姚雪垠：《中国现代文学史的另一种编写方法——致茅公同志》，《社会科学战线》1980年第2期。

化"塌然摧肺肝"的凄惨为"万里赴戎机"的悲壮："哭罢亲丧又别离，迢遥三万首征途。此行不洒寻常泪，应揽江山入壮图。"① 当此万方多难之时，罗家伦浪迹西北，触景生情，感时伤世。"灞桥"乃古人离别伤心之地，适逢抗战，举国离乱："莫道今人离恨少，灞桥杨柳已无多。"（《灞桥》）陇头山水，乃古人征战戍边离别之地，因古人不断歌吟而成行人思乡的象征。诗人想到古人诗句如王维："陇头明月迥临关，陇上行人夜吹笛。关西老将不胜愁，驻马听之双泪流。"翁绶："陇水潺湲陇树黄，征人陇上尽思乡。"于是伤感之情，如陇头流水，奔涌鸣咽："小别感离群，何言远寄君。不闻流水咽，望断陇头云。"（《陇上寄维桢》）

1944年除夕夜，罗家伦孤身一人远在新疆，梦里还家，醒后客居难眠，以诗记梦："紫微欢跃少微牵，酒罢歌终正好眠。休梦阿爷悬塞外，风云莽荡过新年。"（《除夕夜醒怀紫微少微二女》）明明是诗人自己思乡难眠，但反劝女儿们（紫微、少微）不要挂念自己，足显诗意的委婉曲折与生为人父的用心良苦。诗人再赴新疆，临别之际，思绪万千，然无从说起，于是吩咐儿女哄猫睡觉，以便自己脱身："一去天山客梦遥，檐前梅雨感潇潇。临行欲语翻无语，吩咐娇儿护睡猫。"（《辞家再赴新疆》）这情景让人想起《东坡志林》所记苏轼与妻子生离死别之际的机趣："昔年过洛，见李公简言：'真宗既东封，访天下隐者，得杞人杨朴，能诗。及召对，自言不能。上问：'临行有人赠诗送卿否？'朴曰：'惟臣妻一首云：更休落拓耽杯酒，且莫猖狂爱咏诗。今日捉将官里去，这回断送老头皮。'上大笑，放还山。余在湖州，坐作诗追赴诏狱，妻子送余出门，皆哭。

① 罗家伦：《辞家》，《西北行吟》，商务印书馆1946年版，第1页。为行文简洁，本书以下所引罗家伦《西北行吟》诗句，只随文标注题名，不再一一标注其出处。

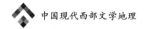

无以语之，顾语妻曰：'独不能如杨子云处士妻作诗送我乎！'妻子不觉失笑，余乃出。"①

其他诗作如《寄怀》："临歧温语梦犹牵，鹃雨驼沙路八千。愿乞嫣红云半幅，补将离恨一方天。"《天水月夜偶忆重庆半亩园中宵雨里杜鹃声客怀维桢》："明月几圆缺，迟迟尚未飞。想当巴雨夜，慵听子规啼。"表达的都是战乱之际，家人离散的相思之苦。

秦陇大地，乃中华先民的发祥地，诗人目睹山河破碎，于是油然而生"黍离之悲"："太王久避犬戎去，黄土犹夸后稷功。杏子初丹梨枣翠，一川杨柳写邠风。"（《邠县传为后稷教稼穑地》）"我欲高歌陇上行，陇头流水咽无声。满山麦黍炊烟渺，何处远人来此耕。"（《度陇后途中即景》）"带雨阴云入半空，飞沙吹到马牛风。凉州七月春光好，菜子花黄荞麦红。"（《度乌沙岭》）诗人目睹的仿佛依然是两千年前的杨柳依依、麦黍离离、流水潺潺……然而现实是山河破碎、生灵涂炭、物是人非，诗人体验到的故国沦丧的悲剧性感情，因景色和氛围与前代文人笔下景致的相似而显得特别凝重沧桑。

在外敌入侵的背景下，历史上曾作为国防屏障的长城、贺兰山、六盘山和作为中华民族象征的华山、黄河等，因厚重的历史积淀而激发了诗人炽热的爱国情怀："长城断续戍楼空，历代雄图在眼中。莫道汉皇重倾国，燕支从此入尧封。"（《赴张掖途经山丹燕支山即在县境》）"严关畴昔称天险，秦陇而今为一家。怀古幽情谁与诉，六盘山顶看黄花。"（《徘徊六盘山绝顶》）"淡妆浓抹更相宜，西子湖光未足奇。知是瑶姬青鬓好，镜中摇曳碧琉璃。"（《山上天池》）

---

① 苏轼：《东坡志林》，中华书局1981年版，第32页。

"万方多难登临日，拔地晴峦洵壮哉。一语名山须记取，他年风雪待重来。"（《留别华山》）"贺兰山势压边尘，崖石丹如报国心。信是中朝成一统，黄河水似鉴湖清。"（《中宁至张恩堡途中见黄河一曲清莹如鉴喜赋》）这些诗，表达的正是国破家亡、山河依旧的今昔之感和壮志未酬的悲愤。

罗家伦在西北也瞻仰了很多文化遗迹，引发了他的很多思考。他对秦始皇、成吉思汗、霍去病等英雄统一中国、开拓疆域的历史贡献给予深情礼赞："恩仇深处见多偏，瞻拜雄图意惘然。御宇岂徒三十六，中原一统两千年。"（《骊山望始皇陵》）"上国版图浑似旧，茂陵松柏析为薪。河山百代酬英主，左伴英雄右美人。"（《谒茂陵，陵左为卫霍墓右为李夫人墓》）"成陵所在驻元戎，神武同臻不世功。百尺云杉齐指日，中华气象属兴隆。"（《谒兴隆山成陵小憩委员长蒋公行邸》）这些赞颂和肯定，是诗人着眼于抗战现实的有感而发，希望中国各民族、各政党在抗敌御辱的国难面前，摒弃仇怨和偏见，一致勠力抗敌，以维护中华民族的团结与统一。

罗家伦对大西北地理景观、文化遗迹和历史英雄的歌咏，借由对祖国大好河山的赞美和古圣先贤的追忆，激发国人敬慕华夏先祖、黾勉自强、共御外辱、收复失地的爱国意识。

罗家伦素有投笔从戎的志向，看他早年的诗即可知道。如他二十岁的诗作《渡江》："从戎素志总蹉跎，击楫中流发浩歌。豪气徒横魏武槊，壮怀空握鲁阳戈。纵观海内须眉少，极目天涯涕泪多。莽莽神州人似梦，一腔孤愤诉烟波。"《塞外》："击筑高歌猛虎行，碧天如水暮云清。不知今夜阴山月，可似轮台旧日明。"① 所以当此

---

① 罗家伦：《渡江》《塞外》，《复旦杂志》1918 年第 6 期。

国难之际，诗人想象自己为戍边的英雄勇士，在精神上非常认同那些为统一中国做出卓越功勋的历史英雄人物。

四 "西北"奇景与"江南"乡愁

在抗战期间西迁作家的笔下，最为人称道的莫过于对大西北风景的描写。

一个地方景观的知名度，有赖于文人梦笔生花的渲染。但生长于斯的人，未必就能"发现"，所以，一地的人情风景，往往仰仗于"他者"的眼睛和笔触。抗战期间西迁作家对大西北的景物描写，一般分两个方面展开：一方面是对富于西北地域特色的奇崛壮丽景色的赞美；另一方面是在大西北对"江南"的"发现"。罗家伦的《西北行吟》正是如此。

我们看下面这几首写青海湖、沙尘暴、戈壁游牧、海市蜃楼等西北独有景观的诗，诗人无不以如椽巨笔，状写大自然的雄伟悲壮。这种雄壮，是人在与自然的对照中感悟到的人自身对于"伟大"的缺失，继而产生对大自然"雄强壮美"的崇拜。这种情绪，在抗战背景下，又因外族的侵略而得到强化：

> 蔚蓝海接草原黄，大自然中两广场。
>
> 万点牛羊千缀雪，霸图诗意两茫茫。《青海海上放歌》
>
> 沙柱倚天壮，风声遍野哀。
>
> 尘头高起处，知是牧群来。《沙泉子》
>
> 风卷沙成岭，寒凝云作山。
>
> 徒移无定处，边将得常看。《新疆杂咏》（一）
>
> 消渴喉无水，长吟口有沙。

日光炫石子，眼底现昙花。《新疆杂咏》（三）

草枯蓬断凛萧晨，千里沙中百劫身。

驼迹依稀雕影绝，黄羊看到似乡亲。《沙漠杂兴》

天方贪昼寝，人已入葫芦。

借取金刚凿，混沌破得无。《归途返精河沙泉子戈壁途中遇
大风沙》

走石鸣钲鼓，惊沙沸管簧。

车前争膜拜，红柳着黄裳。《戈壁风沙中遣兴》

夜色芒如海，沙纹绉若波。

纵然无杀伐，驼马骨仍多。《度玉门戈壁》

平沙浩渺绿荫开，七宝庄严入望来。

阅尽丹青千万本，盛唐真个出人才。《游敦煌千佛洞》

平沙尽处有仙乡，一片烟波入渺茫。

更羡楼台凌倒景，宛然都在水中央。《嘉峪关戈壁中忽见
海市》

五云深处见瀛台，鱼白孤帆雾里开。

浩渺烟波千万顷，星槎何事不重来。《度玉门戈壁重见海市》

大西北的浩瀚戈壁、飞沙走石、茫茫草原、沙漠驼铃、海市蜃
楼，都是生长于南国的诗人不曾目睹的景观，对他的视觉和心理均
造成强烈的冲击，所以，诗人对此类风景特别"敏感"，触笔成景，
奇幻无比。这类景致，虽经历代边塞诗人不断歌咏，但罗家伦毕竟
是现代人，所以虽是旧形式，表现的还是现代人"征战戍边"之
观感。

抗战期间，对于流徙异地他乡的诗人而言，最强烈的情绪莫过
于"乡愁"，于是诗人屡屡在西北发现"江南"。诗人用"江南"指

称大西北偏于柔媚的风景，并将自己置身于"江南"的风景中，以获得心理上对于思乡的补偿与慰藉。

　　江南妙句张志和，塞北绝唱忽律金。

　　我温游子江南梦，偏作苍凉西北吟。《西北行吟诗稿题后》

　　两行杨柳拂车窗，王道平平如翠苍。

　　若不推窗寻水稻，江南一线在平凉。《平凉即景》

　　绿荫丛外绿毵毵，竟见芦花水一弯。

　　不望祁连山东雪，错将张掖认江南。《张掖五云楼远眺》

　　榆荫深处草芊芊，宛似江南四月天。

　　望断马头残雪裹，玉龙飞下白云间。《登博格达山道中》

　　伊犁河上草黏天，乌特黄鬟柳外天。

　　莫把江南风景比，断无汗血并鸢肩。《伊犁河畔》

　　一方面，诗人作为"江南逐客"，滞留异乡，流连山水，类似"江南"的风景，不断勾起他的乡思；但另一方面他也知道，即使塞上的景物如何近似"江南"，那只是一种幻觉。所以诗人不断提醒自己，莫把"塞北"当"江南"。越是如此，越是说明战乱造成的流离失所给诗人心里带来的不安和焦虑。

五　西北民俗和"现代"景象

　　西北各少数民族，大多善歌能舞，新疆各少数民族尤甚，给诗人留下了深刻印象。"塞上元音悦耳多，抑扬妙处舞婆娑。江南词客真堪笑，偏恋吴孃一曲歌。""女儿英气到眉尖，爽飒偏生百种怜。情态不容人浅测，忽如决绝顿缠绵。"（《观伊宁各族文化促进会歌舞表演》）西北多游牧民族，游牧生活本与大自然融为一体，故自成风景，富有牧歌情调："黑白散牛羊，山开大牧场。更添边塞色，绿树出红墙。"（《三营道中》）而游牧民族的服饰、放牧的方式，均显其异域情调："紫衣白帽显昂藏，黑犬如熊绕马旁。马上指挥真若定，一鞭驱走五千羊。"（《游牧》）

2015 年 7 月下旬，笔者有机会到新疆一游，到乌鲁木齐的当晚，有幸观看陆川执导的《丝路秀》和新疆维吾尔、哈萨克、柯尔克孜、蒙古、回等少数民族的歌舞表演。遥想七十年前，罗家伦在新疆观看少数民族歌舞表演，仿佛时光倒流，物是人非，不胜今昔之感。

大西北地域辽阔，各地气候千差万别，民俗风情多姿多彩，罗家伦用旧体诗来歌咏西北各地物候风俗，尤感亲切动人。秦陇黄土高原地区，农人多住窑洞，诗人写雨中窑洞景色，诗中有画，神韵十足："黄土窑中绿叶扉，扉前黄犬待人归。山中急雨人绝迹，坐看溪流一道肥。"（《邠县大峪坡遇雨书所见》）

西北农村各地，人们多烧"土炕"，以保温取暖，然南方人多不习惯。罗家伦以下两首写"土炕"的诗，情趣盎然。不知土炕冷热的人，不能领略其妙处。

> 斗柄横斜挂小窗，驼铃人静转铿锵。
>
> 鸡声唤下如钩月，炕火无温夜未央。《中宁夜醒口占》
>
> 浑似蚁缘热锅底，何劳犬吠月明中。
>
> 地堪炙手诗魔避，泪烛将残火尚红。《炕热睡难成寻诗句未得感赋》

土炕要温度适宜，人才能休息得好，过热、过冷都无法安然入睡。前一诗写由于填炕燃料不足，不到半夜，炕已冰凉，加之塞上驼铃阵阵、鸡鸣不已，令旅人徒增寂寞之感。后一首诗，状写炕热难眠，借赋诗度此无聊时光，但又因炕太热，连诗神都躲避而不肯来，想来诗人如热锅上的蚂蚁，整夜难眠，何等形象。

新疆地处祖国西北边陲，早晚温差大，昼长夜短，天气变化无常（俗谚所谓"一山有四季，十里不同天"；"早穿皮袄午穿纱，围着火炉吃西瓜"），于是人们的衣着、起居等，均具异域风情。以下三诗，正是这种风俗的真切表现：

> 冬夏无严界，炎凉看气流。羡他哈萨克，赤膊背重裘。《新疆杂咏》（二）
>
> 九时未燃膏，四时光夺梦。雅贼若偷光，可省壁间洞。《新疆杂咏》（四）
>
> 无蚊可成雷，有蝇皆作鼓。宰予若西游，应感昼寝苦。《新疆杂咏》（五）

在 20 世纪 40 年代，大西北的大多地方还是原始的农耕和游牧生活，但"现代"的零星景象亦开始萌蘖其间。极端的"原始"和极端的"现代"的并置，构成了大西北另一道奇特的风景线。罗家伦的这首《留赠玉门油矿》，是最早描写现代石油工业的"石油诗"：

> 塞上艰辛泃及时，人工地脉费寻思。
>
> 飞潜他日均须仗，此是神州玉液池。

同是 20 世纪 40 年代来甘肃的易君左，他的游记中有《玉门油矿》一节，专记这朵戈壁荒漠中的现代奇葩，对这原始荒原上的现代景象，有细致的描写。

中国诗人自有悲天悯人的传统，从屈原至杜甫的伟大诗人无不如此。大西北生存条件极其艰苦，又逢战乱，其苦况更不堪言。从高空俯瞰西北黄塬上的层叠旱田，就像西北人所穿补丁斑斑的旧衣。目睹此景，苍生之念，油然而生：

> 恍如远镜窥月球，疑是行云漏日影。
>
> 转念秦人勤苦多，曝尽衲衣覆秦岭。《秦岭旱田》
>
> 乱山间一地，即已化田畴。
>
> 畛念生民苦，心生塞北愁。《迪化飞兰州途中俯瞰》

正因为诗人悯念苍生之情甚笃，所以当他看到雨中迎接他的朵朵伞盖时，诗人将此想象为久旱逢雨的田禾：

> 岂是书生汗漫游，元戎心系帝王州。
>
> 雨中冠盖都含笑，为卜三秦大有秋。《关中苦旱车抵西安时适雨书酬熊哲民主席胡宗南将军及在站相迎诸君子》

六　白话诗歌

正如我前面所说，像罗家伦这样经历旧文学熏陶和教育的一代文人，他们虽自觉提倡新文学，但骨子里仍是旧文学的迷恋者。旧文学对他们浸染既深，所以，他们吟咏性情，酬唱应和，旧诗句便脱口而出，最觉得心应手。然而，一旦转到面对公众的启蒙时，他们便是另一副笔墨。钱穆认为中国文学与西方文学的区别，在于中国文学重视"时间绵历"，而西方文学重视"空间散播"：

> 而所谓藏诸名山，传诸其人，豹死留皮，人死留名，此乃中土所尚。因其文学萌苗于大环境，作者所要求欣赏其作品之

对象，不在其近身之四围，而在辽阔之远方。其所借以表达之文字，亦与近身四围所操日常语言不甚接近。彼之欣赏对象，既不在近，其创作之反应，亦不易按时刻日而得。因此重视时间之绵历，甚于空间散布……若演剧之与唱诗，则决不能然。苟无观者何为演？苟无听者何为唱？故而西方文学家要求之欣赏对象，即在当前之近空，而中国文学要求欣赏之对象，乃远在身外之久后。此一不同，影响于双方文学心理与文学方法者至深微而极广大。故西方文学尚创新，而中国文学尚传统……故西方文学之演进如放花炮，中国文学之演进如滚雪球。西方文学之力量，在能散播，而中国文学之力量，在能控搏。此又双方文学之一异点也。①

五四文学革命带来的重大变革，除了语言形式由文言到白话转变之外，更重要的还有文学观念的变化：由个人的赏玩到面向大众的启蒙，正是中国文学观念现代变革的重要一步。就白话新诗而论，确如钱穆所言，重视"空间散播"甚于"时间绵历"。了解这一点，对于我们理解现代文人表达"私情"用旧诗，表达"公论"用白话的二元并置现象很有启发。在诗人的心目中，读者的有无以及对读者群的预设，自然会影响诗人对诗歌语言的选择，进而影响他处理语言时采取的方式。艾略特将诗的"声音"分为三种："第一种是诗人对自己说话的声音——或者是不对任何人说话的声音。第二种是诗人对听众——不论多少——讲话时的声音。第三种是当诗人试图创造一个用韵文说话的戏剧人物时诗人自己的声音；这时他说的

---

① 钱穆：《中国民族之文字与文学》，《中国文学论丛》，生活·读书·新知三联书店2002年版，第16—17页。

不是他本人会说的，而是他在两个虚构人物可能的对话限度内说的话。"①

套用艾略特的观点，我们认为中国的旧诗总体上是诗人"对自己说话的声音"，而五四以来的白话诗是诗人"对听众讲话的声音"。或许可以这样说，五四以来的白话新诗是大众的、启蒙的，而旧诗是个人化的、抒情的。所以，当罗家伦应西北各省地方长官或某些社会团体要求作诗作歌时，他均以白话为之，足见新文学家对文学"公""私"畛域心知肚明。

罗家伦《塞外高歌集》中的五首白话诗，赞美祖国大西北的锦绣山河，灿烂文化，丰饶物产，民族团结，诗意地描写少数民族充满浪漫情调的爱情生活，祝颂中华民族八年浴血抗战的伟大胜利。因为这些白话诗是为谱乐歌唱而作，故能音调铿锵，韵律协调，读来颇富节奏感。罗家伦的这五首白话诗，不大为人所知，具有重要的文学史料价值，故全照录如下，以供同仁参考。

青海歌

青海青，	一片汪洋。
黄河黄，	这里有成群战马，
更有那滔滔的扬子江！	千万牛羊。
雪白白，	马儿肥，
山苍苍，	牛儿壮，
祁连山下好牧场。	羊儿的毛好比雪花亮。
好牧场，	中华儿女，

① ［英］T. S. 艾略特：《诗的三种声音》，《艾略特诗学论文集》，王恩衷编译，国际文化出版公司1989年版，第249页。

来罢——来罢，　　　　　　这伟大的昆仑山，

拿着牧鞭，　　　　　　　　我们的祖先就在这里发祥！

随着怒马，　　　　　　　　我们要踏到这山顶上，

背着刀和抢，　　　　　　　扬着三民主义的火把，

随便驰骋在这高原上。　　　放出世界的光芒！

我们更不要忘，

　　三十二年十一月十七日，将别青海之前夕，马子香将军举行青海歌舞欢送会以惜别团员，吴文藻先生忽谓马子香将军余尝好作歌，子香即以青海歌为请，余不欲使其触望也，爰凝思片刻，即索纸笔写成此歌，为时凡十五分钟。写毕谓子香曰，古人临别赠言，余则临别赠歌，遂宣之于众。子香即晚召谱乐者制谱，并通令全省歌唱。闻此歌已成省歌，声遍白山碧海间矣。追忆前尘，濡笔志此急就章之始末。

　　志希附识

新疆歌

（一）

新新疆，　　　　　　　　伊犁河畔青青草，

我们中华民国的屏障！　　河畔有天马低昂。

阿尔泰高天山长，　　　　听那塔里木河流水汤汤，

葱岭横西极；　　　　　　江南四月风光。

昆仑抱南疆。　　　　　　这雄丽的山河，

山头太古雪，　　　　　　梦也不能忘。

映着万里沙黄。　　　　　巩固我广大的新疆。

（二）

新新疆，

我们中华民族的宝藏！

阿尔金脉乌苏矿。

油泉泛地底；

羊阵乱山旁。

名瓜传哈密。

葡萄甜溢高昌。

和阗绸托羊脂玉，

润洁地好比冰霜。

更有那云母含辉乌纱亮，

都上在资源账。

这富庶的宝藏，

梦也不能忘。

巩固我天府的新疆！

（三）

新新疆，

我们国内宗族的天堂！

龟兹明乐伴伊凉。

血统常交流，

心弦更交响。

常旋风舞罢，

令人荡气回肠。

文化早陪公主嫁，

规模犹仰汉和唐。

接受三民主义万道祥光，

同臻和乐安康。

这甜蜜的乐园，

梦也不能忘。

巩固我中国的新疆！

大漠情歌

（一）

想起我们初次相见：

帐房外大家围坐一团。

我弹着"吉黛"，

你跳在中间。

你紫红的裙边，

飘过我的脸：

引得我的灵魂，

飘飘的像上了天！

（二）

我们在苹果树下，

小小的泉水旁边。

我的心弦在跳，　　　　　　送到你口边。

你的歌声在颤。　　　　　　那苹果的颜色，

我摘下一个苹果，　　　　　不如你脸色的红鲜！

（三）

你的马跑成一溜烟，　　　　再勒着我的枣骝，

我追你还得加几鞭。　　　　把缰结着缰。

谁敢笑我娇嫩？　　　　　　肩并着肩，

我已经追过你马前。　　　　说说笑笑的一道向前。

（四）

我们并坐在山边，　　　　　"我的心像靠着的青石

肩靠着肩。　　　　　　　　般坚"！

"你是沙漠里的红花"！　　　大家脸对着脸，

"那你就是花旁的甘泉"！　　没有人看见。

"我的心像月光照在沙上　　　只有那牧群的牛羊，

般白"！　　　　　　　　　有时瞧我们两眼！

　　新疆各宗族，在游牧生活中，好的是唱歌，爱的是跳舞，
而所唱的大都是情歌。三十二年秋，曾有维族人士请我为维族
做一个跳舞的情歌，他去译成维文，我并没有允许。三十四年
二月三日夜半，于论政谈兵，忧时感事之余，心情已倦。忽发
奇想，成此一歌。用简单直接的词句，宣发朴素热烈的爱情，
就当地生活写真，不加雕饰，而且务使歌意能在跳舞动作里表
现出来，因为爱情是大家共有的，沙漠风光是大家共赏的，乃
名之曰"大漠情歌"。

造林歌

伟大的工作，　　　　　　　你看童山濯濯，

收获不在眼前。　　　　　　黄沙浩浩，

国家需要的栋梁，　　　　　这景象多么可怜！

何只万千。　　　　　　　　纵然——松花江树荫

我们要调和气候，　　　　　蔽日，

调节水源；　　　　　　　　澜沧江古木参天，

枕木要采，　　　　　　　　我们建国不能靠自然。

薪炭要燃。　　　　　　　　我们要把神州绿化，

岂止惠及农田，　　　　　　将树海扩大到天边！

工业取材太普遍。

这个歌系应中央大学森林学系的请求而作，可为每年植树节扩大造林时歌唱。

凯　歌

胜仗！胜仗！　　　　　　　热泪如狂！

日本无条件投降！　　　　　向东望！

祝捷的炮像雷般响；　　　　看我们百万雄师，

满街爆竹，　　　　　　　　配合英勇的盟军，

烟火飞扬。　　　　　　　　浩浩荡荡，

满山遍野是人浪——　　　　扫残敌，如猛虎驱羊。

笑口高张，　　　　　　　　踏破那小小扶桑！

河山再造，　　　　　　　　八年血战，

日月重光。　　　　　　　　千万忠魂，

胜利的大旗，　　　　　　　才打出这建国的康庄。

拥护着　蒋委员长！　　　　这真不负我们全民抗战，

我们一同去祭告　国父　　　不负我们血染沙场！

在紫金山旁，

第六章　抗战期间罗家伦笔下的
"边城"兰州

　　就五四以来文学表现的地景而言，大西北长期是缺失的。然而抗战爆发后，随着大批文人来到大西北，大西北重新进入文学表现的视野。五四新文化运动的年轻健将罗家伦（1897—1969）的旧诗集《西北行吟》（上海：商务印书馆，1946年），就是他1943年6月至1944年2月率领"西北建设考察团"来西北考察，并兼任驻疆监察使往返重庆、新疆之间及漫游西北各地的诗作，用他自己的话说，是"藉吟咏以解于役之疲而寄平生之兴""志行踪而馈友好"的纪行遣兴之作。罗家伦抗战期间，多次往返、经停兰州，用他的诗形容就是："一年四度过兰州，历尽春寒阅尽秋。"（《三飞迪化四度兰州》）正是有这样一种机缘，使他有机会以诗描写这座西北"边城"（罗家伦诗中多称兰州为"边城"，故谓），为兰州留下难得的历史记忆。

一 "边城" 兰州秋景

一年四时之中，兰州的秋季气候最为宜人，景色最为庄重浓艳："燕子矶边五月榴，那如红叶带霜稠。若聚名城品秋色，八分浓艳在兰州。"（《重庆抵兰州见红叶缤纷最饶秋意》）

诗人秋季首次来到大西北的兰州，看到黄河两岸，满山经霜的红叶，与江城南京五月石榴的鲜艳形成明显的色差。所以，诗人对兰州的秋景，以"浓艳"概括，并给予高度评价，这使我们生活在这座城市的人，倍感自豪。

民国年间，兰州梨树颇多，春季的梨花，漫山遍野，弥望似雪，同样是抗战后期来兰主持《和平日报》的易君左，对兰州春季的梨花这样描写："一入兰州梨花白，梨花一白白无涯。更看兴隆山上雪，银光皑皑蔚云霞……"（易君左《兰州歌》）；但一到深秋，一树树红叶之间，缀满累累果实，又是另一景象："曾以淡妆诬命薄，终垂硕果丽边城。玉颜不怯尊前酡，更换石华满幅裙。"（《梨林秋叶遍绕兰州红艳经霜别存风格感前人偏狭之词诉名花委屈之意》）梨花因其色寡白，且"梨"与"离"谐音，故有"梨花命"之说，多指妇女婚姻不合，故有"诬命薄"之说。"玉颜不怯尊前酡"从宋代无名氏诗句"尊前莫惜玉颜酡"（《木兰花·玉楼春》）化用而来，意谓梨花的"玉颜"不让"酡红"。"石华"乃附生于海中石上的状如牡蛎的白色贝壳，谢灵运《游赤石进帆海》云："扬帆采石华，挂席拾海月。"此处用以形容梨花的形状，说它的纯洁秀美超过用"石华"装饰的"满幅裙"。

兰州近郊的"名山"，当属兴隆山，加之抗战期间成陵迁移至此，更增加了它的知名度，很多来兰的文人雅士都要到此一游。罗家伦在兰期间，多次游览此山，留有两诗：

> 泉绕石根道，日移杉影幽。
>
> 角声红叶裹，人感万山秋。
>
> （《深秋重游兴隆山，时值成陵小祭闻吹角》）
>
> 谷风来涧底，红叶扑楼头。
>
> 太白泉边醉，马啣山外秋。
>
> （《饮太白泉边望马啣山积雪》）

前诗写山泉绕石，杉影横斜，当此肃杀之景，又有角声吹响，倍感孤寂。正是李贺《雁门太守行》所写"角声满天秋色里，塞上燕脂凝夜紫"的苍凉景象。后诗写在太白泉边饮酒，眺望对面马啣山（又名"马鞍山"）的秋景，谷风飒爽，红叶飘飘，秋意盎然，可谓"酒不醉人人自醉"。

二　黄河风情

若说兴隆山是名山，多少有些自夸的意味。但穿兰州城而过的黄河，确是闻名于世的中华母亲河。兰州这座城市的灵气和命脉，全仰仗于它。深秋之夜，皋兰山山色苍茫，黄河河清浪平，月华高照，饶富诗意：

> 皋兰山色郁嵯峨，霜压边城夜气多。
>
> 翻似有情人不寐，月华含晕伴黄河。
>
> （《凭城阙而望黄河喜皋兰之饶月色》）

黄河铁桥（《东方杂志》1917 年第 6 期）

由青海享堂下兰州，基本上是两岸山峦拥着黄河前趋。初冬傍晚，日落西山，黄河河面一片雪青，红叶凋零，一派肃杀景象，只有独立寒秋的远山，仿佛在等待这位游客的归来："浩荡黄河泛雪青，夕阳想在背山明。梨林红叶凋零遍，剩有寒山识故人。"（《薄暮沿河下兰州途中》）

羊皮筏子已有 300 多年历史，在民国年间，兰州黄河段还多用它做交通工具，现已基本成兰州黄河上游览观光的一大旅游项目，也是兰州汉族民俗文化的遗产。兰州黄河上最具风情的景致，便是这个地方特有的羊皮筏子，从甘青交界的享堂峡乘羊皮筏子下兰州，由于山陡水急，真有"两岸鸟声啼不住，筏子已过万重山"的壮观："山挟水东流，寒林集冻鸠。冰拥皮筏子，载雪下兰州。"（《享堂赴兰州道中即景》）

单人羊皮筏（《世界画报》1939 年第 3 期）

由于罗家伦身为国民党要员，且 1949 年后赴台，再加上他是以"打倒旧文学、提倡新文学"自命并身体力行的五四新文化运动的健将，所以人们很少谈及、也很不理解他在抗战期间何以写出这些看似走回头路的旧体诗。其实，对于像罗家伦这一辈在旧诗词熏陶中成长起来的现代文人，旧诗的声韵腔调、辞藻格式，早已内化为他们的"心灵格式"，最能得心应手地表现他们最深切的感情，尤其是中国诗歌传统中登临怀古、感时悯乱的情感。所以，对于生活在兰州这座城市中的人而言，尤其是作为一个研究现代文学的学者，当我读到罗家伦这些描写兰州的旧体诗时，既感到新鲜，更感到亲切！

这毕竟是一个五四新文学家留给兰州的文学遗产，当此抗战胜利 70 周年之际，重温他 70 年前的诗作，真有不胜今昔之感！

第七章　抗战期间的两位"石油诗人"

　　大家都熟知现代文学史上的"石油诗人"是李季（1922—1980）。1952 年冬，作为早已成名的延安解放区诗人，李季举家迁到甘肃玉门油矿，在这里生活、工作多年，因创作大量歌颂石油战线生活的诗歌而获得了"石油诗人"的美誉。我们一般认为李季是现代文学史上最早写作石油题材的诗人，其实不然。

　　要论中国最早的"石油诗"或"石油诗人"，首先要知道中国最早的油矿。中国第一个被发现、开采的油田是甘肃的玉门油田。早在魏晋以来的诸多历史文献中，对当地居民用土法取油，作为润滑、涂革之用，屡有记载。然而，作为现代石油工业，玉门石油的勘探、开采，始于抗战前期。1937 年 8 月，国民政府资源委员会委派石油地质专家孙健初等前往祁连山一带进行石油勘察，在甘油泉和石油河一带发现了油苗，遂于 1938 年组建了甘肃省油矿筹备处，委派严爽、孙健初、靳锡庚等二十余名技术人员前往甘肃玉门工作。1939 年，地质学家孙健初在玉门老君庙，开凿出中国第一口油井——"老君庙一号井"，遂使这块蛮荒之地，一夜闻名于世。抗战期间，很多西来的文人、游客，多想来此一睹为快。

最早以诗歌咏玉门石油的"石油诗人",正是抗战期间来到大西北的两位赫赫有名的现代作家。一位是五四新文化运动的青年领袖罗家伦(1897—1969),另一位是现代文学史上"成名最早而享名独久"的风云人物易君左(1899—1972)。凡研究现代文学的人,无人不知晓罗家伦的大名。然而我说易君左是现代文学史上的"风云人物",有人以为是夸饰之词。易君左不仅系出名门(清末著名诗人易顺鼎之子),又是五四新文化运动的积极参与者(著有《中国家庭问题》《妇女职业问题》),"文学研究会"的最早成员,"文学再革命"运动的发动者,还是"《呜呼苏梅》案"(与苏雪林的笔墨官司)、《闲话扬州》风波"围剿"毛泽东《沁园春·雪》等事件的主角。这两位作家在现代文学史上的影响不可谓不大,然而由于他俩后来都加入国民党,且积极"反共",新中国成立后又去了台湾、香港地区。所以在很长的历史时期里,大陆学界或"讳言"这两位作家,或者对他们知之甚少,对他们五四之后的文学活动很少论及。

我在考察抗战期间来到祖国大西北的作家时,发现这两位作家有许多歌吟大西北壮丽景色、民俗风情、文化遗迹的诗篇——罗家伦的旧体诗集《西北行吟》(上海:商务印书馆,1946年)和易君左"诗文并茂"的游记《西北壮游》(台北:新希望周刊社,1949年)。尤其在玉门油矿刚刚发掘之际,他们即赋诗作文,留下珍贵的文字记录,不论就文学史而言,还是就石油工业史而言,都是一段值得我们记住的"佳话"。

罗家伦是1943年6月至1944年2月率"西北建设考察团"来西北考察期间到甘肃玉门的,他说诗集《西北行吟》的写作,是"因未便作游记,乃藉吟咏以解于役之疲而寄平生之

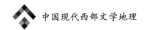

兴"①。他写玉门油矿的"石油诗"仅两首，照录如下：

留赠玉门油矿

塞上艰辛洵及时，人工地脉费寻思。

飞潜他日均须仗，此是神州玉液池。

谐钱乙藜伉俪及诸同人游甘油泉，乙藜夫人摘草茎，告曰：此名虞姬草，诗料也。时严滢波先生亦告曰："其间更有草名霸王鞭。"因其巧合，遂成一章：

甘油泉溢瑶池酒，大雪山垂白玉关。

地老天荒情不灭，虞姬草伴霸王鞭。②

前诗叙写在西北荒漠戈壁中发掘、开采石油的艰辛，以"玉液"来比喻新发现的石油对未来航空航海事业的重大意义。后诗则以瑶池、雪山、玉门关、虞姬草、霸王鞭等富于西部特色的景观意象，象征大西北"地老天荒"的沧桑历史和人民坚毅顽强的生存意志。

易君左于抗战胜利后的 1947 年 4 月到兰州主持《和平日报》，在将近两年的时间里，他游踪遍及西北五省各地。1948 年秋，易君左随西北军政长官张治中考察河西，遂到玉门。他的游记中有《玉门油矿》一节，专记这朵戈壁荒漠中的现代奇葩：

车向祁连山麓疾驰，上午十一时到达全国闻名的玉门油矿。

摆在我们面前的是一片大戈壁滩上的奇迹。我们已经从一个古

---

① 罗家伦：《西北行吟·自序》，商务印书馆 1946 年版，第 1 页。
② 罗家伦：《西北行吟》，商务印书馆 1946 年版，第 9 页。

老的农牧社会跨入一个崭新型的工业社会。我们看见了各种立体的建筑物，无数冒着黑烟的烟筒，无数的油管机器和高耸云霄的井架，这里的气候比武威张掖酒泉更冷，可是在祁连别墅房间里温度适宜，一切设备现代化，晚间燃着白热的电灯。在房里，还以为在上海的国际饭店，把窗布揭开一看，一片黄沙白草，好不凄凉。这显然是两个世界了：玉门油矿和它的周围起码隔了几个世纪，房里和室外平分了半个乾坤。

我有一首赞扬玉门油矿的诗："看尽琼瑶半叠山，秋高塞上拥轻寒。石油河畔新工业，瀚海波涛蔚壮观。"①

如果将这首诗与李季写于 1953 年的《我们的油矿》对照阅读，我们就会发现古典和现代有着异曲同工之妙：

> 在那喧闹着的祖国大地上，
> 有一条喧闹的山岗。
> 山岗上有一座年轻的城市，
> 它白天发着巨响黑夜闪着光。
> ……

易君左还对玉门油矿的历史掌故和发掘过程作了饶有诗意的描写：

> 车行七弯八转地下山，停在山坡，走下去就是油矿的发祥地有名的老君庙。很早以前，据传有些人在这老君庙的石油河中发现了砂金，因为收益很不坏，这些土著为了崇德报功祈

---

① 易君左：《西北壮游》，文镜文化事业有限公司 1983 年版，第 160—161 页。

求更多的收获，心血来潮想起了他们的老祖宗——炼丹的太上老君，集资修建了这一座小小的庙宇。几度沧桑，大概金也快淘完了，太上老君也不灵了，便孤岑冷落起来。然而石油河的石油原油还是被附近的人民作为油滑大车轮子的材料利用着。在抗战第二年冬天，地质学者孙健初一行三人被派来这里探勘，骑着骆驼，带着干粮，住在蒙古包里开始工作，把陕北的一点机器搬运过来，终于在这老君庙的背后，凿开了第一号井。现在一个月的汽油产量已达到八十万加仑的可惊数字了，进这座富有意义的小庙一看，满壁挂着匾额和彩条，香火仍盛，同行一友挤进去抽一签，签上写着："无事抽签，罚油钱二十万。"①

中国是一个后发现代化的国度，所以，现代文学中工业题材的作品一直比较稀缺，更不用说西部文学了。另外，用旧体诗词表现现代生活，是传统的艺术形式调适现代生活的一种努力和尝试，它虽略显僵硬局促，但正是这种新奇的传统与现代嫁接的方式，带给我们一种陌生和新奇。

我们看到新中国成立后"石油诗人"对一代代石油工人的礼赞，但我们不应忘记孙健初等老一辈，在烽火连天、万方多难之际，对中国石油事业的筚路蓝缕之功；同样，我们也不应忘记像罗家伦、易君左等用他们的生花妙笔，为我们新兴的石油工业留下的美丽诗篇！

---

① 易君左：《西北壮游》，文镜文化事业有限公司1983年版，第161—162页。

兰州《和平日报》封面

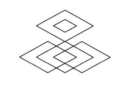

西部文学地理学

第八章　新中国成立后作家西迁与甘肃作家地理分布的变化

　　如果我们把一个地区作家的分布状况比作地面植被或生物群落的话，那么一个地区或相邻区域的政治、经济、文化等的变化，都有可能导致该地区作家分布状况的变化。

　　曾大兴教授对《中国文学家大辞典》收录的自周秦至清代有籍贯可考的6388名中国作家的地理分布做了统计分析。根据这个统计资料，我们发现，在这么长的历史时期内，西部文学覆盖甘、青、宁、新、藏五省区只有54位作家，而且分布极不均匀，甘肃就占了51人。这说明在历史上，甘肃是西部文学的重镇。从时间上看，甘肃历史上这51位作家中，有一大半出现在隋唐五代以前，这显然和宋代以后，整个国家政治文化中心的东移南下有关。随着整个国家文学中心的转移，甘肃文学也陷入衰落和孤立封闭状态之中。当然，历史上文学中心的迁移还有其他因素，如气候、生态、经济等。金克木先生曾经指出："不计算甘肃的沙漠化和生态变迁未必能充分解说敦煌文艺的长期封闭。"[1]

---

　　[1]　金克木：《文艺的地域学研究设想》，《读书》1986年第4期。

一 甘肃当代作家的籍贯构成

五四以来的现代文学史上，能够列名的甘肃作家，绝无一人。但是，到 1949 年新中国成立以后，作家在甘肃的分布情况就发生了很大变化。这种变化，从大的方面来看，是新中国成立后，强有力的中央政府有能力对国家掌控的资源，尤其是对人口资源进行均衡化分配，通过采取移民支边政策，使包括成千上万的文人知识分子及技术人员在内的大量移民来到西部，开发、建设边疆，既改变了西部地区人口的数量和结构，又改变了整个中国文学版图上甘肃作家的数量和分布状态。这说明甘肃当代文学的起步，跟新中国成立以后国家的政治动员与政策导向是分不开的。也就是说，政治因素是改变当代甘肃文学版图发生变化的最重要因素。

具体来说，甘肃当代文学的发展，与新中国成立前后以至新时期几次作家的西迁有关：一是抗战期间，大批文人如顾颉刚、范长江、茅盾、张恨水、萧军、牛汉等，因种种原因来到甘肃，通过在当地报刊发表作品、参加文艺社团、结交当地文学青年等方式，营造了良好的文学氛围，诱发了当地文学爱好者的创作热情，带动了当地的文学创作；二是自抗战以来，甘肃虽未成为文学中心，但整个文学中心的西移，尤其是位居西部的延安、重庆、昆明这三大战时文学中心对甘肃的辐射、影响①，其作用不可忽视，它使一批年轻

---

① "新文学运动在甘肃真正兴起，无论在陇东根据地还是国统区，大体都始于三十年代初，抗日战争时期达到高潮……抗战时期，在中共甘肃工委和八路军驻兰办事处领导下，甘肃国统区尤其兰州的抗日救亡活动兴起。因为这里是大后方，一些进步文艺团体、主要是戏剧演出团体和作家、学者相继来兰，从而使一向萧条的甘肃国统区文坛出现了生机。"引自季成家《西部风情与多民族色彩——甘肃文学四十年》，红旗出版社 1991 年版，第 5 页。

的作家开始走上文学之路，并在新中国成立后崭露头角；三是五六十年代一批支边知识分子（如李季、闻捷）与右派、盲流等来到甘肃，成为甘肃当代文学的奠基人和开拓者；四是更年轻的一代在"文化大革命"前后，以插队知青、支边、参军入伍等方式，来到甘肃，后来成长为新时期甘肃文学的生力军；五是七八十年代之交，落实政策的老作家唐祈等再次来到甘肃，带动了新时期甘肃文学的创作；六是由于新中国成立以后教育的普及，到新时期，一大批从本土成长起来的作家崭露头角，改变了甘肃文学主要依靠外来作家的状况。尤其是少数民族作家如汪玉良、丹正贡布、伊丹才让、马自祥、马少青、娜夜等的成长，真正形成了甘肃作家群的多民族色彩。

新中国成立以来，甘肃文学生态的变化，确实与甘肃的自然生态非常类似。在这片曾一度是文学的荒地上，这些西迁而来的作家，就像被移植在沙漠里的白杨、红柳，虽然那么寥落，但在他们的周围，由于这些大树的庇护和滋养，慢慢生长出了些许小草，也引来了小鸟的歌唱，或是蜂蝶的飞舞。甘肃当代文学成就最突出的戏剧和诗歌，都与西迁作家的带动、影响密不可分。戏剧界的武玉笑、高平，都是新中国成立前后来到甘肃的剧作家，他们不仅以自己的创作为甘肃的话剧在全国赢得了声誉，更重要的是，在他们的带动下，培养了很多本土作家，使甘肃当代话剧后继有人，一直走在全国的前列。

李季、闻捷于20世纪50年代"落户"甘肃，不仅完成了他们一生中最重要的诗作之一，"同时也影响、带动了甘肃其他诗人的创作"①。1958年，李季、闻捷来到甘肃，《甘肃日报》摆起了诗歌

---

① 季成家：《西部风情与多民族色彩——甘肃文学四十年》，红旗出版社1991年版，第10页。

擂台赛。在李季、闻捷的带领下，很多诗人都写诗参赛，声势很大。在这种浓郁的文学氛围中，甘肃出现了很多工农兵诗人、作家。敦煌的白绪仁、武山的汪三喜、平凉的戴笠人、礼县的刘志清、渭源的任国一、榆中的金吉泰等，就是在李季、闻捷等大作家带动起来的文学热潮中涌现的本土作家。如果说五六十年代甘肃诗坛的兴旺发达与李季、闻捷的带动密切相关的话，那么新时期甘肃诗歌创作的引人注目，则与"归来"的老诗人唐祈有关。抗战期间曾生活在西北的九叶诗人唐祈，在新时期伊始又来到甘肃。如果说"朦胧诗"接续的是"中国新诗派"的诗风的话，应该说新时期"朦胧诗"的真正"鼻祖"就隐身在西北一隅的兰州。唐祈在兰州"以诗会友"，不仅甘肃的青年诗人经常与他切磋诗艺，聆听教诲。而且，唐祈以他在诗坛的影响和人脉，曾于20世纪80年代初邀请蔡其矫、北岛、江河和杨炼等当时最有名的诗人来到兰州，与甘肃诗人一起行吟于西北高地，这些诗人写出了一组歌咏西部边塞的"西部诗"。唐祈对新时期甘肃诗坛的贡献由此可见一斑。这使得新时期甘肃的诗歌创作，从一开始就站在了一个比较高的起点上。尤其在新时期中国诗坛上，"西部诗"的崛起，显然与唐祈等对西部年青一代诗人的奖掖、扶持、濡染密不可分。

当然，20世纪西迁来甘的文人作家远不止这些，他们对甘肃当代文学的影响远没有李季、闻捷、唐祈等显著，但他们作为甘肃这个作家生态圈里的一员，其意义绝不可忽略。正如一片森林中，我们不能因为有了参天大树、名禽贵兽，就忽视小草与蜂蝶的作用和意义。

甘肃当代作家的籍贯与民族构成

姓名	籍贯	民族	姓名	籍贯	民族	姓名	籍贯	民族
于辛田	河北	汉	许 维	甘肃	汉	梁胜明	陕西	汉
马 牧	河南	汉	孙中信	陕西	汉	尉立青	陕西	汉
马自祥	甘肃	东乡	纪小城	陕西	汉	喆 夫	湖南	汉
王 殿	山西	汉	贡 老	甘肃	藏	彭 波	甘肃	汉
王兰玲	陕西	汉	贡保甲	甘肃	藏	董汉河	山东	汉
王守义	甘肃	汉	贡卜扎西	甘肃	藏	蒋玉明	甘肃	汉
王家达	甘肃	汉	芦振国	陕西	汉	廖代谦	湖南	汉
王海容	陕西	汉	杜自勉	山西	汉	赛 仓	青海	藏
王萌鲜	甘肃	汉	杏 果	甘肃	汉	黎 群	广西	汉
扎西东珠	甘肃	藏	李 禾	陕西	汉	黎廷刚	广东	汉
牛正寰	甘肃	汉	李 迟	山西	汉	腾鸿涛	河北	汉
丹真贡布	甘肃	藏	李 季	河南	汉	颜明东	甘肃	汉
文素琴	河南	汉	李 战	河南	汉	潘竞万	甘肃	汉
予 里	山西	汉	李 镜	山西	汉	李 智	山东	汉
石兴亚	陕西	汉	李云鹏	甘肃	汉	李德文	甘肃	汉
田 沛	上海	汉	李本深	山西	汉	陈文鼎	辽宁	汉
田 瞳	河南	汉	李田夫	甘肃	汉	赵 越	陕西	汉
田季章	辽宁	满	李民发	江苏	汉	赵玉林	河南	汉
冉 丹	四川	汉	李老乡	河南	汉	姚 舫	山西	汉
尕藏才旦	青海	藏	李百川	甘肃	汉	阎 中	陕西	汉
尕藏桑吉	甘肃	藏	李秀峰	甘肃	汉	薛寿山	陕西	汉
匡文立	辽宁	满	李应魁	甘肃	汉	泥 浪	甘肃	汉

续　表

姓名	籍贯	民族	姓名	籍贯	民族	姓名	籍贯	民族
匡文留	辽宁	满	李茂林	陕西	汉	赵　戈	上海	汉
师日新	河北	汉	李松涛	辽宁	汉	赵之洵	黑龙江	回
曲子贞	山东	满	李益裕	甘肃	汉	赵启强	四川	汉
朱光亚	湖南	汉	杨　忠	甘肃	汉	赵叔铭	江苏	汉
朱晓初	安徽	汉	杨　智	甘肃	汉	赵燕翼	甘肃	汉
任　萍	河北	汉	杨文林	甘肃	汉	韩　霞	内蒙古	蒙
任国一	甘肃	汉	杨闻宇	陕西	汉	景　风	山东	汉
任家春	山东	汉	杨植霖	内蒙古	汉	程士荣	陕西	汉
伊丹才让	青海	藏	肖　华	江西	汉	傅金城	天津	汉
齐运中	河南	汉	吴　月	山东	汉	焦炳琨	天津	汉
刘　玉	甘肃	汉	吴天任	湖北	汉	奥　金	甘肃	藏
刘　青	山西	汉	吴辰旭	甘肃	汉	谢　宏	湖南	汉
刘　琦	陕西	汉	吴季康	甘肃	汉	谢富饶	江西	汉
刘万仁	陕西	汉	何　来	甘肃	汉	蓝　坪	陕西	汉
刘让言	河南	汉	何　嶽	湖南	土家	裘诗唐	浙江	汉
刘志清	甘肃	汉	何生祖	甘肃	汉	雷建政	河南	汉
刘贵荣	甘肃	汉	余振东	甘肃	汉	路　野	河南	汉
安可君	陕西	汉	邸金俊	北京	汉	鲍振川	江苏	汉
江俊涛	江苏	汉	辛耀午	山西	汉	嘉　洋	甘肃	藏
完玛央金	甘肃	藏	胡耀华	江苏	汉	裴经书	陕西	汉
汪　钺	甘肃	汉	柏　原	甘肃	汉	高天白	甘肃	汉
汪玉良	甘肃	东乡	段　玫	安徽	汉	高旭华	山西	汉

续　表

姓名	籍贯	民族	姓名	籍贯	民族	姓名	籍贯	民族
汪晓军	甘肃	汉	钟文龙	四川	汉	郭灿东	山西	汉
张　方	甘肃	汉	闻　捷	江苏	汉	唐　祈	江苏	汉
张　行	四川	汉	姜　安	河南	汉	唐光玉	陕西	汉
张　弛	甘肃	汉	祝正祥	河南	汉	益希卓玛	甘肃	藏
张　锐	河北	汉	姚运焕	甘肃	汉	浩　岭	甘肃	汉
张广平	山东	汉	姚学礼	甘肃	汉	海　飞	浙江	汉
张凤林	甘肃	汉	贺晓风	陕西	汉	曹　杰	天津	汉
张书绅	宁夏	汉	莫　耶	福建	汉	曹永安	湖北	汉
张正义	江苏	汉	索　代	甘肃	藏	曹仲高	四川	汉
张世元	天津	汉	热贡·多杰卡	青海	藏	黄　英	甘肃	汉
张亚雄	甘肃	汉	夏　羊	甘肃	汉	龚龙泉	河南	汉
张国宏	甘肃	汉	徐　刚	山东	汉	崔八娃	陕西	汉
张存学	甘肃	汉	徐绍武	河北	汉	康志勇	山东	汉
张金栋	山东	汉	铁　军	陕西	汉	康尚义	甘肃	汉
张承智	陕西	汉	高　戈	甘肃	汉	阎强国	甘肃	汉
张俊彪	甘肃	汉	高　平	山东	汉	清　波	甘肃	汉
张恩奇	陕西	汉	金吉泰	甘肃	汉	武　扬	河北	汉
陈　礼	甘肃	汉	金行健	北京	汉	武玉笑	陕西	汉
陈　光	陕西	汉	周　顿	陕西	汉	范克峻	甘肃	汉
陈　宣	河北	汉	郑　重	山东	汉	林　染	河南	汉
陈工一	四川	汉	单澄平	江苏	汉	拉目栋智	甘肃	藏

续　表

姓名	籍贯	民族	姓名	籍贯	民族	姓名	籍贯	民族
陈宗风	四川	汉	陈景瑶	吉林	汉	邵振国	北京	汉

籍贯	甘籍		非甘籍					
人数	68		130					

民族	汉族	藏族	满族	东乡	蒙	回	土家
人数	173	16	4	2	1	1	1

根据对《西部风情与多民族色彩》一书附录二《甘肃四十年文学人名录》所收作家（"文学人名录"含批评家、文学编辑、文学组织工作者，本书在统计时不包含这些人员，故此表统计涉及人员基本是以创作为主的"作家"）的籍贯和民族的统计，我们发现在1949—1989年这四十年中，甘肃作家中甘肃籍的仅占三分之一（34%），其余皆为外省籍作家。当然数量的意义不是绝对的，但是，若从作家的地位和影响力这个角度做一简单的分析也能看出，这四十年间，在全国文坛上具有影响的甘肃作家主要是李季、闻捷、高平、武玉笑、唐祈等外省籍作家。这也说明移民作家在甘肃当代文学发展中所起的作用和所占的比重都是主要的（至少在新中国成立后至新时期是如此），而甘肃本土作家是辅助性的。当然，甘肃当代文学又经过了二十五年的发展后，虽然目前没有 20 世纪 90 年代迄今的作家籍贯资料数据，但凭我们粗略的估计，目前甘肃作家的籍贯和民族构成又发生了很大变化——本土作家无论是在数量上还是在影响力上，都超过了外来作家。

二 甘肃当代作家的民族构成

另外,就甘肃当代作家的民族构成而言,这四十年间,汉族作家占绝大多数。少数民族作家仅占一成多(13%)。而在少数民族作家中,藏族作家人数最多,这与藏族在甘肃人口中所占比重、藏族深厚的文学传统有关。同样是人口数量较多的回族,这时期只有一个作家,而且也不是本省籍的。作为甘肃省仅有的三个少数民族之一的东乡族,人口虽不多,但这时期出现了两位颇有影响的作家汪玉良和马自祥。

甘肃当代作家的民族构成,也经历了历史的巨大变化,这个变化的主要原因是,新中国成立以后,国家实行了民族平等政策和民族地区自治制度,加快了少数民族地区的发展,尤其是文化教育的发展,使得少数民族接受教育的人数越来越多,为作家的成长打下了文化、教育的基础。所以,新中国成立以后的前三十年,甘肃的少数民族作家数量还是很少的。但改革开放以来,尤其是 20 世纪 90 年代以来,随着新中国成立前后出生的一代人开始步入写作年龄阶段,甘肃主要的几个少数民族——藏、回、东乡、裕固、保安族等的作家在数量上有了突破性增长。20 世纪 90 年代以来,藏族作家后继有人,队伍越来越庞大。回族作家出现了毛菁文、敏彦文、吴季康、马步斗等。甘肃特有的少数民族中,东乡族在中老年作家汪玉良、马自祥的带动下,青年作家钟翔、冯岩正在走向成熟;保安族作家有马少青、马学武;裕固族作家的人数尤为可观,出现了铁穆尔、苏柯静想、杜曼、达隆东智、玛尔简、贺继新等一批作家。其他少数民族如蒙古族、满族,作家数量虽不很多,但出现了在全国有一定影响的作家,如满族诗人娜夜等。

与其他任何地域文学相比，甘肃作家在民族构成上的多样性，都是独一无二的。而且，汉族作家和各少数民族作家之间、各少数民族作家之间，在语言、习俗、信仰等方面相互影响、渗透，使得甘肃作家群异彩纷呈，多元荟萃，为甘肃文学的多民族色彩奠定了基础。

总之，当代甘肃作家的构成，正如西部的历史、文化、宗教、民族、人口构成一样，具有流动性强、混杂性突出的特点。所谓流动性，是指作家随着国家政治气候等诸多因素的变化，一部分作家来到甘肃，而另一部分作家离开了甘肃。一个地区作家构成的变化，在现代社会是一种常态，但对甘肃来说，尤其突出：新中国成立后的五六十年代，大批作家来到甘肃，改革开放以后则有大批作家迁出。所谓甘肃作家的混杂性，一方面是指当代甘肃作家在籍贯上由本土作家和外来作家构成，（相较于其他地区）甘肃外来作家在数量和影响上，均具有非常大的意义。另一方面是指甘肃作家构成的多民族属性——除了汉族作家以外，藏、回、蒙、满、东乡、裕固、保安族等少数民族作家，都以他们各具民族特色的文学创作，构成了甘肃作家群的奇异景观。

第九章 "地区意识"的觉醒和
新时期甘肃文学

　　"八十年代的中国文坛，最振奋人心者，莫过于建立在地域性文化上的地域性文学的出现。"① 这首先得益于 1982 年获得诺贝尔文学奖的加西亚·马尔克斯，还有被马尔克斯尊为导师的美国作家福克纳对中国当代作家的启示，他们都在作品中出色地表现了令人难忘的地方性。而且中国传统文学中地域性因素的重新发现，也是促使新时期地域文学崛起的影响之一。但放眼世界，我们发现，"地域意识"的觉醒，不仅出现在中国的新时期，也似乎是世界潮流。美国学者在《大趋势》中，将这种"非集中化"潮流中出现的地区意识称为"新地区主义"："自从七十年代以来，美国人开始赞美各自不同的地理区域。我们像六十年代赞美丰富多彩的文化和种族那样，赞美地理上的多样化……我们喜欢强调的地区差别并不是想象出来的，居住在同一地区的居民具有相同的价值和态度，这是一种地理

---

　　① 燎原：《罐子·生命的含义与诗的再生——谈西部文学的危机及西部文化优势》，《当代文艺思潮》1987 年第 4 期。

区域上的心理状态。"①

一 凸显地方性的"新地区主义"

1949 年以来，由于特殊的历史原因，我们在国家结构形式上选择了单一制的中央集权模式，权力的高度集中带来了方方面面的弊端和问题。改革开放以来，我们从历史教训出发，在调动中央和地方"两个积极性"总体原则的前提下，实行的是以下放权力为基本特征的向地方倾斜的政策，设立沿海开放城市、"经济特区"等，是因地制宜、尊重地方独特性、赋予地方某种特权的最典型的例子。国家宏观政策的这一改变，必然赋予各地区发展文学艺术更多的自主空间。邓小平在 1979 年 10 月 30 日第四次全国文代会的祝词，就说明了中央高层对不同艺术流派多元并存格局的期待：

> 我国历史悠久，地域辽阔，人口众多，不同民族、不同职业、不同年龄、不同经历和不同教育程度的人们，有多样的生活习俗、文化传统和艺术爱好。雄伟和细腻，严肃和诙谐，抒情和哲理，只要能够使人们得到教育和启发，得到娱乐和美的享受，都应当在我们的文艺园地里占有自己的位置……围绕着实现四个现代化的共同目标，文艺的路子要越走越宽，文艺创作思想、文艺题材和表现手法要日益丰富多彩，敢于创新。要防止和克服单调刻板、机械划一的公式化概念化倾向。②

---

① ［美］约翰·奈斯比特：《大趋势：改变我们生活的十个新方向》，梅艳译，中国社会科学出版社 1984 年版，第 124 页。
② 刘庆福主编：《马克思主义文艺论著选读》，高等教育出版社 1991 年版，第 530—531 页。

周扬在第四次文代会报告中也提出："要鼓励创作题材、体裁、形式、风格的多样化，鼓励不同的创作风格、不同艺术流派的自由竞赛，鼓励各种不同文艺观点的自由讨论。"①

对文学的地域性强调，正是实现不同风格、不同流派的文学多元并存的最佳方式和途径。

鉴于新时期甘肃文学是包含在"西部文学"这一更大地域文学范围之内的地域文学，所以在论述新时期甘肃文学时，我们把它放在"西部文学"这一范畴之内进行讨论，以便更好地理解新时期甘肃文学体现的地区意识。

除了前述外国文学和世界思潮以及中国文学传统的启示以外，"西部文学"提出的另一重要背景是，1983 年，当时的党和国家领导人提出"开发大西北"战略构想。这一口号，极大地鼓舞了西部文艺工作者对发展西部文学的热情。钟惦棐在 1984 年谈到他提出"西部片"的依据时说："首先是由于中央发出了开发大西北的号召。它之所以令人鼓舞，是由于我们的社会主义建设已经由微观而单一的阶段，进入宏观的因地制宜阶段。不是笼而统之地提出个口号要求各地如法炮制，而是根据具体情况，扬其所长，避其所短。"②

"西部文学"的倡导者，也敏感地意识到"开发大西北"是对发展西部文学的难得契机："我们从中央具有战略意义的关于开发大西北的号召……可以清楚地感到，在国家统一计划指导下，因地制宜，充分发挥地域性经济资源及其他优势，已成为一种越来越具有活力并已明显奏效的发展趋势。伴随着这一新型的经济开发，一种同样属于新型的地域性文学，也必将以其独具的内容与地区风格特

① 周扬：《继往开来，繁荣社会主义新时期的文艺》，《光明日报》1979 年 11 月 1 日。
② 钟惦棐：《为中国"西部片"答〈大众电影〉记者问》，《大众电影》1984 年第 7 期。

色，婆娑于祖国社会主义文艺繁茂的百花丛中……在中央关于开发大西北的号召下，中国西部喧腾起来了，诗人们对西部的爱也是喧腾的，因为这是他们爱国主义情愫的一部分；大西北正在孵化出自己崭新的形象，其中当然也包括西北诗人的形象和西部诗歌的形象。"①

一个大家可能并不清楚的事实是，在"西部文学"这一地域文学口号提出的过程中，首先是甘肃的文学界意识到并提出文学的地方性口号的。1980 年 9 月，甘肃省第二次文代会提出了创立"敦煌文艺流派"的口号，1982 年第 1 期《阳关》开设"探索、创立敦煌文艺流派"专栏，谢昌余撰文《敦煌流派刍议》倡导敦煌文艺流派。谢文提出，"敦煌文艺流派"虽以敦煌命名，但其描写对象和取材范围不限于敦煌一隅。作为以坐落于甘肃的文化名胜命名的文艺流派，更多地表现陇原大地的生活，也是该流派的题中应有之义："当然，寄情思于陇上，倾翰墨于沙原，努力表现甘肃人民的生活和斗争，着力描绘丝绸路上的历史和现实，或云涛雪海，莽莽平沙，或春风杨柳，琵琶羌笛，或大漠孤烟，长河落日，或飞鸟翔鹰，平川走马，更应受到鼓励和欢迎。"② 在提出"敦煌文艺流派"这个口号之后，《阳关》开设"新边塞诗"栏目，刊发了林染、李老乡、杨牧、周涛、章得益等后来被称为新边塞诗人（该栏也刊发了蔡其矫、王家新、江河等诗人的"西北行吟"）的歌咏大西北边塞风光的诗作。批评界并对"新边塞诗派"的特征、外延等进行了讨论。新疆大学中文系的余开伟认为"新边塞诗"特指"建国以来以描绘新疆边塞生活题材而又具有边塞气质和风骨的诗歌"，而高戈、刘湛

---

① 孙克恒、唐祈、高平：《西部诗歌：拱起的山脊》，《当代文艺思潮》1984 年第 6 期。
② 谢昌余：《敦煌文艺流派刍议》，《阳关》1982 年第 1 期。

秋等认为"新边塞诗派"的建立，绝不应以门户之见而画地为牢，而应具有更大的包容性。

也许是意识到"新边塞诗"这一口号的狭隘与局限，孙克恒、唐祈、高平等甘肃的学者和诗人，又在1984年提出了"西部诗"的口号，并编选出版"西部新诗选"，为更具包容性的文学流派而摇旗呐喊。①

"西部诗"之后，"西部文学"就呼之欲出了。"西部文学"的口号最早由谁提出，无据可查，但可以肯定的是，"西部文学"之"西部"是由"（大）西北文学"之"西北"演化而来。1982年创刊于兰州的《当代文艺思潮》，在其创刊伊始，就开设"西北当代文艺的考察与研究"专栏，后来又设"西部文学笔谈"栏目。需要特别强调的是，《当代文艺思潮》是在理论上提倡西部文学最为有力的刊物。

谢昌余、余斌都认为"西部文学"的提倡与名称的由来，始于电影理论家钟惦棐1984年对"西部片"的倡导，"之后，'西部'概念迅速延展，由电影而诗歌，而小说，以至整个文学及其他艺术部门。次年，一向'清净无为'的西北文艺界进一步由概念的萌发而躁动，而雀跃，不但创作上态势锋锐，理论空气和编辑、出版也活跃异常，在中国文坛上形成了一个不大不小的气候。如果说1985年是西北地区的'西部年'，似不为过"②。

说1985年是"西部年"是有道理的。曾经各自为战的敦煌文艺流派、新边塞诗、西部诗等，纷纷归顺到"西部文学"的旗帜下。

---

① 见孙克恒、唐祈、高平三人发表的《西部诗歌：拱起的山脊》（《当代文艺思潮》1984年第6期）和孙克恒编《中国当代西部新诗选》（甘肃人民出版社1986年版）。

② 余斌：《论中国西部文学》，《当代文艺思潮》1986年第5期。

1985 年 7 月在新疆伊宁召开了第一次"中国西部文艺研讨会",一百多位西部各民族的文艺评论家、作家、诗人、电影人、音乐家、学者等汇聚一堂,讨论西部文学的诸多话题。这次会议本身就是西部文学走向汇合的象征,说明"西部文艺的提出,是西部文艺家们的共同呼唤,表现出某种不约而同性,说明是一种时代的、历史的西部意识,把人们召唤到一起来了。"①

1986 年 9 月,十九家西部文学期刊的编辑,又在兰州召开"西北五省区文学期刊编辑工作座谈会",会议除了强化对"西部文学"的认同之外,主要的诉求是实现这些地方性文学刊物的联合行动,通过西部不同地区文学刊物的协同行动,"发展繁荣西部文学,努力办好有西部特色的西部文学期刊"②。

凸显文学的地方性,可以有各种各样的方式和策略。以知名的地理名称命名的文学刊物,即最有效的凸显文学地方性的方式。正同美国学者约翰·奈斯比特所讲美国 20 世纪七八十年代的情况一样,以地方名称命名文学刊物成了一种时尚,一种凸显文学地方化的重要的手段和方式:"由于将称颂地理根源作为非集中化大趋势的组成部分,已激发州、市和地区性杂志的大量涌现。过去十年里约有二百种这类刊物脱颖而出,如《哥伦布》《双城》《得克萨斯月刊》《华盛顿人》和其他……下一个以某一地理区域读者为对象的出版浪潮——已经出现——将使地方和地区商业刊物出现繁荣。"③试想想,新时期之前,全国各地的文艺刊物,无不以富含政治色彩

---

① 陈德宏:《西部文艺:寻求突破面向未来的旗帜》,《当代文艺思潮》1985 年第 6 期。
② 《面对大西北文学世界的思考——西北五省区文学期刊编辑工作座谈会纪要》,《朔方》1986 年第 11 期。
③ [美] 约翰·奈斯比特:《大趋势:改变我们生活的十个新方向》,梅艳译,中国社会科学出版社 1984 年版,第 124 页。

的"人民（文学）""十月"，或采取中性化的"省市名＋文学（文艺）"的呆板、僵化、雷同的命名方式。但到了新时期，不说全国其他地区，在甘肃，就出现了《飞天》《阳关》《陇苗》《驼铃》《红柳》《金城》《格桑花》《黄土地》《崆峒》《河州》《嘉峪关》等极具地域文化色彩的文学刊物。

通过对与新时期甘肃文学关系非常密切的"西部文学"这一概念、口号形成过程的梳理，我们发现甘肃的批评家与作家在新时期文学的地区意识上非常自觉。或者可以说，正是甘肃作家明确的地区意识，才使得新时期甘肃文学凸显了自己的个性，取得了引人瞩目的成绩。

二 西部精神与新时期甘肃文学

开发西部的战略意义和西部地方性文学刊物的创办，只不过是提出西部文学的动因和外部标志，真正将西部各地区以文学的名义联结起来，还需要更深刻的、更内在的精神纽带，这就是滋养了西部文学的"西部精神"。

应当看到，西部文学的倡导，在中国社会主义新时期文学的范畴里，它是以地域性来凸显其个性；但在世界文学的格局中，它要强调的是文学的民族性。西部文学的提倡，是在 20 世纪 80 年代中期出现的"寻根热"大背景下出现的，而"寻根"即对文学的民族性、地方性的表现。"应该这样认识，'西部文学'声浪日盛，它的出现，并非仅为建立一个地区性的文学派别，而是一个新生的民族文化寻根意识使然。它切应着新时期文学'寻根意识'乃至 20 世纪世界文学潮流的律动……透过西北地区长河大漠，城堞狼烟，窑洞账房，驰马放牧，雪山戈壁，戍边屯垦等西北风情民俗，发掘积淀、

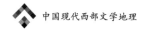

渗透于西北地域风貌中历史文化的精灵，民族心理与民族性格的灵魂——西部精神。"①

西部精神从何而来？它源于足下的这片土地。借用俄罗斯学者尼古拉·别尔嘉耶夫的话说，就是"空间对灵魂的统治"："俄罗斯人的心胸是宽广的，一如俄罗斯大地，俄罗斯原野……俄罗斯空间的巨大不能由俄罗斯人铸就自律性和自主性，而这非俄罗斯人民外在的命运，才是内在的命运。因为这一切外在均不过是内在之象征。从外在的、实证科学的观点来看，辽阔的俄罗斯空间便是俄罗斯历史的地理动因。但从更深刻的、内在的观点来看，这些空间本身就是俄罗斯命运的内在的、精神的事实。这是俄罗斯灵魂的地理学。"②

那么，什么是"西部灵魂（精神）"的地理学呢？有人认为，它是千百年历史文化的积淀："它是凝固而持重，保守而自足，质朴而沉稳的。中国的西部精神重人伦而轻实利，它尊奉祖先，它拥有历史绵延感，它不易为世俗变迁所动。同时，中国的西部精神又是闭锁型：它排外，不求变化，他过于倚重人伦关系的净化而压抑了人的自然禀性和求新欲……总的来说，中国的西部精神是继承的、默契的、无言的、静穆的和始终如一的。"③有人认为，"西部精神"是忧患意识和开拓精神：千百年来，西部人民为了生存和繁衍，向着恶劣的命运进行了多么惨烈的抗争。当我们审视足下的这片土地时，我们会惊心动魄于周围严酷的一切。"它唤起人对于自身价值的

---

① 李俊国：《西部文学二题》，《当代文艺思潮》1986 年第 1 期。

② ［俄］尼古拉·别尔嘉耶夫：《俄罗斯灵魂》，陆肇明、东方珏译，学林出版社1999 年版，第 63—64 页。

③ 吴亮：《什么是西部精神？》，《当代文艺思潮》1985 年第 3 期。

自觉，从而获得人类能够支配自身命运的自信心和使命感。"① 西部文学"不外乎是表现党领导下的人民群众在开发大西北中的那种百折不挠、坚韧不拔的开拓精神。西部文学实际上是开拓者的文学②。"而昌耀认为，"西部精神"是西部地理、民族文化、时代精神等交相感应的产物，它源头古老，又不断处于更新之中：

> 西部精神原就深深植根于西部故土之恋，是与时代转型期同时来临的一种自觉的生命潮动，然而首先在文学意义表现了这种创造的自觉并发轫于这种文学自觉的生命力之潮动，意味着世代相因的坚韧意志与共存亡之努力处在了历史的一个新起点，而成为文学转型期的一种审美期待或审美心理描述。它充分相信自己基质的潜力，把眼光自觉投向未来，而不加意外界褒贬（即或其意识深层也曾隐含着对在历史的长旅中屡遭冷待的抗争）。有着不尚粉饰的拙朴基调与峻急品格。有着义无反顾的道德操守。有着充满宗教感的善的隆重。有着基于死亡意识的人性悲壮。有着面对现代文明冲击的内心困惑。有着敢于文化滞距的历史反省。有着实现理想人格的恣情追求。③

尽管对何谓"西部精神"，倡导者们有不同看法，但他们无疑都认为"西部精神"是西部文学的内核，西部文学的觉醒源于西部文学领悟到的"西部精神"："它开始意识到了自己的雄心与抱负，意识到了自己的信念与追求，意识到了自己的无与伦比的独特性与潜

---

① 谢冕：《文学性格的抉择——谈"西部精神"》，《当代文艺思潮》1985 年第 3 期。
② 张贤亮：《西部文学与宁夏文学》，《朔方》1985 年第 1 期。
③ 昌耀：《西部诗的热门话·西部精神》，《昌耀诗文总集》，作家出版社 2010 年版，第 845 页。

在力量，意识到了自己在整个中国文学格局中的价值与地位……总之，它在漫游了艰辛而坎坷的历程之后，终于发现自己走到了新的文学起跑线。"①

作为"西部文学"之一部分的甘肃文学，正是意识到了它自己的精神特质，才汇入到西部文学的大潮中，体现了浑厚苍凉而又坚韧包容的西部精神。

---

① 周政保：《醒悟了的大西北文学》，《当代文艺思潮》1985 年第 3 期。

第十章　甘肃地理与甘肃当代
文学审美特征

地理对文学的影响，是通过作家这个中介环节来实现的。它直接表现为地理给文学提供了一种表现的对象和材料，间接地表现为对作家审美风格和作品风格的影响，并进而影响到一个区域文学的整体风格和面貌。

特定地域的地理环境对人类的影响，在我国的先秦时期，就已经被意识到了。《周礼·考工记》中谈道："天有时，地有气，材有美，工有巧，合此四者，然后可以为良。材美工巧，然而不良，则不时，不得地气也。橘踰淮而北为枳，鸲鹆不踰济，貉踰汶则死，此地气然也。郑之刀，宋之斤，鲁之削，吴越之剑。迁乎其地而弗能为良，地气然也。"班固在《汉书·地理志》中也谈道："凡民函五常之性，而其刚柔缓急，声音不同，系水土之风气，故谓之风；好恶取舍，动静亡常，随主上之情欲，故谓之俗。"学者张岱年则认为"地理环境是人类赖以生存和发展的物质基础，当然也是人类的意识或精神的基础"，"不同的地理环境与物质条件，使人们形成了不同的生活方式与思想观念"。① 由此可见,一个地域特有的自然地理环境和人文地理景观,对生于斯、长于斯的人,从气质禀赋到精神状态,均发生着深远的影响。作家总是与特定地域发生着强烈的精神关联,他的创作也必定携带着一定的地域特征。地理环境对作家的影响是多方面的,但最典型的,是在审美特征方面。

甘肃处于中国西部的黄河上游,东接陕西,南邻四川,西连青海、新疆,北靠内蒙古、宁夏。境内山地、高原、平川、河谷、沙漠、戈壁交错分布。这里曾是华夏民族的古文化发祥地之一,也是张骞出使西域、玄奘西天取经和成吉思汗南征北战、马可·波罗探险游历的经由之地。古老的丝绸之路在甘肃境内蜿蜒盘旋,使得甘肃成为古代东西方经济、文化交流的纽带。奇崛壮美的自然景观和悠久厚重的文化积淀,孕育了富于西部风情与多民族色彩的甘肃当代文学。

一 自然地理景观在甘肃当代文学中的全景呈现

作为文学创作的源泉之一,自然地理景观对文学作品从内容到形式均发生着一定的影响。在甘肃作家的笔下,陇东、陇中贫瘠的黄土地,干涸、枯黄的河床,陇南大地上明媚的湖光山色,甘南高原"风吹草低见牛羊"的盛景,河西走廊的"大漠孤烟直,长河落日圆"的壮阔景象,敦煌莫高窟的神秘,崆峒山的奇峻,麦积山的瑰丽,都能够引发作家无穷的创作力,从而绘制出一幅幅流光溢彩的甘肃文学地图。

---

① 张岱年:《中国文化概论》,北京师范大学出版社1994年版,第24—30页。

十七年文学时期，常书鸿以一篇《夏天的敦煌》的散文，开始了在散文中关于甘肃的想象和描绘。作为一名画家和文物学家，常书鸿了解敦煌的过去和现在，熟悉敦煌在历史变迁中的苦难。在《夏天的敦煌》中，他书写了敦煌在新的历史时期焕发出的崭新面貌：山花烂漫，树泛新绿，鸟鸣虫唱，敦煌夏季特有的风景风情映入眼帘，浓郁的生活气息让人们对新的敦煌产生了无尽的向往之情。而赵毅《炳灵寺小记》写出了炳灵寺周围的奇峰峻岭、清澈的山泉。而在寺中，唐代流传下来风格各异的神龛、造型奇特的建筑，都为炳灵寺增添了无穷的魅力。李秀峰《晴岚碧海话崆峒》，从大处着眼、小处落笔，将历史与现实、自然景物与神话传说很好地融为一体，在行云流水的叙述中让人们领略了崆峒之美。

然而，十七年文学时期，作家对甘肃的书写仅仅停留在对名胜古迹或具体的一城一池的描绘上。新时期以来，作家们对甘肃的书写扩展到西部这样一个大的地域范畴。西部是一片神奇的土地，巍峨峻峭的冰川雪山，低洼潮湿的沼泽草地，一望无际的浩瀚大漠，作家们将自己对于故土的眷恋融入深层的思考，对故土的书写焕发出了别样的色彩。

处于西北边陲的甘肃，广袤、贫瘠，自然地理环境相对严酷。但是，在不少作家的笔下，甘肃仍然是一块有着如梦似画的山川景物的好地方。尤其在陇南作家的作品中，我们随处可见苍茫厚竣的山，轻柔神秘的水，幽静冷清的月……正雨、波眠、张丽等作家对陇南山光水色的描绘，使他们的作品拥有了清新俊逸的风格。陇东大地虽然缺乏陇南的明秀，但在许多作家眼中，黄土高原上的陇东仍然有着动人的风情。以写作军旅散文而闻名文坛的作家杨闻宇，对故乡的深情回望让他的作品拥有了经久不衰的艺术魅力。《柳河剪影》《蛇的故事》《香瓜园里》《薯忆》《故乡板桥》《土炕》这类作品中，作家浓浓的赤子情怀与故乡明丽的高山大川、清涧细流融合在一起，使他的散文浸润着浓郁而强烈的乡土气息，犹如掠过田野的清风，使人陶醉，使人留恋，使人对那已逝的略带浪漫情趣的诗意生活产生无限的向往。例如，他对记忆中故乡的柳树的描写："参差披拂的杨柳层层叠叠，如绿云匝地，似翠浪排空；一河悠悠流水映红了弥空红霞，像一匹抖动的锦缎，耀得人眼目迷离。田野上劳作的人们三三两两，或扶犁，或运锄，隔河远眺，极像精巧、别致的画中剪影，恬淡、幽雅而静穆。"（《柳河剪影》）这些清秀灵动的文字，形成了他清新自然的散文风格。诗人高平用诗歌描画出明媚而温暖的陇东世界，他的诗集《心灵的乡村》中处处弥漫着青草的气息和泥土的芬芳，这里有头上飘着蝴蝶结的小女孩，也有骑车行走在山路上的少年，有日出而作、日落而息的勤劳善良的乡亲。诗人用平易、亲切的语言，营造出一个属于自己的心灵故乡。

然而，这种淡雅明秀、清新自然的湖光山色，也仅仅是作家们对甘肃的一种想象和表达。在甘肃当代文学中，作家笔下出现更多的是苍凉的落日、咆哮的山风、沟壑纵横的高原、一望无际的沙漠，这些浑厚质朴、苍凉贫瘠，极具"西部风情"的自然地理景观在作家笔下的呈现，使得甘肃当代文学拥有了粗犷、豪迈、厚重、深沉的审美特征。

横贯甘肃大地的是贫瘠的黄土高原，在众多作家笔下，对黄土高原的倾心描绘，是甘肃风情画中最浓墨重彩的一笔。在作家邵振国的创作中，粗粝、硬朗的环境描写，往往构成了他小说的底色。故事的叙述和人物形象的塑造，都在广袤的黄土高原风景画中展开。

例如，他的《远乡夫妇》中人生的悲欢离合，就是在"举目，煤窑四野环山，早春天气，没啥绿色，山石、枯草、灌木灰秃秃地蒙着一层黑。山坳子里一二歪七扭八的街，几间斜门烂窗的土房子，人烟稀落"这样苍凉的环境中拉开序幕。柏原的小说中，"黄面窝头状令人憎恶的山峁，如同村民面皮一样的苦水沟壑"的黄土高原，与他小说中沉重的人生，麻木愚昧的民众是相辅相成的。他的《天桥腰岘》中，黄土地上的一处土塬、一座院落，便禁锢了三代女性，让悲剧一次又一次重演。柏原的小说处处弥漫着灰黄，这不仅是他对黄土高原色彩的描述，而且是他对黄土高原人生的诠释。而在女诗人匡文留的诗歌中，她用"背水的女子"这样一个动人的形象描绘她理解的黄土高原："我身穿红袄的岭中姐妹/你细碎的步子踩不疼水/却踩疼了我/向这大山不像大山褐色不是揭色走近/我弱小的姐妹/你仅仅为了背一桶水么/暮色之海漫过家园时/日子也就成了倒影/梦呓的水虚幻的水里/是谁干枯双唇唤你/你美丽的汗珠敲打水桶/重重叠叠的大山/呜咽成了海涛。"

戈壁大漠是甘肃当代文学中另一个鲜明的意象。雄奇悲凉的大漠景观与严峻冷酷而又沉滞的现实生活交织在一起，衬托出一个真实而神秘，贫穷又动人的小说世界。张弛醉心戈壁荒原的传奇和神秘。在他的《驽马》中，风雪呼啸的大漠上，上演着一场惊心动魄的兽畜争斗，独特的河西自然景观与生命的严酷搏斗交织在一起，构成了苍凉浑厚的图景。而他的《汗血马》中，崇高与悲壮交织而成的艺术世界，在很大程度上取决于他近乎惨烈的环境描写。康志勇的中篇小说《黑戈壁》，对戈壁奇特生活场景的描绘中，直视戈壁人的心灵世界，挖掘出西部自然与西部文化精神的有机关联。雪漠在其早期的短篇小说《长河落日处》和《月晕》中，用在漫天飞舞的黄土沙中如血的残阳、昏黄的月亮淋漓尽致地展现了戈壁大漠深处的神奇景观，同时作者驰骋想象，将传说中的现实和现实中的传说写进小说中，为这片戈壁大漠涂上了魔幻而神奇的色彩。在随后历时12年创作的《大漠祭》中，雪漠对腾格里沙漠边缘上一个普通村庄的世事变迁、人物命运作全景式的关照，除去了早期作品中对戈壁大漠传奇和神秘的描述，将西部沙漠边缘地带的自然地理景观特有的风貌与这片土地上农民命运的变迁结合在一起，朴实无华的叙述中自有动人的力量。这部小说获得了巨大的成功，评论界认为这篇小说："在文学将相当多的篇幅交给缠绵、温情、感伤、庸常与颓废等情趣时，雪漠那充满生命气息的文字，对我们的阅读构成了一种强大的冲击力。西部风景的粗粝与苍茫，西部文化的源远流长，西部生活的原始与纯朴以及这一切所造成的特有的西部性格、西部情感和它们的表达方式，都意味着中国当代文学还有着广阔而丰富的资源有待开发。"①

在诗歌领域内，莽莽苍苍的戈壁大漠最能引发诗人的灵感。李云鹏在诗歌中宣称要做一个"执着如诗的西行客"，他的诗作中有一批彪悍豪放的西部人，李云鹏将这些抒情主人公放置在西部戈壁上，在人与自然的强烈冲突中完成对其形象的塑造。林染笔下戈壁的风情地貌是一种审美的存在，他在诗歌中热情地表达着欣赏和赞美："不，不只是狂风与旋转的沙丘，不只是燥热的太阳，还有动人的蜃景，沙枣花和滴翠的胡杨林，还有清亮的泉水，大雁在蓝色的疏勒河畔驻足，哦！我的戈壁，我放牧过骆驼与青春的戈壁。"在李老乡的诗歌中，西部戈壁与南国风光构成一种对立，他在酷烈、蛮荒的

---

① 第三届"冯牧文学奖"雪漠获奖评语，http：//www.doc88.com/p-60323190646.html。

戈壁滩上寻找绿荫，寻找温馨的南国。"又起风了，当那白色的风，把塞外冻成一块冰的立方，富有生机的雪下景物，却在积极地创造南方温暖的形象。"

学者赵园曾说："'大西北风情'在某种意义上是文学艺术创造的结果。文学艺术不只成功地创造了这'风情'的美感形态，而且创造了陶醉于这风情的观众与读者。"① 甘肃当代作家笔下刚柔相济、动静皆宜的甘肃风情，不仅是一种自然地理景观的呈现和表达，而且作为一种沉淀在作家心理深处的创作气质，长久地影响作家的创作，引发读者的共鸣。

二 人文地理景观在甘肃当代文学中的传神表达

地理环境对作家的影响，除了某一地域的自然景观之外，还有历史沿革、民族关系、风俗民情、生活状态、方言乡音等重要因素。换而言之，较之于自然条件，由历史形成的人文环境的种种因素给予文学的影响更为复杂深刻。严家炎先生认为："风俗画对于文学，绝不是可有可无的。无数艺术实践的经验证明，文学作品写不写风情民俗，或者写得深沉不深沉，其结果大不相同：它区分着作品是丰满还是干瘪，是亲切还是隔膜，是充满生活气息还是枯燥生硬。世界上许多生活底子雄厚的大作家和大作品，都是注意写风俗民情的。"② 甘肃大地上高亢悲凉的秦腔，婉转悠扬的"花儿"，苍凉深邃的贤孝，欢天喜地的社火，栩栩如生的剪纸，这些丰富而奇特的风俗民情，从另一个方面长久地影响着作

---

① 赵园：《地之子》，北京十月文艺出版社 1993 年版，第 151 页。
② 严家炎：《中国现代小说流派史》，人民文学出版社 1995 年版，第 72 页。

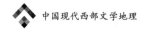

家的创作。

甘肃是多民族聚居的区域，在这里繁衍生息着汉、回、藏、裕固、蒙古、土、满等几十个民族。多民族的文化交流与融合，形成了丰富多彩的民间艺术，歌谣是其中最具代表性的艺术形式之一。流传在甘肃境内的歌谣，分布面最广，影响最大的当属"花儿"。甘肃的"花儿"曲调悠扬、唱词多样，它包含着甘肃各族人民对苦难的诉说、对爱情的向往以及对生活的期许。许多作家从小就生活在"花儿"盛开的故乡，他们的作品中自然而然地对这种极具地域风情的歌谣进行了展示。

王家达的小说《清凌凌的黄河水》中，通篇洋溢着浓郁的"花儿"风情。尕奶奶与二哥子的凄婉而浪漫的悲剧爱情的开始与结束，都与"花儿"息息相关。他们的爱情，不为世俗所包容，于是，他们只能借一首又一首或机智或诙谐或火热或缠绵的"花儿"对唱互通心曲。"花儿"显示着他们相识相恋的爱情轨迹，也为小说渲染出浓郁的地域风情，这也正是王家达的高妙之处——"字里行间能飞出一种极富感染力的旋律，这旋律带着浓烈的西北情调，充满意象和活趣①。"这种高昂动人的旋律不仅回荡在王家达的小说中，在雪漠、张翼雪等作家的小说中，也时时响起。"花儿"不仅增强了作品的地方特色和民族特色，在塑造人物、表现故事发生发展的进程方面也有重要的作用。

除了"花儿"，另一种产生于甘肃大地上的艺术形式也对作家们产生着一定的影响，那就是凉州的贤孝。凉州贤孝又称"凉州劝善书"，成型于清末民初，是流布甘肃省武威市凉州区城乡及毗

---

① 李兴阳：《西部民俗风情与乡土小说的文体特征——西部 20 世纪 80 年代乡土小说研究》，《学术评论》2004 年第 1 期。

邻的古浪、民勤和金昌市永昌县部分地区的一种古老悠久的民间弹唱曲艺。凉州贤孝的音乐保留了许多古老的唱腔曲牌，吸收了凉州杂调和地方民歌的丰富营养，充满着浓郁鲜明的地方色彩。它曲调流畅、富于变化，即兴性很强，能生动形象、活脱逼真地表现各种故事人物。正如陕北高原的"信天游"、陕南大山深处的民歌曾给予路遥和贾平凹深刻的艺术、心灵滋养，甘肃许多作家苍凉悲壮、浑厚质朴的艺术风格的形成，也与这种韵味十足、感人至深的凉州贤孝有不可分割的联系。作家雪漠在其散文《凉州与凉州人》中对凉州贤孝进行过详细的介绍，他说："我常常能从嘣嘣的弦音中听出黄土地的呻吟和父老乡亲的挣扎，一种浓浓的情绪常使我泪流满面。写《大漠祭》的十余年里，贤孝的旋律，常萦在我的心头。在苍凉、悠远、沉重、深邃、睿智的贤孝声中，我走出了小村，走上了文坛。那弦音里苍凉的枯黄色，已渗入我的血液，成为我小说的基调之一。"可以说，雪漠艺术风格的形成，就受惠于这种西部优秀的传统文化，"像雪山上的雪水融化下来，一路滋养着它流经的土地和心灵[1]。"

甘肃当代文学鲜明的西部风情，不仅有"花儿"与"贤孝"，同时，甘肃广大地域上古老的、色彩斑斓的种种民俗，都是其有机组成。马步升的小说《老碗会》中，为了解决计划生育这一现代难题，村长只能借助封建社会族权统治时代遗留下来的"老碗会"来解决。"老碗会"这一黄土高原上古老的习俗，在马步升的笔下被渲染得妙趣横生。在李本深《神戏》和《油坊》中，前者绘声绘色描述了陇中农村古老而又生机盎然的影子人儿戏，这种

---

① 雪漠：《用灵魂传递西部文化》，《西部时报》2009 年 12 月 8 日。

产生于黄土皱褶中的民间艺术，是农民们仅有的精神慰藉。后者对乡村中特殊的榨油方式、榨油过程以及榨油期间吃油饭等习俗进行了真实而准确的记录。邵振国《白龙江栈道》中，对藏民的吃、穿、住、行以及爱情、劳动和宗教等方面习俗的叙写，特别对白龙江栈道奇特风俗的大篇幅描述，使小说充满了异域情调。而雷建政在《白草地黑草地》《沉寂的雪湖》中对"草原文化"进行了展示，不仅写出了草原藏民的生存现状或环境、信仰和心理，同时也写出了他们对藏传佛教的笃信，对图腾的崇拜。可以说，放牧躬耕、婚丧嫁娶、祈祷祭祀等充满文化意味的民俗风情，骑马的藏族少年、陈旧的帐篷、袅袅的炊烟、香甜的奶茶等生活剪影，老屋、陋村、古镇、苍凉的行者所组成的意象，凡此种种，在甘肃作家笔下的传神表达，都如同草原上甜美馥郁的奶茶，为甘肃当代文学带来了醉人的芬芳。

"绝域产生大美"，甘肃当代文学以刚健质朴、雄浑悲壮为主，兼具清新自然、秀丽雅致的多样化的审美特征，与孕育其产生、滋养其成长的甘肃地理环境有着不可分割的关系。所谓"一方水土养一方人"，每个人从一生下来就受到地理环境的影响，因而带着明显的地域特征。正如古人所说，"南方谓荆阳之南，其地多阳。阳气舒散，人情宽缓和柔"，"北方沙漠之地，其地多阴，阴气坚急，故人刚猛，恒好斗争"。[①] 甘肃广袤、荒寒、贫瘠的地理环境，从不同程度上影响着作家的创作个性和审美价值取向，他们的作品中往往充溢着浓重的苦难色彩。这种对苦难的书写不是一种表层的宣泄，而是在历史的纵深处挖掘出的人生悲剧，带着作家深沉的理

① 孔颖达：《十三经注疏》（下卷），中华书局1980年版，第1626页。

性思考，因而形成了一种热力四射、苍凉悲壮的阳刚之气。这种阳刚之气，正是形成甘肃文学刚健质朴、沉雄悲壮美学风格的主要原因。另一方面，甘肃作家以多样化的题材，反映着不同年代、不同环境、不同民族的丰富多彩的生活。从冰雪覆盖的祁连山，到流水潺湲的陇南村寨；从郁郁葱葱的甘南草原，到沟壑纵横的黄土高原，从沙漠、帐篷、骆驼、牧鞭，到竹林、溪涧、茅屋，甘肃不同的地域，不同民族的风貌特色，均汇入作家笔下。因而形成了粗犷豪放与清新婉丽并存、冷峻凝重与热烈明快相谐的多样化风格特色。

第十一章　地理环境的多样化与甘肃当代长篇小说创作

　　甘肃位于华夏大地的西北部，其东接连绵起伏的黄土高原，南临山翠水绿的秦岭余脉，北通浩瀚无垠的蒙古大漠，西连广袤的青藏高原和新疆戈壁。这一地理位置，使得甘肃的地形地貌非常复杂。高原、石山、河谷、平川、雪峰、草原、沙漠、戈壁等纵横交错，这种多样化的地理环境也成为甘肃作家文学创作的资源宝库。法国文艺理论家泰纳认为文学艺术的发展取决于种族、环境和时代三个要素，其中环境是构成精神文化的一种巨大的外力。在《英国文学史·序言》中，泰纳就曾细致分析过不同的地理环境对于不同民族的影响，他说："以日耳曼民族为一方面和以希腊民族与拉丁民族为一方面，二者之间显出的深刻差异，主要是由于他们居住国家之间的差异：有的住在寒冷潮湿的地带，深入崎岖卑湿的森林或濒临惊涛骇浪的海岸，为忧郁或过激的感觉困扰，倾向于狂醉和贪食，喜欢战斗和流血的生活；其他的住在可爱的风景区，站在光明愉快的海岸上，向往于航海或商业，并没有强大的胃欲，一开始就倾向于社会的事物，固定的国家组织，以及属于感情和气质方面的发展雄辩术、鉴赏力、科学发明、文学、艺术等。"① 在泰纳看来，地理环境对一个民族的时代精神、民族性格、情感气质等的形成均有积极意义，那么地理环境必然会对文学艺术的创作活动产生不同程度的影响。但要指出的是，这种影响不是直接的，而是通过作家这个中介来实现的。有学者就指出："地理对文学的影响，是通过作家这个中介环节来实现。它直接表现为地理给文学提供了一种表现的对象和材料，间接地表现为对作家审美风格和作品风格的影响，并进而影响到一个区域的文学整体风格和面貌。"② 由此可见，多样化的地理环境对甘肃当代长篇小说的创作从主题内容、艺术风格到审美追求、人文思考等多个方面都会产生不同的间接作用，使之带有鲜明的甘肃地域色彩。因而，从地理学角度对甘肃当代长篇小说的创作进行研究，对于科学把握这些文学作品的艺术特色、正确认识它们的艺术价值，都有着非常重要的意义。

一　多样化地理环境在甘肃当代长篇小说中的展现

甘肃地处青藏高原、黄土高原、蒙新高原等三大高原的交汇部位，而且也是我国唯一同时具有西北干旱区、青藏高原区、东部季风区等三大自然区域的省份，地形、气候多变，地域特征明显。它既有峰险峡深的石头山，也有沟壑纵横的黄土地；既有高寒脆弱的绿草原，也有风沙游荡的黑戈壁。这种多样化的地形地貌在甘肃当代的长篇小说中均有不同程度地展现。例如，被小说评论家雷达称为"给21世纪初物欲横流和城市书写流行的文学界吹来了一股清新

---

①　伍蠡甫：《西方文论选》（下卷），人民文学出版社1964年版，第237—238页。
②　张向东：《20世纪中国西部文学地理学论纲》，《兰州交通大学学报》2011年第2期。

明朗的微风"的长篇小说《大漠祭》，就细致展现了甘肃境内凉州地区沙漠边缘地带的地理环境。在作者雪漠的笔下，那一片沙漠戈壁好似都有了自己的生命：

> 沙窝里到处是残梦一样的枯黄，到处是数十丈高的沙岭。游峰回旋，垅条纵横，纷乱错落，却又脉络分明。驼行沙岭间，如小舟在海中颠簸。阳光泄在沙上，沙岭便似在滚动闪烁，怒涛般卷向天边。①

而小说对沙漠酷热的叙述，也凸显着一种逼人的质感：

> 太阳开始暴戾起来了，放出似有影似无形的白色光柱，烤焦沙海，烤蔫禾苗，烤得人裸露的皮肤尽成黑红了。吸满阳光的沙海更黄了，衬得蓝天成了放着蓝焰的魔绸。蓝焰一下下燃着，舔向地上的万物。②

作者对沙漠中风的肆虐更是有一种身临其境般的再现：

> 风最猛的时候，太阳就瘦、小、惨白，在风中瑟缩。满天黄沙。沙粒都疯了，成一支支箭，射到肌肤上，死疼。空中弥漫着很稠的土，呼吸一阵，肺便如僵了似的难受。③

> 这是沙漠里特有的风，灼热、疯狂、肆虐。沙土到处都是。小村在颤栗。太阳缩出老远，躲在半空，成一点亮晕了。④

在作者笔下的这片西部农民生活着的土地，除了有太阳的毒辣、

---

① 雪漠:《大漠祭》，敦煌文艺出版社 2009 年版，第 76 页。
② 同上书，第 308 页。
③ 同上书，第 151 页。
④ 同上书，第 352 页。

风沙的狂暴，当然也有少许的温婉细腻：

> 夜气轻柔地来，把大漠的温柔输入每一个毛孔，仿佛那不是空气，而是一种特殊清洗剂，把人的五脏六腑都涤荡得干净了。灵官甚至听到夜气像水一样"哗哗"流动的声音。天奇异的黑，因而也显得奇异的高。星星倒亮出一种虚假来。星光的忽闪使灵官感觉到嘈杂的喧嚣。若是有开关，他真想灭了它，让夜索性黑成一个固体。①

可以说，以上这些对大漠戈壁的鲜活描写，如果没有作者对当地地理环境的切肤体验，是无法真实呈现在读者面前的。

在甘肃除了有残酷的沙海，也有巍峨的雪山、俊秀的牧场，长篇小说《汗血马》中描述的故事就发生在这样的地理环境中。在作者张弛的笔下，祁连山雪峰相连、冰河相间、骏马驰骋、苍鹰回旋，总让人觉得在那黝黑隐秘的山林中隐藏着一个惊心动魄的世界，令人产生无限的遐想。在《汗血马》中的祁连山脉有时是苍凉的：

> 时值隆冬初春，万物还在冰雪天地之中，马蹄声碎，人心寂寞。那道峡谷很长，两岸青峰陡立，脚下淌着一道野河。河水青黑沧浪，声若呜咽，河岸边又凝结着厚厚冰床。千曲百折，没有尽头。②

有时是雄浑的：

> 雪峰顶上云气浩荡，灵光四射，一股神秘的气息扑面而来，

① 雪漠：《大漠祭》，敦煌文艺出版社2009年版，第207页。
② 同上书，第24页。

逼人骨髓。雪峰下又是一长溜起伏不定的草山，犹如数十条巨蟒盘踞。①

有时是静谧的：

> 绿的草滩和银白的雪峰，在鹰翼下寂然不动；林棵的松针和潺潺的河水也安之若素，轻轻颤动着一种永恒单调的天籁之音。②

有时是令人不安的：

> 而被它一扫而去的满天阴云再也不出来呼风唤雨了，被雨水泡大的青草却又在它旷日持久的蒸晒下颓然披靡，伏地不起。天空中一味地发蓝，蓝得像一片死海。风不刮，雨不下，鸟不鸣，虫不做，一切都是那么寂静而单调。死一般的僵滞沉寂中，草地上悄悄地泛起了一片酱紫色的氤氲。③

同样是草原牧场，在作家笔下的位于甘肃西南部的高原草原，就与祁连山脉中的草场完全不同。在长篇小说《首席金座活佛》中，作家尕藏才旦曾细致描绘了这片位于甘肃、青海、四川三省交界处的大草原：

> 那儿才算真正的大草原，没有高山陡崖，也没有沙滩，广袤的绿野一望无际，极目数百里。一眼能望到的地方，骑马却得走三四天。东岸和西岸是大片沼泽湿地，首曲草原一年三百

---

① 张弛：《汗血马》，敦煌文艺出版社 2012 年版，第 24 页。
② 同上书，第 142 页。
③ 同上书，第 189 页。

六十五天都浸泡在浓浓的乳雾水气之中，天地苍茫，水天一色，像位多情少女的眸子，时时闪烁着迷蒙憧憬的光芒。

黄河在这儿显得特别温柔，像一条宽舒光滑的绸带飘曳抖展，又似一只开屏孔雀悠闲自得，迈着典雅的舞步巡视两岸花团锦簇的风光……①

在尕藏才旦的笔下，这是一片安静、温柔、纯净、祥和的草原。它似乎可以一眼望穿，舒展而柔缓，没有任何的神秘或悲壮，是一片真正的"天赐佛予的吉祥滩"。

一提起甘肃的地理环境，除了戈壁荒漠，人们提及最多的自然是那土层深厚，却显得枯黄而没有任何鲜活生命色彩的黄土高原。这种地理环境中的景致、气候以及逐步形成的民俗风情，与甘肃的河西、甘南地区之间，存在着明显的差别。在马步升的长篇小说《青白盐》中，陇东地区黄土地上的特质被展现了出来：

在山村初春的午后，悠闲自在地晒太阳，实在是人生一大享受，西北风让北面的黄土山梁挡死了，阳光打在干燥的黄土崖壁上，再反射于人身，那个暖乎劲儿，直接可以渗入人的心坎去。②

在甘肃除了有荒芜的戈壁滩、贫瘠的黄土地，当然也有山清水秀的景致。在陇南地区，虽看不到"大漠孤烟""长河落日"，却能欣赏到峰峦奇峻、绿意盎然。在地理位置上，这一地区地属秦巴山区，比邻陕川，降雨充沛、气候湿润、森林茂密，被称为是陇上江

---

① 尕藏才旦：《首席金座活佛》，甘肃文化出版社 2005 年版，第 17 页。
② 马步升：《青白盐》，敦煌文艺出版社 2008 年版，第 261 页。

南。陇南地区地形地貌复杂，高山、河谷、丘陵、盆地，交错分布。在陈自仁的小说《白乌鸦》中，就对这一地区的地理环境有如下的描写：

> 从自然环境看，涎水沟还真像陶渊明笔下的世外桃源。它东起阴阳峡，西至黑虎岭，南有峭壁，北有悬崖，两山中间是数十里长的河谷地带，地势险峻，难进难出。就在这崇山峻岭中，老天爷造就了一片沃土，那就是南北悬崖下缓缓升起的坡地。人们在坡地上开出的梯田，一层一层向上延伸，远看宛如一幅幅挂在悬崖下的水墨画，让人赏心悦目，又回味无穷。①

总体而言，从河西到陇东、从甘南到陇南，甘肃的地理环境呈现出复杂多样化的特点，而这些地形地貌，在甘肃当代的长篇小说中均有展现，并不同程度地影响了小说的创作。

二　多样化地理环境对甘肃当代长篇小说创作的影响

有学者曾经明确指出："地理环境是人类赖以生存和发展的物质基础，当然也是人类的意识或精神的基础。"② 并认为："不同的地理环境与物质条件，使人们形成了不同的生活方式与思想观念。"③所以，文学创作作为人类的一种特殊的高级精神活动，也必然受到地理环境的影响。近代学者刘师培就曾在《南北文学不同论》中指出："大抵北方之地，土厚水深，民生其间，多尚实际；南方之地，水势浩洋，民生其际，多尚虚无。民崇实际，故所著之文，不外记

---

① 陈自仁：《白乌鸦》，长江文艺出版社 2008 年版，第 9 页。
② 张岱年：《中国文化概论》（修订版），北京师范大学出版社 2004 年版，第 20 页。
③ 同上书，第 23 页。

事、析理二端；民尚虚无，故所作之文，或为言志、抒情之体。"表明了不同的文学风格与地方风土之间，存在着必然的联系。而具体到甘肃作家的创作，地理环境的影响更加明显。例如，有学者就认为："我国西部独特的人文地理、经济政治，形成了绝不同于其他地区的独特的西部意识。它支配着西部人的心理和行为，演变着西部的历史，影响着西部的未来。面对这块富有特色的地域，我们的作家认识到，只有独特的西部意识，才是甘肃小说创作之魂。"① 而雷达在评论甘肃作家文学创作的特色时，也指出："甘肃作家因苍凉、贫瘠的自然环境和深固保守的文化处境而具有某些共同的文化性格，比如倾向于悲剧感、苦难意识、忧患意识、超越意识、生态意识，等等。其中苦难意识与忧患意识，表现得尤为浓重。苦难是甘肃乡土小说叙述的核心。虽然在不同时期、不同作家的笔下，对苦难的表现方式略有不同，但苦难成为一种无法摆脱的宿命，笼罩着甘肃的乡土作家，并最终成为甘肃作家的桎梏。"②

诚如雷达所言，苦难、忧患、悲剧感等，都是甘肃当代长篇小说讲述的核心。例如，在《大漠祭》中，作者雪漠自言他只是想写一家西部农民一年的生活，只是记述些诸如驯兔鹰、捉野兔、吃山药、喧谎儿、打狐子、劳作、偷情、吵架、捉鬼、祭神、发丧等小事，只想平平静静地告诉人们："在某个历史时期，有一群西部农民曾这样活着，曾这样很艰辛、很无奈、很坦然地活着。"③ 可当我们翻开小说，仔细阅读后就能明白，《大漠祭》中老顺一家的生活已经很难用"艰辛、无奈、坦然"等词汇去修饰了。老顺的大儿子憨头

① 季成家：《西部风情与多民族色彩——甘肃文学四十年》，红旗出版社1991年版，第280、281页。
② 雷达：《新时期以来的甘肃乡土小说》，《小说评论》2010年第3期。
③ 雪漠：《大漠祭》，敦煌文艺出版社2009年版，第10页。

先是失去了做男人的能力，后又得绝症而亡。小儿子灵官与嫂子偷情，始终在伦理与情欲之间的冲突中生活，最终忍受不了种种煎熬，用逃避的方式离开了家乡。二儿子猛子被发现与同村的已婚妇女偷情，老顺只能用磕头的方式屈辱地祈求对方丈夫的饶恕。而唯一的女儿兰兰，也被老顺以换亲的方式嫁给了一个赌徒。赌徒女婿为了能再要一个儿子，竟然将他和兰兰所生的、还在嗷嗷待哺的女婴遗弃在沙漠里，致使自己的女儿冻死在半夜的寒风中……老顺家的生活就是一种挣扎，像那生长在戈壁滩的梭梭草、臭蓬和骆驼刺一样。在残酷的沙漠环境中，老顺一家遭受到的苦难显得是那么理所当然。面对强悍的沙漠，生活在这里的人们似乎只能逆来顺受，逐渐变得麻木而执拗，即使有那么一点点的善良、温暖和美丽，也会被风沙摧残、荒漠碾碎。沙漠环境的严酷、贫瘠，决定了人们的生活状态、塑造了人们的性格，而小说中各色主要人物的命运轨迹也由此得到了安排。

再比如在小说《白乌鸦》中，作者将故事的发生地安排在甘肃东南部的涎水沟。虽然这里山清水秀、气候湿润、土地肥沃，但对身负血海深仇、逃难到此的女主人公阿莲来说，这里绝不是一个桃花源，而是人生的苦难滩。她的一生将搁浅在这里，不断承受着苦水酸涩的拍击。在涎水沟，阿莲不但要面对原有住户的敌意、麻风病人痴呆老人的侵扰，还要与山洪、喝了可能致病的泉水等自然灾害相抗争。可即使这样，阿莲的磨难也没有完，因为她的仇家——费仁也来到了涎水沟。故事的结局自然是悲剧式的：阿莲死了，阿莲早年被仇人强暴生下的女儿也被费仁残害而死……在小说中，涎水沟似乎就是一个巨大的隐喻——它是牢笼，是阿莲一生的牢笼。在这个牢笼中，阿莲遭受的是无尽苦难的折磨。涎水沟由于山势地形的影响，形成了一个相对封闭而独立的空间。而正是这种地理环境的闭塞，使涎水沟更像一个戏剧舞台，完美展现了阿莲的人生悲剧。

在甘肃当代的长篇小说中，作家除了诉说苦难、表达忧患外，也会倾力讲述那些隐秘在陇原大地上的"传奇"。在甘肃的河西地区，祁连山雪峰高耸，原始森林连缀其间，历史古城藏匿于戈壁大漠之中，汉长城、古楼兰、玉门关……这些西部的景观，都会让人不由自主地产生雄奇、神秘、崇高、壮美之感。而在这样的地理环境中，自然会孕育出具有传奇性的故事来，小说《汗血马》就是其中的代表。在作者张弛的笔下，骊靬城、喇嘛滩、佛墩子、月支峰、天涝池、弥陀寺的红狐狸、从天而降的汗血马、口吐寒气的无名水怪、孤独望月的大青狼……无一不显示着神秘的色彩。主人公臧甲山也正是在这片由古城、草原、雪山、森林构成的秘境中，开始了自己充满传奇色彩的人生历程。从少年时的懵懂好奇到成年后的铮铮铁骨，臧甲山的命运轨迹都与他养马、驯马的经历密切相关。而他的爱马、怜马之情，则促使他开始认真思考人与自然的关系：是对抗，还是平衡？这一思考，也是作者自己的心声。在河西地区生活久了，面对当地严酷而又奇幻的地理环境，多数人都可能会开始思考人与自然之间的关系问题。面对自然，人类究竟是征服者、统治者，还是一群只能顺从的奴仆？小说《汗血马》的故事主线，深入展现了作者张弛对这些问题的理性思考。在这部长篇小说中，无论是人物形象的塑造、故事情节的安排，还是哲理化的人文思考，都与河西地区的地理环境息息相关，极具地域特色。可以说，河西地区独特的地理环境是小说《汗血马》得以诞生的土壤。有关地理环境对于张弛创作的影响，学者许文郁曾这样的评论："张弛的小说在苍凉悲壮中隐几分诡谲；在粗犷谐谑中涂一抹古气，其艺术风格恰与他所表现的这块土地形成对应。他的小说显示出强烈的地域性，是不可混淆的'这一个'。"①

　　总体而言，甘肃地理环境的复杂多样性，为甘肃当代长篇小说的创作提供了巨大的素材选择空间。多样化的地理环境，不但可以为小说创作提供众多独特而鲜活的文学意象，如大漠、流沙、戈壁、雪山、草原、森林、峡谷、长河、黄土地等，也可以为小说创作提供特定的叙事空间，从而为人物性格的塑造、情绪氛围的渲染给予必要的帮助。不过更为重要的是，多样化的地理环境，已经对甘肃作家的文化心理产生了潜移默化的影响。甘肃作家在创作小说时的思维方式、艺术追求、审美理想，乃至作者本人的性格气质，都会受到甘肃独特地理环境的影响。因而，借鉴文化地理学的研究方法，探讨多样化的地理环境对甘肃当代长篇小说创作的影响，对于科学评价这些小说作品的艺术特色和艺术价值，有着非常重要的作用。

---

　　① 许文郁：《风情·传奇·西部魂——论西部作家张弛》，《文学评论》1990年第2期。

第十二章　多民族人口地理、语言接触与甘肃当代文学的语言地理

　　甘肃地处由中原通往西域的西北地区东部，周边除了东南的陕、川两省，其余三面——西边的青海、新疆，北边的内蒙古、宁夏——都是少数民族聚居的省份。从历史上看，甘肃也是各民族大融合、大迁徙的主要区域。这样一种地理位置和历史沿革，决定了甘肃是一个多民族人口的省份。而多民族的人口构成，必然会促进其境内各民族由于长期的、大量的语言接触而造成的语言的相互影响和借用，所以其文学语言也自然具有多民族的混杂性特征。

一　多民族人口地理与文学的多民族性

　　人口地理之于文学的影响，主要体现在两个方面。就创作主体——作家而言，多民族的人口地理环境，必然孕育多民族的作家。而不同民族的作家有不同的语言文字、生活习俗、宗教信仰，必然会创作出从内容到形式，均具有本民族特色的文学作品；就文学的表现对象而言，不同民族的文学主要表现的是不同民族的生活。

甘肃是一个多民族的省份，长期生活着回、藏、东乡、保安、裕固、撒拉、蒙古、土、哈萨克、达斡尔、维吾尔等特色鲜明的少数民族，既有甘南藏族自治州、临夏回族自治州和其他民族自治县，而更多的地方散居着很多少数民族。在西北，民族构成之繁复多彩，在某种程度是中华多民族构成的一个缩影，而甘肃又是西北多民族构成的一个缩影。蒋经国在抗战期间来西北考察，他说"西北是我们民族的发祥地""中华民族的故乡"。① 他在酒泉的一次随意请客，甘肃主要的几个民族都请到了，他因此而高兴地说：

> 我认为这一次的请客，是最有意义的，我这一次请客，是请了各种民族，每个民族派代表两人，所以，在席上有汉人，有回民，有蒙古人，有赫萨克人（即哈萨克——笔者注）……那一天，正好有月亮，看着那塞上的月亮，心里有无限的感触。大家都坐在月亮底下，毫无拘束第，毫无隔阂第畅谈，大家都很诚恳坦白，我心里感到非常快乐……②

不用说，在甘肃，这种多民族的因融合、聚会而形成的多民族人口地理，是随处可见的。

这样的人口地理，决定了甘肃作家构成的多民族色彩与甘肃文学的多民族色彩。以"西部风情与多民族色彩"命名甘肃当代文学，真是抓住了甘肃当代文学的特点：

> 在西北，在甘肃，多民族聚居，多种类型的文化和多种宗

---

① 蒋经国：《伟大的西北》，宁夏人民出版社 2010 年版，第 4 页。
② 同上书，第 19 页。

教长期相互交汇、影响、渗透，使生活在这里的各民族的文化环境，往往呈现出一种主色调中又有多色杂染状态。因此，文学上无论是写少数民族或者写汉族，抑或是写多民族聚居区人民的生活杂色和心灵杂光，只要熟悉并且能够深刻理解生活，准确把握民族文化传统、民族精神、民族性格、民族心理，都可能创造出有鲜明民族色彩和地方色彩的优秀作品……西部风情与多民族色彩，已经在很大程度上成为甘肃文学的一种优势；这种优势需要人们的逐渐认同，也需要作家们在艺术实践中不断创造、弘扬。①

二 语言接触与甘肃当代文学的语言地理

文学语言具有独特的地域性特征，词汇、语音有着明显的地域差别。刘师培在《南北文学不同论》中分析了语言和地域之间的关系：

> 夫声律之始，本乎声音：发喉引声，和言中宫，危言中商，疾言中角，微言中徵、羽。商、角响高，宫、羽声下，高下既区，清浊旋别。善乎《吕览》之溯声音也！谓涂山歌于候人，始为南音；有娀谣乎飞燕，始为北声。则南声之始，起于淮汉之间；北声之始，起于河渭之间。故神州语言，虽随境而区，而考厥指归，则析分南北二种。②

---

① 季成家：《西部风情与多民族色彩——甘肃文学四十年》，红旗出版社1991年版，第14页。

② 刘师培：《刘师培辛亥前文选》，生活·读书·新知三联书店1998年版，第399页。

这是从宏观的角度来说，若从微观的方面看，语言因地域而产生的差异状况更加复杂。正如有学者指出：

> 另一方面，由于历史发展的曲折性、社会环境的多样性以及某些民族形成过程中的特殊性，使他们作为民族共同体却不曾有过或不再具有"共同的语言"这一要素。这种情况在中国尤为常见。除了语言属于历史的和社会的范畴，不断经历着形成、发展、混合、分化和统一的过程这一因素的影响外，中国还有一些特殊的具体情况，尤其是中国的历史不仅悠久而且连续性强，民族的迁徙、混合和融合非常普遍，在政治和经济的制约下，许多少数民族长期以来一直受着人数占绝对优势的汉族及其语言、文化广泛而深刻的影响；各民族内部，地理环境、历史进程和社会经济形态也有种种差异，发展很不平衡，这一切显然都会对作为民族形成要素之一的语言产生影响。①

具体到甘肃来说，文学语言的复杂程度尤甚。首先，甘肃民族众多，各民族作家不仅用自己的母语写作，而且各民族作家的母语又由于历史上的迁徙、融合，混杂、借用了大量其他民族的语汇和表达习惯，各民族语言呈现出你中有我、我中有你的状况。同时，一些少数民族作家还用"双语"写作，其母语写作可能受汉语的影响，而其汉语写作又受母语的影响。即使同一少数民族，由于地理位置和历史文化的影响与制约，其内部的语言差异可能很大，甚至分属不同的语族。如裕固族，其东部裕固族，在语言上受蒙古语的

---

① 张善余：《中国人口地理》，科学出版社 2007 年版，第 46 页。

影响，语言接近康家语、土族语、保安语和东乡语；西部裕固族语言上接近维吾尔语和乌兹别克语，与属于蒙古语族的东部裕固语不能沟通。其次，由于甘肃地域狭长，东西跨度大，省内方言差异显著。从大的方言区划看，甘肃属于北方方言区，但其内部又分为中原官话区、兰银官话区、西南官话区等次方言区。其中，中原官话区又分为秦陇片、关中片；兰银官话区又分为金城片、河西片。这些次方言区之间的差异很大，使得甘肃不同地区的文学又具有鲜明的不同方言特征。

作为语言艺术的文学，在一定程度上说，一个地方的文学首先受制于其语言的地理分布状况。不用说，不同民族语言的文学，语言是它最醒目的标识。即使同一语族的不同方言区域，其文学也因语言的地域差异而打上了鲜明的地域色彩。语言地理学以方言的地域分布和地理类型为基础，研究一般性语言问题，如语言母体与谱系继承性、历史比较语言、语汇词汇的多样性、语形变化的地理特征等。借用语言地理学的理论与方法，可从语言的地理分布，研究甘肃当代文学语言的总体特征，以及不同地区的语言对地域文学的塑造与影响。

甘肃地处汉藏语系、阿尔泰语系的交汇处。汉藏语系中的汉语、藏缅语族中的藏语，阿尔泰语系中蒙古语族的东部裕固语、东乡语、保安语和突厥语族的西部裕固语，是本地区的主要语言构成。众多的民族语言，加之不同方言，以及不同语言、不同方言之间因语言接触而产生的语言借用和相互影响，使得甘肃语言构成异常复杂，影响文学语言的丰富驳杂、绚烂多彩，呈现出一致性与差异性共存的特征。日本语言学家桥本万太郎也指出了这一点："亚洲大陆各语言有一个特点，就是它们突破了 20 世纪所谓的'语系'差异，形成一个完整的结构连续体（continuum）。"① 另外，中国当代西迁来甘的作家，来自不同方言区，到甘肃后，又受了不同语族、不同方言的影响。而甘肃本土作家，尤其是少数民族作家，接受了汉语教育和汉文学的影响，出现了不少能够进行"双语"写作的少数民族作家。不同少数民族语言的文学和具有不同方言特点的汉语文学，构成了甘肃当代文学的"语言大观园"。所以，从这个意义上来讲，正是甘肃语言的地理分布状况和特点，造就了甘肃当代文学色彩斑斓的外貌。

甘肃当代文学语言的丰富与驳杂，有诗为证。汪玉良的叙事诗《阿娜》中阿娜的儿子克里木和他的汉族革命同志一道来看她，出现了两个民族的少年同时用两种语言向"母亲"问好的情景：

> 阿娜醒了，阿娜笑了，
>
> 两双烫热的手把她轻抚；
>
> "好阿娜！""好妈妈！"
>
> 两个嗓音都在同声轻呼。

除了多民族语言的混杂使用以外，甘肃不同地方既有不同的民族语言，又有不同的方言。不同的方言表现的正是不同的世态人情、地域风俗、名物制度等。作家姚学礼曾经谈到甘肃陇东方言如何体现陇东的民性风俗：

> 俗话说：一方水土养一方人。陇东人处于中国西部，蛮荒之地，位于六盘山之东，古称西域之塞下，庶民得山水之助，

---

① ［日］桥本万太郎：《语言地理类型学》，余志鸿译，世界图书出版公司 2008 年版，第 20 页。

性情就成了上面所叙……再察陇东方言，这最体现陇东乡土味儿：男的管吃叫"咥"，女的叫"尝"；事没办好，说"又弄囊了"，"弄"是中性词，斥骂赞扬或叙事，皆以"弄"代"干"字，十句九弄。若对喜爱的事情总说"缠得很""受隐""受活""窝耶"，甚至把小两口睡觉叫重音"结合""又弄美了"，男的开头语总不由得加个"去"字，女的则必以"哟"开声；或反复强调时，说话中总有"口外""这个"，等等。方言是人物的色彩，这柔和之语，温和之声，让外地人听了，就如亲见陇东黄土地一样沉稳厚实，朴素动人。①

若在陇中、陇南、甘南、河州或河西，在不同的民族区域和方言区，文学因语言的差异又呈现出另一番色彩。

甘肃当代文学的语言虽然如此驳杂，但在总体上也有可以感知的共同风格，明代诗人唐顺之说："西北之音慷慨，东南之音柔婉……若其音之出于风土之固然，则未有能相异者也。"② 在西北生活多年的张贤亮，对西部语言的粗犷、朴拙、苍凉、遒劲，以及它与西北高原之间浑然一体的特征，有深刻的领会，说明西部文学语言的"慷慨悲歌"确系"水土风气"使然："只有这种纯粹在高原土地上土生土长的地方语音，才能无遗地表现这片高原土地的情趣。曲调、旋律、方音，和这片土地浑然无间，融为一体。"③ 甘肃当代作家张怀群在谈到秦腔时也说，"一个地方的调子总是由地方戏曲唱出来的，老秦腔把大西北的讲究与万象唱得毫

① 姚学礼：《陇东人》，《甘肃文学作品选1949—1999》（散文卷），甘肃文化出版社1999年版，第106页。
② 唐顺之：《东川子诗序》，《唐荆川文集》卷十，四部丛刊影印明万历刊本。
③ 张贤亮：《绿化树》，花城出版社2009年版，第16页。

无夸张之处，老秦腔把大西北民众性格中最辉煌的一刻宣泄得淋漓尽致""它象征着西北强悍的躯干和躯干的秉性，它不老也老了，它原始、粗犷、刁野……"①确实道出了甘肃的方言与风土、民性的关系。

（一）甘肃当代文学中的汉语借词

由于笔者不懂少数民族语言，所以本节只选择用汉语创作的部分作品，分析这些作品受甘肃多民族语言的影响，给甘肃当代文学语言带来的奇异效果。

在历史上，汉语当中曾不断大量吸收西域、印度等民族的词汇，如苜蓿、葡萄、慈悲等。随着这些表示新事物、新观念的词语日益深入汉族人的生活，它们已经内化为汉语词汇的有机部分，以至于我们今天都不知道它们是外来词。汉语音译外来词的加入，扩大了汉语表现生活的范围，也增强了汉语的表达能力。

甘肃当代文学中汉语音译借词的使用，大致有以下三种情形：

一是新中国成立后来到甘肃生活的汉族作家，有的学会了使用所在地人民使用的语言，他们在作品中大量使用少数民族语言的汉语音译词。二是甘肃少数民族本土作家的汉语写作或双语写作，如汪玉良、丹正贡布、伊丹才让等，在他们的汉语作品中使用了大量的少数民族语言的汉语音译词。三是闻捷、高平、赵燕翼等，在与甘肃基层民众的长期接触中，从当地老百姓语言中，学到了很多已经成为包括汉族在内的各族民众常用语的少数民族汉语音译词。

---

① 张怀群：《老秦腔》，《甘肃文学作品选 1949—1999》（散文卷），甘肃文化出版社 1999 年版，第 456 页。

甘肃当代文学中来自少数民族语言的汉语借词

汉语借词	来源与含义	出 处
达 朗	东乡语:山	汪玉良《山寨黎明》
杭 盖	裕固语:草原	铁穆尔《北方女王》
巴 咋	东乡语:城,市场	汪玉良《米拉尕黑》
巴 扎	维语:集市、农贸市场	杨牧《天狼星下》
池 哲	东乡语:花朵	汪玉良《白鸽姑娘》
萨 拉	东乡语:月亮	汪玉良《米拉尕黑》
赫 列	东乡语:山鹰	汪玉良《米拉尕黑》
东 雅	东乡语:人世间	汪玉良《米拉尕黑》
嘎 嘎	东乡语:阿爸	汪玉良《鸽子飞了》
妮 哈	东乡语:姑娘	汪玉良《阿娜》
阿 娜	东乡语:母亲	马自祥《鸽子飞了》
娇 姣	东乡语:兄弟,亲兄弟	汪玉良《阿娜》
罗 刹	梵语:佛教中指吃人的魔鬼	尕藏才丹《血酒》
哲卜勒伊利	东乡语:传说中真主的信使	汪玉良《米拉尕黑》
阿德勒伊利	东乡语:传说中催命的天仙	汪玉良《米拉尕黑》
米卡伊利	东乡语:传说中掌管雷电的天仙	汪玉良《米拉尕黑》
伊麻目	东乡语:指有威望的阿訇	汪玉良《米拉尕黑》
尼恰扎	藏语:有威望的人	闵有德《白龙江畔的荞麦花》
格德勒	东乡语:尔德节前夕	汪玉良《米拉尕黑》
尼卡哈	东乡语:婚礼	汪玉良《米拉尕黑》
麦 匝	东乡语:坟墓	汪玉良《警惕》
苏 瓦	东乡语:小小的	汪玉良《米拉尕黑》

续　表

汉语借词	来源与含义	出　处
都　瓦	阿语:祝愿,期望	汪玉良《米拉尕黑》
赛俩目	阿语:你好	汪玉良《尔德节》
哈丽马什	裕固语:用酥油、牛奶面粉和葡萄干做成的食品	铁穆尔《北方女王》
糌　粑	藏语:用青稞、酥油等做的藏区食品	益希卓玛《美与丑》
都士曼杜斯曼	东乡语:敌人 波斯语:仇人（宁夏农村骂人的口语）	汪玉良《米拉尕黑》 张贤亮《绿化树》

　　这些汉语音译借词,包括最常用、最能表现少数民族生产生活、饮食起居、宗教信仰、历史文化、人情世态等各个方面的词语。通过汪玉良诗歌中"达朗""萨拉""池哲"这些词,使我们了解到东乡民族的自然崇拜心理;通过"罗刹""伊麻目""麦匝"等词语,可以了解藏族、东乡族的信仰和习俗;通过"糌粑""哈丽马什"这些词,知道了藏族、裕固等少数民族的饮食习惯和特点。这些汉语借词的使用,一方面,是这些少数民族作家在用汉语写作时,在汉语中找不到对应词的被动选择;另一方面,从表达的效果来看,恰恰是这些音译借词的使用,增添了汉语的涩味和陌生感,也给读者增添了异域情调和民族色彩,凸显了甘肃当代文学的地方色彩和民族色彩,使我们可以通过这些词语,了解甘肃各少数民族的生活方式、思想性格、风俗习惯等。同时,这些富有深厚历史文化内涵和表现力的词语,增强了汉语的表达能力,丰富了中国文学的文化内涵。

同时，我要特别提到的是，通过对这些少数民族作家汉语写作中的一些相同或相似的借词的对比研究，我们发现，这些音、义相同或相似的借词，其背后蕴含着非常深厚的历史文化内涵，显示了西部少数民族之间复杂多变的历史渊源。例如，在表示"集市、市场、城市"等含义时，东乡语和维语都是用了发音非常相似的"巴扎"和"巴咋"；在咒骂对方为"仇敌"时，东乡族和回族民众多用"都士（斯）曼"。这说明这些现在不同的民族，在历史上曾经具有相同、相近的语言文化、宗教信仰。而由于这些民族在历史上的分化与融合而引发的语言的传承与变异，构成了中华多民族语言、文学的繁复多彩、和而不同的华丽景象。

（二）甘肃当代文学中的方言俗语

方言俗语的使用，是文学地方性最醒目的特征，文学史上曾经有过如《海上花列传》那样出色的纯方言文学。自五四以来的新文学，虽然没有纯方言文学，但文学作品使用方言比比皆是。新中国成立以后，随着推广作为民族共同语的普通话成为宪法之规定的"每个公民应当履行的权利"，在文学创作中，方言的使用变得比较谨慎。

新时期以来，包括方言在内的文学多样化风格再次得到肯定，而作为地域文学的甘肃文学，方言俗语的使用，为甘肃当代文学增添了泥土气息和生命活力。方言俗语不仅对于某一地域的文学而言，即使对中国新文学的长远发展而言，它的意义都是不可替代的。我借用周作人20世纪20年代初的观点来说明这一点。周作人认为建设、改造现代的国语，须从三方面入手：采纳古语；采纳方言；采纳新名词，及语法的严密化。他尤其重视方言的采纳：

"我觉得现在中国语体文的缺点在于语汇之太贫乏，而文法之不密还在其次，这个救济的方法当然有采用古文即外来语这两件事，但采用文言也是同样重要的事情。"词汇中感到缺乏的，动作与疏状字似还在其次，最显著的是名物，而这在方言中却多有，虽然不能普遍，其表现力常在古语或学名之上。①

甘肃当代文学涵盖的地域辽阔，它既包括不同的语系、语族，也包括不同的方言区，因而甘肃境内的方言也不统一。这里既有少数民族的不同方言，也有汉语的不同方言。

甘肃当代文学中的方言俚语

方言俚语	含义或普通话对应词	例　句	出　处
阿公	公公	世界上竟有这么有趣的老阿公	赵燕翼《桑兰金错》
脚户哥	指步行送信人、用牲畜驮东西进行交易的人	脚户哥的"花儿"落在山坡 脚户哥天下都有铺	汪玉良《马帮》 汪玉良《新屋》
鹁鸽	鸽子	我们像鹁鸽一样温顺	汪玉良《米拉尕黑》
谝传	闲聊，犹"侃大山""唠嗑"	村民抓住会前的空闲谝闲传	柏原《喊会》
喧荒	同上	便亲亲热热地和他喧荒	唐光玉《戈壁情话》
玄天冒聊	说大话	孟八爷边饮酒边玄天冒聊地讲些神神道道的故事	雪漠《大漠祭》

---

① 周作人：《绍兴儿歌述略序》，《风雨谈》，河北教育出版社 2003 年版，第 166 页。

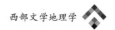

续　表

方言俚语	含义或普通话对应词	例　句	出　处
僻背	偏僻	我们这山沟僻背得很	李禾《山东姑娘》
这达(搭),那达(搭)	这里,那里	你留在这搭,隔不长我再来	牛正寰《风雪茫茫》
绡鞋	把鞋帮缝到鞋底上	金牛媳妇坐在炕上给丈夫绡鞋	牛正寰《风雪茫茫》
务息	驯养	我给你务息个鹰	雪漠《大漠祭》
苦焦	困难、艰苦	咱庄浪苦焦 就说是草湖滩,百姓苦焦得很	邵振国《麦客》 雪漠《大漠祭》
精脚	赤脚	那儿还有我的精脚片印	雪漠《大漠祭》
跌绊	办理;尽力奋斗	叫跌绊了一辈子的爹过几天清闲日子	雪漠《大漠祭》
拾掇	收拾、整理	把屋里屋外拾掇停当	牛正寰《风雪茫茫》
圪蹴	蹲	圪蹴在一个场里	柏原《喊会》
歇缓	休息	快进屋里歇缓歇缓	马步升《老碗会》
炒面	用炒熟的粮食磨的面,当作干粮吃	吃些不? 给,炒面、干馍馍	邵振国《麦客》
搅团	西北地区用面搅成糨糊状的特色小吃,在陕甘宁尤其盛行	陕西人爱吃搅团	邵振国《麦客》
油香、散子	东乡等穆斯林的油炸食品	油香、散子摆满了圆桌	汪玉良《鹁鸽》

方言俚语	含义或普通话对应词	例　句	出　处
沷茶	沏茶	阿娜要沷两碗清清的麦茶	汪玉良《阿娜》
插散饭	插,又写"馇",制作糊状饭食时一边加热一边搅动称"插"	阿娜要插一锅稠稠的散饭	汪玉良《阿娜》
平伙	几个人出份子吃饭、喝酒	用打井队吃剩的酒肉打了一次"平伙"	雪漠《大漠祭》
筐笼	用竹篾或藤条、麦秆等编制的盛放粮食、馍馍等的器具	"张家女人端着筐笼走来。"	邵振国《麦客》
连枷	用木条制作的打碾谷物的农具	"麻鞋露着脚后跟,像两片子连枷板。"	邵振国《麦客》
盖头	穆斯林妇女的头饰	黑色的盖头换上了白布	汪玉良《阿娜》
宽展	开阔	咱屋里宽展,随便住	邵振国《麦客》
慢坦	慢慢来	亲家爸,你慢坦些,小心老腿挣断着	邵振国《麦客》
松活	轻松	活人嘛,该松活的时候就松活一下	雪漠《大漠祭》
咕咕咩	拟声词,以猫头鹰的叫声代指猫头鹰	两个恶人在地上滚成一团,顿时变成了两只咕咕咩	汪玉良《白鸽姑娘》
心疼	可爱、漂亮	娃长得也心疼;那娃心疼得没个说	邵振国《麦客》
矬	矮小	瘸腿、大头、矬身子矬得像屋里的水缸	邵振国《麦客》唐光玉《戈壁情话》

续　表

方言俚语	含义或普通话对应词	例　句	出　处
言喘	说话	我跟你问话者哩，咋不言喘	马自祥《鸽子飞了》
挖叉	嘲讽	陈猫儿以为小翠用吃的挖叉他	唐光玉《戈壁情话》
咥	吃	男的管"吃"叫"咥"，女的叫"尝"	姚学礼《陇东人》

　　甘肃当代文学中的方言，首先反映了甘肃人生存环境的严酷和生存的艰难。例如，"苦焦""精脚""跌绊"这几个词，"苦焦"形容生活环境的艰苦，就像那多年不见滴雨、寸草难生的荒山枯岭，偶尔长出的一棵小草小树，经历长时间的干旱后，又变成了一枝枝焦草枯木。草木如此，人何以堪，在这样的环境中人要生存，谈何容易！"精脚"这个词则是甘肃贫苦地区人们衣不蔽体、鞋不裹足的绝妙写照。在20世纪的很多时段内，西北（至少笔者亲历的甘肃、宁夏的很多农村地方在20世纪80年代还是如此）很多地方的农民还是穿不起鞋的。即使有鞋的农民，他们往往在雨天或下地干活时都要脱掉鞋子"精脚"，以延长鞋子的寿命。所以，在地头，在路上，到处都有农民的"精脚片"印子。而"跌绊（办）"这个在元明清以来的戏曲、小令（如关汉卿《金线池》、马致远《岳阳楼》、洪升《长生殿》）中常用的词语，在甘肃很多民间依然常用，它非常传神地状写出了甘肃艰苦地区农民一生坎坎坷坷、跌跌绊绊、艰苦卓绝的生命历程和生命不息、奋斗不已的精神状态。

　　其次，作为地域文学的甘肃当代文学，其中表示甘肃独有"名物"的方言词语，最能显示甘肃乃至西部文学的地域特色。例如，表示饮食的"炒面"（此"炒面"非今日面馆里的炒面片、炒面条）、"搅团""散饭""油香""散子""糌粑"等；表示用具、行头的"筐箩""连枷""盖头"等；表示称谓的"阿公""脚户哥""鹁鸽"。这些方言词语，有的反映的是地方风俗、生活习惯上的特点，如穆斯林妇女戴的"盖头"，藏族人喜吃的"糌粑"，甘肃农村有些地方常吃的"散饭""搅团"。有些方言是表示名物、称谓的，除了地方性以外，还具有鲜明的时代性，如"炒面"这种以前由于交通条件、食物保存环境等限制而常用的食物，现在基本绝迹了；"筐箩""连枷"等用具，随着农村的城镇化和农业现代进程，现在基本上也都成了"文物"；而"脚户哥"这种职业也随着交通和通信的现代化，已经趋于绝迹。

再次，一地的方言也最能显示一地人民状物述行的特点。同样是聊天、说话，甘肃方言中就有"言喘""谝传""喧荒""玄天冒聊""挖叉"等不同说法，而这不同的说法表现的是不同性质、不同性格、不同状态下的说话方式。表示动作的方言，人蹲在地上曰"圪蹴"，这个词惟妙惟肖，形神兼备。因为农民时常在野外干活，歇息时"蹴"在地上。另外农村很多穷人家里没有椅子、凳子、沙发之类，即使在家，也多"圪蹴"在房前檐下，日久成为他们简单歇息的常规姿势。说吃曰"咥"，有些粗野的意味。因为"咥"的本义是指虎狼狮子等非常凶猛的猎食动物的状貌，即狼吞虎咽。秦陇方言中用这个词指人的吃相，是形容农民豪爽、大气的吃法，显示了他们和上层社会扭捏细腻不同的作风、气派。至于"宽展""慢坦""松活""歇缓""矬""心疼"诸词，均能显示民间的趣味和一地的风情，其独特的韵味是要熟悉该语境中具体的场景、说话人的口吻、老百姓的喜怒哀乐等，才能够理解它们的妙处。比如

"松活"这个词，即指体力上的轻松，也指精神的放松，对于大多数农民而言，背负物质与精神的双重负担，要活得"松活"，谈何容易。所以"松活"是他们一生心向往之的理想状态，他们对"松活"的期盼与渴望，包含着难言的辛酸与无奈！甘肃方言中"心疼"这个词的含义，和普通话中该词的含义大相径庭。它是形容一个人长得漂亮、可爱，使人心生怜爱，不忍离弃。它更多的是从观赏者的爱憎喜好这个主观的角度来表达对他者的评价的。

最后，甘肃当代文学中使用的有些方言，是一度在书面语中失传了的近古，甚至上古汉语，这不仅反映了方言俗语和古汉语之间的传承关系，也反映了古代文化在民间的存在与延续状态。例如，秦陇方言中常用以指称"公公"的"阿公"，早在《南史·颜延之传》中就有这样的说法："（颜延之）答曰：身非三公之公，又非田舍之公，又非君家阿公，何以见呼为公？""插散饭"的"插"又写为"馇"，指制作糊状饭食时一边加热一边不停搅动的过程。这个词在宋元以来的话本、小说、戏曲中屡见不鲜。现在西北农村多说馇凉粉、馇豆腐、馇菜、馇猪食等，足见这个词的历史悠久。现在城里人多说"泡茶""沏茶"，但在甘肃农村很多地方说"泼茶""泼滚水"。其实"泼茶"与沏茶、煮茶不仅是称谓上的文雅与粗糙的不同，还有实际的区别："泼茶"是一种简单的泡茶方法，即将开水直接注入放有茶叶的碗、杯，稍泡即饮。这一看似粗糙的饮茶方法，其实在唐诗宋词中早有歌咏。苏东坡《论雨井水》一文即云："时雨降，多置器广庭中，所得干滑不可名，以泼茶煮药，皆美而有益。"清代纳兰性德《沁园春·代悼亡》也有"手剪银灯自泼茶"的诗句。所以，现在书面语中不再使用或很少使用的古汉语词汇，在民间依然常常使用。因为民间相对城市而言，在语言的传承、变化过程中，更为缓慢、保守。从这个意义上讲，方言口语与被曾经判了死刑的"文言"之间的关系，远较我们想象的复杂。

章太炎认为方言俗语不但不俗，而且因为它保存了汉语的古音古义，所以，方言俗语与上古汉语是一脉相通的："若综其实，则今之俚语，合于说文三仓尔雅方言者正多。而字异其韵。审知条贯，则根柢豁然可求，余是以有《新方言》之作……但令士大夫略通小学，则知今世方言，上合周、汉者众，其宝贵过于天球、九鼎，皇忍拔弃之为！"① 不仅现代汉语的好多词来源于古汉语，这也是世界语言的一个通则，正如欧洲各国的现代词汇，其词根在于古希腊语、古罗马语。今天民间的方言俗语，依然保存着唐宋的遗韵："余少窥扬许之学，好尚论古文，于方言未遑暇也。中更忧虑，悲文献之衰微，诸夏昆族之不宁一，略纫殊语，徵之古音，稍稍得其觖理，盖有诵读占毕之声既用唐韵，俗语犹不违古音者；有通语既用今音，一乡一州犹不违唐韵者；有数字同从一声，唐韵以来，一字转变，余字则犹在本部，而俗语或从之俱变者。远陌纷错，不可究理，方举其言，不能徵其何字，曷足怪乎？"②

如果说五四白话文运动的提倡者如胡适等，是从进化论的角度，为"言文合一"的白话文学寻找学理依据和历史证据的话，那么，章太炎则是通过寻古溯源的办法，将"今之俚语"的源头追溯到说文三仓尔雅，从而提升了方言俚语的地位。在这个意义上说，方言俗语并不"俗"，而是蕴含着深厚的历史文化积淀。这个看法，改变了人们认为方言俗语"鄙俗"的看法。

---

① 章太炎：《论汉字统一会》，《章太炎全集》（四），上海人民出版社 1985 年版，第 320 页。
② 章太炎：《〈新方言〉自序》，《章太炎全集》（七），上海人民出版社 1999 年版，第 4 页。

（三）独特的表达方式

甘肃当代文学在语言上除了语汇的驳杂、丰富之外，在语法和表达方式上也自有它的独特性。

首先，甘肃不同的地方，说话的口吻有不同的特色。很多口语结尾时带"……吵"，表示疑问、请求、命令等。《麦客》中的顺昌求人收他去割麦时说：

> "爸爸，爸爸！"他这样称呼这对方，"你把我要下吵，我跟我爸一道……"① 这是恳求。
>
> "甭打岔吵！"② 背锅老敲了敲烟袋，"言归正传"了。③ 则是命令。

"形容词＋着"，是很多西北地区惯用的表达方式，它形容事物（有时指近乎极致）的某种特征或状态。邵振国《麦客》这样的句子比比皆是，"早晨在千阳咋就挑上了他？是见他可怜着，还是看出他老实、能干着？""一个那么漂亮的女子走了进来，那身上香喷喷儿的，脸上白着——白着——""跟他爸一样，完着哩！""天上星稠着，咋密密麻麻的……"④

这种独特的用词和口吻，以化腐朽为神奇的笔力，把山乡村民的性格、情趣、神态，甚至心理，惟妙惟肖地和盘托出了，简直是用语言画活了人物。唯有对这方土地上子民的语言熟稔至极，才能

---

① 邵振国：《麦客》，《甘肃文学作品选 1949—1999》（小说卷），甘肃文化出版社1999 年版，第 161 页。

② 同上书，第 153、161 页。

③ 同上书，第 161 页。

④ 同上书，第 159、161、166、172 页。

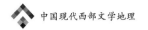

有这般的语言造化。

其次，富于民族思维习惯和地方特点的谚语和惯用语，特别能够表现不同地方、不同民族的生活习惯、性格特点。下面列举几则，以说明此言不虚。

雪漠《大漠祭》：

> 提起笔儿斗动弹。女人就爱捣闲话。心里没冷病，不怕吃西瓜。今日有酒今日醉，管它明日喝凉水。头掉不过碗大个疤。天上下雨地下流，两口子打架不记仇。好马不配二鞍，好女不嫁二男。丢人不如喝凉水。

益希卓玛《美与丑》：

> 牦牛好不好，看鼻子就知道；姑娘美不美，看父母就知道。看人要看人的心眼，看马要看马的步伐。

噶藏才旦《血酒》：

> 干了奶的雌牛鞭抽不得，恩义重的父母顶撞不得。

邵振国《麦客》：

> 寡妇带娃，连滚带爬。

唐光玉《戈壁情话》：

> 男人脚大踩江山，女儿手大抓针线。精勾子撵狼——胆大不害羞。

雷建政《西北黑人》：

阳间世上人哄人，阴曹地府鬼捣鬼。

这里有对人生哲理的深刻顿悟，有对人世百态的逼真刻画，有对生活经验的高度概括……显示的是民间的智慧、仁义、慈爱和无边的苦难。这些俗语深刻、幽默、洒脱、大慈大悲，三言两语，韵味无穷，民族性、地方性、个性尽显其中。

再次，甘肃当代文学中人物的语言，尤其是人物对话，凸显了人物个性以及甘肃民间文化的某些固有因子。因为这些底层人物，他们常处于弱者的地位，他们相信诅咒性语言的魔力，是可以达到他们在体力较量中达不到的打倒对方的目的。我们看《大漠祭》中毛旦因没吃上生产队里的一顿"平伙"，和队长孙大头的精彩对骂：

你以为老子稀罕那点人吃剩的下巴水子？呸！老子不稀罕。老子咽不下这口气。老子看不惯你这种嫌贫爱富的骚孔雀。你以为你是个啥东西？哟，涝坝大了，鳖也大了？饿老鹰上了葡萄架，你龀毛郎当格势大。一个队长，球毛上的虮子。你以为你是个啥？还当是林子里的老虎？欺人哩？吃人哩？要是你当个乡长，还要搬老子的肋巴？啊？

……

日你妈，在老子头上拾棱儿，老子服个软，由你撒野。可你还上人的头哩。给你点颜色你往大红里染哩。这是谁的？是大伙儿的。你凭啥烧？你欺老子，老子让你。你欺负众人，老子就斗斗你个赖皮。你活腻了，老子也活腻了。老子也羔子皮换个老羊皮。①

---

① 雪漠：《大漠祭》，敦煌文艺出版社 2009 年版，第 141 页。

我认为，作家笔下的人物对话，尤其是人物之间的骂架，最能表现人物的个性，也最能表现一地方言的特色。上面毛旦和孙大头的对骂，两人先是各自揣摩对方心理，继而步步为营，进而置敌于死地。攻防自如，退守有度。有文采，有逻辑，有火力。排比、夸张、比喻，修辞何其妙；粗野、刻毒、泼辣，句句中的。雪漠笔下的这段骂架，由于原生态地使用了农民的口语，因而袒露了人物的个性，也就自然展示了民间语言的勃勃生机和魔力。

最后，甘肃当代作家长期生活在基层，深受"信天游"与"花儿"的等民间歌谣的影响。中国西北多民歌，儿歌、情歌，尤其独具特色的西北"花儿"，众口传唱，俯拾皆是，生活其中的作家自然受影响。所以甘肃当代文学，尤其是叙事作品中的人物，或浅吟低唱，或悲慨高歌，表达他们生活中的酸甜苦辣、对爱情的渴望、对命运的抗争和悲愤……其特点，正如周作人所说："并不偏重在有精彩的技巧和思想，只要能真实表现民间的心情，便是纯粹的民歌。"[1]

《大漠祭》中引弟唱的一段儿歌：

> 打锣锣，围面面，舅舅来了擀饭饭，
>
> 擀的什么饭饭？擀的红豆豆饭饭。
>
> 擀白面，舍不得；擀黑面，舅舅笑话哩；
>
> 杀母鸡，下蛋哩；杀公鸡，叫鸣哩；
>
> 杀鸭子，鸭子飞到草垛上，
>
> 孵下了一窝老和尚；
>
> 背一个，扛一个过沟去了踒死个，

---

[1]　周作人：《江阴船歌序》，《谈龙集》，河北教育出版社 2003 年版，第 47—48 页。

家里还有十来个……①

这支儿歌在西北流传甚广，② 表现的是因生活的拮据而引起的尴尬，以及儿童对于舅舅这个在成人眼中看来非常尊贵的客人的调侃，听来情趣盎然。

唐光玉《戈壁情话》中的寡妇小翠，为了讨好马车夫陈猫儿，在祁连山下的戈壁滩上唱起了情歌：

> 日头下山半滩子红，
> 妹妹像个豆豆虫。
> 看哩摸哩你思想，
> 悄悄儿领到湖滩上。
> 月牙儿出山弯又弯，
> 妹妹候在毛菇滩。
> 亲哩抱哩你掂量，
> 乏了回来我背上。③

这情歌，如同小翠的为人一样，大胆、热烈、泼辣、毫无遮拦，在上层社会是不常见的。这类情歌在民间其实很多，即游女怨妇之辞，虽涉淫邪而自然成趣。其动机，是对自由爱情的追求，在文学上的意义在于其至情至性的真实流露："猥亵的歌谣，赞美私情的种种民歌，即是有此动机（周作人所指中产阶级的蓄妾宿娼和乡民的

---

① 雪漠：《大漠祭》，敦煌文艺出版社 2009 年版，第 275—276 页。
② 张贤亮的《绿化树》中马缨花的孩子也唱了这首儿歌，但歌词略有不同，是这样的：打锣锣，磨面面，给舅舅宰个大公鸡，给舅舅擀上两张齐花面，舅舅来了做饭饭，公鸡叫鸣哩！舅舅喝面汤，擀白面，舍不得；宰个大母鸡，我吃一大碗！下黑面，丢人哩！母鸡下蛋哩！
③ 唐光玉：《戈壁情话》，《甘肃文学作品选 1949—1999》（小说卷），甘肃文化出版社 1999 年版，第 251 页。

私通——笔者注）而不实行的人所采用的别求满足的方法。他们过着贫困的生活可以不希求富贵，过着端庄的生活而总不能忘情于欢乐，于是唯一的方法是意淫，那些歌谣即是他们的梦，他们的法悦（Fkstasia）。其实一切的情诗都起源于此，现在不过只应用在民歌上罢了。"①

同样是河西花儿，《大漠祭》中莹儿唱给灵官的情歌则温婉真挚，用比兴的手法，寓刚烈于温柔之中。小说中莹儿和小叔子灵官偷了情，但莹儿知道这情为世俗所不容，所以想舍了命来殉情：

> 铁匠打着个铁灯来，
>
> 碗儿匠打了个秤来，
>
> 小阿哥拿出个真心来，
>
> 尕妹妹豁出条命来。
>
> 梯子搭着给天边哩，
>
> 摘上的星宿要好哩。
>
> 你死着陪你死去哩，
>
> 不死着陪你老哩。
>
> 杀我的刀子接血的盆，
>
> 尕妹我心不悔哩。
>
> 手拿铡刀取我的头，
>
> 血身子陪着你睡哩……②

雷建政《西北黑人》小说结尾时，尕五和麻哥放弃了他们用命

---

① 周作人：《猥亵的歌谣》，《谈龙集》，河北教育出版社 2003 年版，第 73 页。
② 雪漠：《大漠祭》，敦煌文艺出版社 2009 年版，第 208—209 页。

换来的女人和城镇户口，他们俩赶着马车，上了前途茫茫的路，麻哥唱道：

> 唉哟——
>
> 我口说没想（者）鼓硬气，
>
> 心想（者）骨头里渗上。
>
> 唉哟——
>
> 我头顶香炉（者）喊老天，
>
> 多时（者）成婚姻哩？
>
> 唉哟——
>
> 麻子（哈）麻（者）皮外了，
>
> 心肠（哈）好（者）人爱了。①

作者对麻哥的花儿自有评价："麻哥突然唱起了花儿，嗓音尖亮滑利。一片风扯来，卷起歌声往远处撒。把每首花儿的或比或兴都隐去了，只露着纯净的骨头……麻哥的花儿唱出了纯正的西北味，西北味唱得太足太浓，只因西北黑人在西北的土地上唱得动了情……"② 这确实是无所皈依的流浪汉对命运的慷慨悲歌，自己虽穷丑怨苦，然一腔浩气，至仁至义，其豁达和自信来自内心的善良，它属另一种天籁之音。借用张贤亮评价西北民歌的话说："这种民歌的曲调糅合了中亚细亚的和东方古老音乐的某些特色，更在于它的粗犷，它的朴拙，它的苍凉，它的遒劲。这种内在的精神是不可学到，训练不出来的。它全然是和这片辽阔而令人怆

---

① 唐光玉：《西北黑人》，《甘肃文学作品选 1949—1999》（小说卷），甘肃文化出版社 1999 年版，第 338 页。

② 同上。

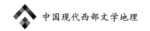

然的土地融合在一起的；它是这片土地，这片黄土高原的黄色土地唱出来的歌。"①

结 语

通过以上分析和论述，我们可以看到，甘肃当代文学的发展，首先与新中国成立后国家对作家在全国地理区划上的重新分配和五六十年代一批批作家的西迁密切相关，这是甘肃当代文学发展的前提和基础；其次，从新时期开始甘肃当代文学的崛起，源于作家地区意识的觉醒和表达地方精神的冲动，正是这种文学上地区意识的觉醒和地方性的表达，使得甘肃当代文学真正拥有了自己的个性和标志；若从作品文本来看，甘肃当代文学的审美风格、民俗风情、景观描写等，无不受甘肃独特地理环境的浸润和濡染而独具地方色彩，也就是说，甘肃这方土地滋养了甘肃当代文学；最后，若从作为文学表达载体的语言形式来看，甘肃多民族的人口地理和广泛的语言接触，使得甘肃当代文学具有不同的语系语族、不同的方言俗语、不同的表达方式，而又同时受国家通用语言的影响，所以，甘肃当代文学表现出"语言大观园"的特点。

通过对甘肃当代文学发展历史的梳理，我们发现，甘肃当代文学的发展，其实主要涉及两个关键的问题：一是作家队伍的建设问题；二是如何处理好甘肃文学的地方性与普遍性关系的问题。处理好了这两个问题，甘肃文学才有可能真正走向全国，走向世界。

---

① 张贤亮：《绿化树》，花城出版社 2009 年版，第 15 页。

一　甘肃作家队伍的建设问题

通过以上分析，我们可以得出这样一个结论，当前以至以后很长一段时间内，制约甘肃文学发展最关键的问题是作家队伍建设的问题，吸引外来作家和培养本土作家则是建设好甘肃作家队伍的两项基本任务。甘肃作家队伍构成的特色是本土作家与外来作家、少数民族和汉族作家的多元构成，我们要扬长避短，利用甘肃作家队伍构成的优势和特色，凸显甘肃文学的地域色彩和多民族色彩。

作为地方文学的甘肃当代文学，它的兴衰变化，首先与作家的地理分布状况直接相关。古代甘肃有过文学的辉煌时期，也涌现过很多有影响的作家，但近现代以来，它彻底衰落了。这与地理位置的偏远、物质的匮乏、文化教育的落后等，都有关系。五四以来轰轰烈烈的新文学运动及其创作，在甘肃这块土地上基本是一片空白。抗日战争爆发后，就全国而言，作家由东向西迁移，作家的地理分布版图发生了很大的变化。在这个大背景下，很多文人作家流落到甘肃，改变了甘肃的文学生态。这个影响，一方面，是外来作家带来的文学氛围，影响到其他文人，尤其是青年一代，带动他们走上了文学之路；另一方面，是甘肃深厚灿烂的文化和苍凉奇崛的地理景观在文学上的发现——是文学复活了这片文学的福地。新中国成立后，国家在宏观人才政策上，采取了相对来说比较平均化的分配措施，以支援贫困边远地区建设，于是更多作家来到甘肃，这可以说是"文学支边"。所以说，甘肃当代文学的起步，得益于国家宏观层面对作家的"定向分配"，没有这个政策，甘肃文学的发展还要迟缓很多年。

到了新时期，一部分西迁的作家因为落实政策离开了甘肃，但一大批甘肃本土作家已经成长起来，逐渐成为甘肃作家的主力军。总体而言，新中国成立以后的前三十年，甘肃当代文学的作家构成以外来作家为主，本土作家为辅；后三十年，以本土作家为主，外来作家为辅。作家构成籍贯上的这些变化，当然会影响到文学的面貌。比如说，前三十年的甘肃当代文学，因为外来作家对当地的风土民俗没有深厚的把握，主要写政策、意识形态上的一些东西（这当然有政治的因素）；后三十年的文学，因为本土作家更加了解当地的风俗民情，作品中更多地表现了乡土气息，文学的地方色彩更加突出。当然，影响到这个变化的还有其他很多复杂因素，但作家构成上的变化是其中一个重要的因素。

以上所说是甘肃当代作家构成的历时变化。

从甘肃当代作家的民族构成来说，少数民族作家占了很大的比重，这在全国来说都是一个特色，这个作家构成的特点，也决定了甘肃文学的特色。

那么，在文学发展过程中，如何处理好作家的地域分布，是一个很复杂的问题。因为作家的分布，有时与人为的政策有关，有时又是天灾人祸使然等，不一而足。尤其在现在这样一个交通非常发达便利、人才流动频繁的时代，作家的流动会越来越频繁，作家的地域身份会越来越淡化。但即使这样，一个地方要发展好自己的文学，首先要考虑的问题依然是培养作家、吸引作家、留住作家等问题。要做到这一点，一个地方自然环境的吸引力是无法改变的，只能在人事上下功夫——浓厚的文学氛围、宽松的政策环境、舒适的生活条件等是必需的。但有了这些，有时未必就能留住作家。但不管怎么说，甘肃当代文学发展的历史经验告诉我们，一个地方的作家队伍应该是开放、多元、包容的，只有拥有不同籍贯、不同民族、不同年龄、不同风格的作家群落，才会创造出一个地方多姿多彩的文学景象。

二 如何处理好甘肃文学的地方性与普遍性

一个地方有了作家，也写出了作品，这个地方就算有了文学。但这个地方的文学好不好，有没有特色，还是另一回事。

我们说的甘肃当代文学是一个地域文学的概念，地域文学的概念是相对的，一定要说甘肃文学与陕西的文学、青海的文学、宁夏的文学有什么本质的区别，那也很难说清楚。但毕竟作为一个行政区划和地理区域，它的地理环境、经济发展、文化教育、历史沿革，都有自己区别于其他省份的显著差异，这些差异会影响到文学的方方面面。正是在这个意义上，我们才讨论甘肃当代文学的独特性——个性。前文所论地区意识、西部精神、甘肃的人口地理与语言地理等，都是形成甘肃当代文学独特性的基础。

不用说，甘肃当代文学在作家气质、作品风格、题材内容、语言形式等方面都有它的特殊性。但有了这个特殊性，能否就算它是优秀的文学呢？那还取决于两个条件：一是要看作者对他描写、表现的对象能够升华到什么程度。这个思想和精神高度，既是一个国家或民族应达到的高度，同时，也是人类能认同的、具有普遍性的思想、精神或情感高度。说到地方作家，大家常以福克纳为例，他一生的笔触从未离开密西西比州的约克纳帕塔法，但这个狭小的县城并没有限制住作者博大的精神，他在作品中表现的是具有普遍意义的人类的爱情、荣誉、怜悯、自尊、忍耐和牺牲精神，这些精神和情感又都是超越地方性的。作者如何能达到这一境界，那完全得靠自己的修炼。二是要看文学技巧的造诣是否上达。正如文学表达的思想有普世的一面一样，文学的技巧也有公认的准则——独特新颖而又愉悦、圆熟，非此不足以为有价值的文学。甘肃当代文学的前三十年，和全国其他地方的文学，没有什么特性可言。自新时期以来，作家、理论家深刻意识到甘肃文学必须立足于足下的土地，表现出甘肃这块贫瘠的土地上的人民与严酷的自然环境、悲惨的命运抗争的精神。作品的背景环境、人物的属性、语言形式等都具有鲜明的地方性特征，但是文学在艺术形式方面的粗糙和幼稚，妨碍了甘肃当代文学走向全国、走向世界。

所以，我们强调文学的地方性、独特性，必须有一个前提，即这个地方性、独特性是包容的、有生命力的、优秀的，而不是对野蛮、丑陋的猎奇和展览；这个地区意识不是狭隘的地方主义，文学表现的地方精神也不是野蛮的道德习俗，文学的语言形式也绝不是罗列佶屈聱牙的方言俗语，而是超越了偏见的真善美、超凡脱俗的艺术语言。

总之，地方文学不是越"特"越好，而是既"特"又"优"。也就是要把地方性和普遍性有机结合起来，只有做到了这一点，我们才敢说，"越是地方的，就越是世界的"。甘肃当代文学缺的不是地方性，而是对地方性的升华，对独特性的超越。

第十三章　西部文学的"人与地"

引　言

　　西部虽早有文学，但作为明确的地域文学概念而提出的"西部文学"，始于 20 世纪 80 年代，所以本书的论述，限定在"新时期"之内。学界对"西部文学"之"西部"的界定并不一致。它既不是自然地理区划上的西部，也不是作为区分社会经济发展水平的西部，而是文化地理意义上的西部。它涵盖的地理范围与地理区划的"大西北"更为接近，包括西北五省区中的甘、青、宁、新和西藏（有的学者也将陕西与内蒙古西部包括在内）。需要指出的是，对西部文学地域范围的不同界定，既出自对"西部文学"统一性的不同认知，也有抢夺话语权等其他因素的考量。

　　对文学与地理关系的研究，中国古已有之。但作为一种自觉的理论和方法、作为人文地理学分支的文学地理学，它兴起于 20 世纪七八十年代的西方人文主义地理学研究领域，① 认为文学与地理学都是关于地区与空间的写作，文学对具有差异性的地方经验的想象性描述，是超越简单事实的真实，有助于地理学者认识不同地方的独特风情与特有精神。但在中国，文学地理学的兴起是近十来年的事，而且主要的学者集中在古代文学研究领域，它借鉴地理学（尤其是文化地理学）的研究方法来研究文学："借鉴地理学的人地关系理论，研究各种文学要素的地理分布、组合与变迁，描述各种文学现象的地域特点及其差异，揭示文学与地理环境之间的关系。"② 在目前中国学界，大家对文学地理学是一门学科，还是一种研究的视野与方法，存有争议，但它无疑给我们带来了新的启示。

近 20 年来，西部文学的研究，多取地域文化的视角，探讨区域文化对文学的影响及特征。而文学地理学要探讨文学要素和地理要素之间的复杂互动关系。运用这一新的理论和方法，必然会超越既有地域文学研究视野的限制。

人存在于时间和空间构成的二维世界之中。作家对人生的感知和描写，离不开空间要素："诗同一切的艺术应是时代底经线，同地方底纬线所编织成的一匹锦；因为艺术不管他是生活底批评也好，是生命底表现也好，总是从生命产生出来的，而生命又不过时间与空间两个东西底势力所遗下的脚印罢了。"③

人地关系既是人文地理学研究的主题之一，也是文学作品表现人物命运的主要途径和方式。在文学作品中，人地关系表现为两种：

---

① 美籍华裔学者段义孚 1976 年发表了《人文主义地理学》一文，开创了人文地理学的先河。1978 年段和其他学者出版了人文主义地理学的第一部论文集《人文主义地理学》。
② 曾大兴：《文学地理学研究》，商务印书馆 2012 年版，第 12 页。
③ 闻一多：《〈女神〉之地方色彩》，《闻一多全集》（2），湖北人民出版社 1993 年版，第 118 页。

一是人在特定地域环境中的生存状态。如陶渊明"采菊东篱下，悠然见南山""结庐在人境，而无车马喧"的适意；二是由于无法忍受某种环境（地方）中的生活，于是选择迁徙（逃离）、流浪，甚至死亡（死亡既是时间意义上生命的终结，也是空间意义上对"世界"的逃离）。如苏轼"我欲乘风归去，又恐……高处不胜寒""小舟从此逝，江海寄余生"的遗世之念。

由于新时期西部文学的题材，大多与20世纪50年代以来，"人与西部"的或静态的或动态的关系有关。所以，从人地关系入手来解读"人与西部"，或许是一种切中要害的方法。

一 从"四海为家"到"第二故乡"

同样是对西部这块荒蛮之地，五六十年代"支边"的一代，表现的是征服自然（大地）和建功立业的雄心壮志。人到哪里，哪里的沙漠变绿洲，戈壁变良田。那个时代的人，有的是阶级情、同志爱，而不管你来自何方。他们有的是抽象的国家认同，但没有具体的乡土观念，正如艾青的诗所歌咏的："说什么家乡不家乡，/灶王爷贴在脚肚子上——/祖国的山河到处都可爱，/人在哪儿哪儿就是家乡……/我们都是军垦战士，/荒原就是我们的战场——/改造自然是我们的理想，/我们为祖国开辟粮仓。"（艾青《垦荒者之歌》）贺敬之写的"西去列车"上，前往大西北荒漠开发绿洲的人们，包括"三五九旅"的老战士、南泥湾的突击手，还有上海的支边青年（贺敬之《西去列车的窗口》）；"骑驴的维吾尔农夫哟，/跨马的哈萨克牧民，/你们何时成了这里的主人？/支援边疆的青年，/修建铁路的大军，/你们何时到这里生了根？"（郭小川《西出阳关》）这些来自不同民族、不同行业、不同地域的男女老少，走到哪里，就把哪里当家乡，就在哪里生根发芽。

但时过境迁，到了新时期，由于历史语境的巨大转变，当革命的激情消退、理想失落，当支边垦屯的历史成为不堪回首的往事，他们曾经生活过的苦难的大西北，又转换成了他们的精神依托和第二故乡："荒野的路呵，曾经夺走我太多的年华，／我庆幸：也终于夺走了闭塞和浅见；／大漠的风呵，曾经吞噬了我太多的美好……／于是我爱上了开放和坦荡，／于是我爱上了通达和深远；／于是我更爱准噶尔人发达的胸肌，／——每一团肌肉都是一座隆起的峰峦！"（杨牧《我骄傲，我有辽远的地平线——写给我的第二故乡准噶尔》）

既然西部这块贫瘠的土地给予他这么丰厚的精神馈赠，他们觉得自己已经化身大西北的一角土地："让闪电开垦我，让雷霆耕耘我，让春雨播种我／在我的渺小中成熟大西北的伟大／在我的有限中收获大西北的无际。"（章得益《我应该是一角大西北的土地》）

二 从"大山的囚徒"到"高原的圣者"

因各种政治原因而流徙到西部的劳改犯，他们在西部的经历、命运，以及对于西部这块土地的情感转换，与志愿来到西部支边的一代人，[1] 有着巨大的差异。前者是基于人生苦难体验的精神升华，而后者是基于对自己功业肯定的认同。

"大山的囚徒"这个意象来自昌耀一首诗的题目，诗人写一个新

---

[1] 艾青虽是以"右派"身份来到新疆，但他有"贵人"相助，他在新疆的经历与其他右派劳改犯不同，因而他对西部的感情也与"右派"作家有别。杨牧是以"盲流"的身份来到新疆，但他是在四川老家走投无路，抱着"到新疆去，会比现在活得好"的信念来到新疆的，因而对新疆的感情也有别于"右派"。

四军出身的州委宣传部长，因为"右派言论"而成了一个"没有刑期的囚徒"："我是大地的士兵。／命运，却要使我成为／大山的囚徒。"（昌耀《大山的囚徒》）这首诗既是昌耀对一位与他命运相似的患难者的纪念，也是他的诗性自传。出于对"开发大西北"号召的响应和对中国西部异域情调的向往，昌耀于 1955 年来得到了青海。不久因诗歌获罪，在青海荒原度过了 20 多年的流放生涯。头戴"囚徒"荆冠之后，他先是在西宁附近的监狱工厂冶炼钢铁，继而流徙于祁连山重峦幽闭的山谷、荒原腹地远离人烟的监狱农场。在长达 22 年的炼狱生活中，他不曾停歇地潜行这不朽的荒原，获得了他的安身立命之所。他说自己是"大漠的居士"，他未曾熄灭的生命之火，注定要被这块土地所雕塑："我们在这里。我们／是这块土地的家族，／被自己的土地所造化。"（昌耀《家族》）在经历了无数善恶的角力和死生的轮回后，他对这片历尽沧桑的土地有了深刻的领悟，他说这里是良知的净土："高山大谷里这些乐天的子民／护佑着那异方的来客，／以他们固有的旷达／决不屈就于那些强加的忧患／和令人气闷的荣辱。"于是，他自称是这土地的一个侍臣："他已属于那一片天空。他已属于那一方热土。他应该是那里的一个没有王笏的侍臣。"（昌耀《慈航》）那义无反顾的道德感、隆重的宗教情怀和死亡的悲壮感，将他修炼为"苦行僧"和"欢乐佛"，一位真正的"高原的圣者"。

不仅是不朽的荒原护佑了诗人，而且也正是这荒蛮的、野性的土地滋养了诗人的气质："啊，边陲的山，／正是你闭塞一角的风云，／造就我心胸的块垒峥嵘。／正是你胶黏无华的乡土，／催发我情愫的粗放不朽。"所以，诗人要把他的相思、沉吟和祝福，寄予这一方曾叫他安身立命的故土："只有当我梦回这群峰壁立的姿色，／重

温这高山草甸间民风之拙朴，/我才得享有另一层蜜意柔情……"
（昌耀《山旅——对于山河、历史和人民的印象》）

张贤亮小说《灵与肉》中的男主人公许灵均，是从大城市流放到宁夏的劳改犯，他二十年的西部生活，无非是在劳改队、农场、学校之间的往返周旋。许灵均在解除劳教后，由于无家可归而成了农场的放牧员，他成了黄土高原的"乞儿"，在长期体力劳动的磨炼和与大自然的亲近中，他对这片土地产生了深厚的感情："这里，不仅有风吹草低见牛羊的苍茫，而且有青山绿水的纤丽。祖国，这样一个抽象的概念，会浓缩在这个有限的空间，显出它全部瑰丽的形体。他感到了满足：生活，毕竟是美好的，大自然和劳动，给予了他许多在课堂里学不到的东西。"许灵均和李秀芝的结合，更强化了他对这方土地的感情："这个吃红苕长大的女人，不仅给他带来了从来没有享受过的家庭温暖，并且使他的生命的根须更深入地扎进这块土地里，根须所汲取的营养就是他们自己的劳动。而他和她的结合更加强化了他对这块土地的感情，使他更明晰地感觉到以劳动为主体的生活方式的单纯、纯洁和正当。"所以，许灵均拒绝了父亲请他到美国去继承家产的诱惑："他要回去，那里有他在患难时帮助过他的人们，而现在他们正在盼望着他的帮助；那里有他汗水浸过的土地，现在他的汗水正在收割过的田野上晶莹闪光；那里有他相濡以沫的妻子和女儿；那里有他的一切；那里有他生命的根！"① 在这个意义上，许灵均也是黄土高原的"圣者"。

---

① 张贤亮：《灵与肉》，《张贤亮西部小说选》，青海人民出版社 1992 年版，第 23、30、31 页。

三 逃离"火狱"与寻找"香巴拉"

美籍华裔学者、西方人文地理学的创始人段义孚（YI‐FU TU-AN）以"逃避主义"来概括人类的本性，他说："出于种种原因，人类对其所生存的地方从来不会感到满意，因而，人类常常要迁徙，寻找更加满意的所在；如果不迁移，人类就要对现有的生存空间进行改造。"① 而2013年诺贝尔文学将获得者、加拿大女作家艾丽丝·门罗也以"逃离"来命名她的一部小说集，"逃离"成了她小说最重要的主题。所以，西部文学中的逃离主题，既与中国西部严酷的生存环境、20世纪五六十年代的政治运动有关，更是人类趋利避害的自然天性的反映。

张承志的《黄泥小屋》中的人物——老阿訇、苏尕三、丁拐子、韩二个、小贼娃子和那个守水窖的闺女，都是流浪者，他们因各种不同的原因，流落到月亮山下的三里庄，靠给东家在山上挖洋芋混日子。二十岁的苏尕三，因三年前在老家杀了为官的，逃离了家乡。当逃离家乡时，发现他家"黄泥小屋"上冒着两股黑烟，他的家被毁了，他的母亲和妹妹不知死活。三年里，苏尕三背井离乡，走了三年的石渣子黄泥土山路，串遍了几州几府的偏荒去处，躲避劫难，可他的东家还是知道了他是杀了人的逃犯，扬言要宰了他。守水窖的闺女也是经常被东家威胁着要毁了她。于是，走投无路的苏尕三和那隔教的汉族闺女，逃离了月亮山。

小说中苏尕三魂牵梦萦的"黄泥小屋"，不仅代表他失去了的家

---

① ［美］段义孚：《逃避主义》，周尚意、张春梅译，河北教育出版社2005年版，第6、8页。

和亲人，还是他心灵的获庇护所："真主给你盖下的黄泥小屋，那座遮疼避辱，挡风拦雨的温温暖暖的小屋，不在这荒山野岭，它在你尕娃的心里呢。"① 所以，当苏尕三带着自己的知心女人逃离三里庄时，也是逃离了他精神上的"火狱"（老阿訇曾警告他"不能拉扯个丫头一搭进火狱"）："在这样的山里，官府远了，恶世道远了，不怕饥苦就能找上一片干净的黄土。苏尕三抡开腿走着，他不愿再去回想三里庄和那个险恶的鬼影，大山茫茫无际，小路清净潮湿，他似乎已经在这荒凉的群山里看见了一座黄泥小屋，一座被烟火熏黑的、低矮温暖的黄泥小屋……走吧，哪怕走上这一辈子，哪怕走到这片茫茫大山的尽头，那大山的彼岸一定会有纯净的歇息处，他俩一定能在那里搭起自己的那座黄泥屋。"②

现实的残酷戕害着苏尕三们，让他们再也无法忍受，并由此产生了对未来的热望与冲动。

在扎西达娃的小说《西藏，系在皮绳扣上的魂》中，牧羊女婛和到她家投宿的青年男子塔贝，莫名其妙地去寻找一个叫"香巴拉"的人间净土。小说的叙述交织着宗教的魔幻与生活的真实。扎妥·桑杰达普活佛临终时对那对寻找香巴拉的年轻人的告诫是："当你翻过喀隆雪山，站在莲花生大师的掌纹中间，不要追求，不要寻找。在祈祷中领悟，在领悟中获得幻象。"③ 而在现实中，当塔贝和婛行进到帕布乃冈山区的甲村而不知何去何从时，那个羊倌老头告诉他们，1964 年这里办人民公社时，大家都讲走共产主义道路，那时没有一个人讲得清楚共产主义是什么，反正是一座天堂。在哪儿？不

---

① 张承志：《黄泥小屋》，《四人集》，中国文联出版公司 1987 年版，第 60 页。
② 同上书，第 94—95 页。
③ 扎西达娃：《西藏，系在皮绳扣上的魂》，《扎西达娃小说集》，中华书局 2011 年版，第 4 页。

知道。问后藏来的人说，没有。问阿里来的人说，没有。康藏的人也说没看见。那只有喀隆雪山没人去过。村里就有几个人变卖了家产，背着糌粑口袋，他们说去找共产主义，翻越喀隆雪山，从此没回来。后来，村里没一个再去那边，哪怕日子过得再苦。现实中羊倌老头的话印证扎妥活佛的告诫：香巴拉只是一个幻象。寻找香巴拉的结局是，塔贝死在了喀隆雪山，而我代替了塔贝，领着嫦往回走。

不管是"香巴拉"，还是"共产主义"，人们都没有找到它。但这并不意味着就会放弃对理想的追寻。小说中的嫦，之所以糊里糊涂地跟了塔贝去寻找香巴拉，是因为她并不满意她的现实生活。"她从小就在马蹄和铜铃单调的节奏声中长大。每当放羊坐在石头上，在孤寂中冥思时，那声音就变成一支从遥远的山谷中飘过的无字的歌，歌中蕴含着荒野不息的生命和寂寞中透出的一丝苍凉的渴望。"① 这朦胧的"渴望"究竟是什么？可能连她自己也不清楚，但她希望有更好的生活。嫦腰上挂的用来计时的皮绳，她背上的小黑锅，与她去寻找香巴拉的路上所见到的计算器、电影、拖拉机等，无疑构成了"落后"与"文明"的对比。嫦寻找香巴拉，隐含着她对现实生活的不满。

不管是苏尕三的三里庄，还是嫦的生活环境，都让人感到沉闷和窒息。若不是出于无法忍受的生存苦难和精神危机，他们绝不会离乡背井，寻找那个渺茫而美好的"黄泥小屋"或"香巴拉"。人是精神性的动物，他们不仅与动物一样，在自然环境中学会了趋利避害，他们还通过文化的创造，为自己塑造了一个个精神的庇护

---

① 扎西达娃：《西藏，系在皮绳扣上的魂》，《扎西达娃小说集》，中华书局 2011 年版，第 6 页。

所——天堂、香巴拉、共产主义，使自己在逃离苦难的同时，不致失去归宿感和精神寄托。

从作家这方面来说，当代西部作家，大都有逃离苦难、寻找救赎的经历。所以，文学作品中的这一结构模式，也是作家深层心理结构与潜意识的象征。上升到更抽象的层面，则是作家对人类如何应对苦难的形而上思考。

第十四章　西部文学的语言地理

　　作为语言艺术的文学，在一定程度上说，一个地方的文学首先受制于其语言的地理分布状况。不用说，不同民族语言的文学，语言是它最醒目的标识。即使同一语族的不同方言区域，其文学也因语言的差异而打上了鲜明的地域色彩。语言地理学以方言的地域分布和地理类型为基础，研究一般性语言问题，如语言母体与谱系继承性、历史比较语言、语汇词汇多样性、语形变化的地理特征等。借用语言地理学的理论与方法，可从语言的地理分布，研究西部文学语言的总体特征，以及不同地区的语言对地域文学的塑造与影响。

　　大西北地处世界三大语系——汉藏语系、阿尔泰语系、印欧语系的交汇处。汉藏语系中的汉语、藏缅语族和阿尔泰语系中的突厥语族、蒙古语族，是本地区的主要语言构成。除了维吾尔语、藏语、蒙古语、哈萨克语等众多少数民族语言外，本地区还属于汉语北方方言区西北次方言区。西北地区本身是一个多语系交汇、多语族共存的地方。地域的广袤，又形成了很多次方言区。加之西北地区历史上的民族大迁徙、大融合，使得该地区的语言分布不仅种类繁多，而且相互影响，异常驳杂，呈现出一致性与差异性共存的特征。日本语言学家桥本万太郎也指出了这一点："亚洲大陆各语言有一个特点，就是它们突破了20世纪所谓的'语系'差异，形成一个完整的结构连续体（continuum）。"① 中国当代西迁的作家，来自不同方言区，到西部后，又接受了不同语族、不同方言的影响。而西部本土作家，尤其是少数民族作家，接受了汉语教育和汉文学的影响，出现了不少能够进行"双语"写作的作家。不同少数民族语言的文学和具有不同方言特点的汉语文学，构成了西部文学的"语言大观园"。所以，从这个意义上来讲，正是大西北语言的地理分布状况和特点，造就了西部文学色彩斑斓的外貌。

西部文学语言的丰富与驳杂，在王蒙的小说中可见一斑。王蒙小说中有个叫马尔克的木匠，他父亲是从东北辗转西伯利亚、俄罗斯、中亚到新疆的汉人，他母亲是十月革命后逃到新疆的俄罗斯人，他的继父则是塔塔尔人。但他又选择做维吾尔人，他说："我们不愿意做汉人，也不愿意做俄罗斯人，也不愿意做塔塔尔人，后来我们就成了维吾尔了。""他所以这样滔滔不绝地讲话，东一榔头西一棒子，一句语录加一句俚语，一句维语加一句汉语，外带俄罗斯与塔塔尔语，声音忽高忽低，忽粗忽细，似乎也是一种能量的释放。"② 张贤亮也注意到，他小说中的马缨花，"她的语音受阿尔泰语系突厥语族的影响，说汉语'霜'字靠舌尖吸气，口只略微一张就行，我说'霜'时要送气，口要张开，连下颚也动弹了。"③ 这些都说明，西北各民族在语言接触过程中，其语言受到相互影响的情况在实际

---

① ［日］桥本万太郎：《语言地理类型学》，余志鸿译，世界图书出版公司2008年版，第20页。

② 王蒙：《淡灰色的眼珠》，《你好，新疆》，人民文学出版社2011年版，第60页。

③ 张贤亮：《绿化树》，花城出版社2009年版，第86—87页。

生活中比比皆是。

西部文学的语言虽然如此驳杂，但在总体上也有可以感知的共同风格，明代诗人唐顺之说："西北之音慷慨，东南之音柔婉……若其音之出于风土之固然，则未有能相异者也。"① 在西北生活多年的张贤亮，对西部语言的粗犷、朴拙、苍凉、遒劲，以及它与西北高原之间的浑然一体的特征，有深刻的领会，说明西部文学语言的"慷慨悲歌"确系"水土风气"使然："只有这种纯粹在高原土地上土生土长的地方语音，才能无遗地表现这片高原土地的情趣。曲调、旋律、方音，和这片土地浑然无间，融为一体。"②

一 少数民族语言汉语音译借词

在历史上，汉语当中曾不断大量吸收西域、印度等民族的词汇，如苜蓿、葡萄、慈悲等。随着这些表示新事物、新观念的词语日益深入汉族人的生活，它们已经内化为汉语词汇的有机部分，以至于我们今天都不知道它们是外来词。汉语音译外来词的加入，丰富了汉语表现生活的范围，也增强了汉语的表达能力。

西部文学中汉语音译借词的使用，大致有以下三种情形：

一是新中国成立后来到西部生活的汉族作家，有的学会了使用所在地人民使用的语言（如王蒙能够熟练地用维语交流、阅读），他们在作品中大量使用少数民族语言的汉语音译词。二是西部少数民族本土作家的汉语写作或双语写作，如扎西达娃、艾克拜耳·米吉提等，在他们的汉语作品中使用大量的汉语音译词。三是张贤亮、

---

① 唐顺：《东川子诗序》，《唐荆川文集》卷十，四部丛刊影印明万历刊本。
② 张贤亮：《绿化树》，花城出版社 2009 年版，第 16 页。

张承志、杨牧等，在与西部底层民众的长期交往中，从当地老百姓语言中，学到了很多已经成为包括汉族在内的各族民众常用语的少数民族汉语音译词。

西部文学中来自个少数民族语言的汉语借词

汉语借词	来源与含义	出　处
坎土曼	维吾尔语:新疆人锄草、挖地的农具	王蒙《哦,穆罕默德·阿麦德》
都塔尔	维吾尔语:维吾尔民间弦乐器	王蒙《哦,穆罕默德·阿麦德》
坦萨	维吾尔语:交际舞	王蒙《哦,穆罕默德·阿麦德》
巴郎	维吾尔语:小伙子	王蒙《哦,穆罕默德·阿麦德》
满拉	阿拉伯语:清真寺里念经的学生	张承志《黄泥小屋》
雅尔达西	维吾尔语:同志	杨牧《天狼星下》
诺契,泡契	维吾尔语:分别指好汉、牛皮大王	王蒙《好汉子依斯麻尔》
罗刹	梵语:佛教中指吃人的魔鬼	扎西达娃《去拉萨的路上》
多普卡	维吾尔语:"文化大革命"中"斗批改"的维化读法	王蒙《哦,穆罕默德·阿麦德》
塔玛霞尔	维吾尔语:指嬉戏、散步、看热闹等	王蒙《淡灰色的眼珠》
乃玛孜	波斯语:意为"祈祷""礼拜"	王蒙《淡灰色的眼珠》 张承志《黄泥小屋》
尔麦里	阿拉伯语:伊斯兰教主要宗教仪式	张承志《黄泥小屋》

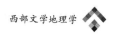

续　表

汉语借词	来源与含义	出　　处
笆篱子	维吾尔语:监狱,源于俄语的 Полиция(音译"巴里斯")的东北方言	王蒙《好汉子依斯麻尔》
巴扎	维吾尔语:集市、农贸市场	杨牧《天狼星下》
那仁	哈萨克语:哈萨克族佳肴,面粉擀成很薄的长条,和马肉一起煮	王蒙《好汉子依斯麻尔》
卡衣马克	维吾尔语:奶皮子	王蒙《逍遥游》
面肺子	维吾尔语:以牛羊内脏为主要原料的新疆小吃	王蒙《淡灰色的眼珠》
糌粑	藏语:用青稞、酥油等做的藏区食品	扎西达娃《西藏,系在皮绳扣上的魂》
阿娜昂	维吾尔语:犹如汉语"妈的"	王蒙《逍遥游》
卡费勒	阿拉伯语:异教徒(宁夏农村骂人的口语)	张贤亮《绿化树》
杜斯曼	波斯语:仇人(宁夏农村骂人的口语)	张贤亮《绿化树》
香巴拉	藏语:又译"香格里拉",意为"极乐园",佛教的神话世界	扎西达娃《西藏,系在皮绳扣上的魂》
玛尼堆	藏语:是由大小不等的石头集垒起来的、具有灵气的祭坛"神堆"	扎西达娃《西藏,系在皮绳扣上的魂》

这些汉语音译借词，包括最常用、最能表现少数民族生产生活、饮食起居、宗教信仰、历史文化、人情世态等各个方面的词语。如通过"坎土曼"这个词，我们了解了新疆人特有的挖地、锄田的农具；通过"糌粑""面肺子"这些词，知道了西藏、新疆少数民族的主要食物；通过"香巴拉""乃玛孜"这些词，使我们又了解到西部各民族的宗教、信仰……这些音译词的使用，给西部文学增添了异域色彩，使我们可以通过这些词语，了解西部各少数民族的生活方式、思想性格、风俗习惯。同时，这些富有深厚历史文化内涵和表现力的词语，增强了汉语的表达能力，丰富了中国文学的文化内涵。

二 西部文学中的方言俗语

方言俗语的使用，是文学的地方性最醒目的特征，文学史上曾经有过如《海上花列传》那样出色的纯方言文学。自五四以来的新文学，虽然没有纯方言的文学，但文学作品使用方言比比皆是。新中国成立以后，随着推广作为民族共同语的普通话成为宪法之规定的"每个公民应当履行的权利"，在文学创作中，方言的使用变得比较谨慎。茅盾曾对这个问题做过这样的解释："也有些作者是为了某种理由而有意地多用方言、俗语的。理由之一是使得作品富有地方色彩。我们不反对作品有地方色彩，尤其不反对特殊题材的作品不可避免地需要浓厚的地方色彩；但是地方色彩的获得能简单地依靠方言、俗语……我们文学工作者就应当特别严格要求自己，使得自己的作品能为推广普通话服务。"①

---

① 茅盾：《关于艺术的技巧——在全国青年文学创作者会议上的报告》，《文艺学习》1956 年第 4 期。

新时期以来，包括方言在内的文学的多样化风格再次得到肯定，而作为地域文学的西部文学，西北方言俗语的使用，为西部文学增添了泥土气息和生命活力。

西部文学涵盖的地域辽阔，它既包括的不同的语系、语族，因而它的方言也不统一。这里既有少数民族的不同方言，也有汉语的不同方言。

西部文学中的方言俚语

方言俚语	含义或普通话对应词	例　句	出　处
洋缸子	女人，媳妇	库车的洋缸子一枝花	杨牧《天狼星下》
谝传	闲聊，犹如"侃大山""唠嗑"	依斯麻尔：都是谝传子的事情呗	王蒙《好汉子依斯麻尔》
这搭，那搭	这里，那里	老子就这搭了，睡那搭也是搂个拐腿	张承志《黄泥小屋》
尕	小	尕娃们追逐着透明的阳光	汪玉良《在椰松达坂》
浪	闲逛、游玩	浪过世面，吃过香的喝过辣的	张承志《黄泥小屋》张贤亮《绿化树》
引	带领、找来、娶	怎不见你引上一个女人回来呢	张承志《黄泥小屋》
拾掇	含有惩治、教训、杀戮、强奸等多个意义	他把小贼娃子拾掇了。今夜晚一定要拾掇那闺女	张承志《黄泥小屋》
精脚	赤脚	精脚挑担对女儿家当然是个苦事	张承志《黄泥小屋》
年馑	荒年	我的女人也要过饭，遭上年馑了嘛	张贤亮《邢老汉和狗的故事》

方言俚语	含义或普通话对应词	例　句	出　处
苦焦	困难、艰苦	"是陕北来的？那地方苦焦，我知道。"	张贤亮《邢老汉和狗的故事》
言喘	说话	这个女人虽然不言不喘,但他理解邢老汉的感情	张贤亮《邢老汉和狗的故事》
掐算	本指以拇指点着其他指节推算干支。引申为非常仔细地推算	每个庭院都在惊喜中掐算	汪玉良《在椰松达坂》
解数	本指武术的招式,引申为手段、本事	掌柜的可真有解数呢,从不见他上山……可是指点得头头是道	张承志《黄泥小屋》

　　西部文学中的方言，首先反映了西部生存环境的严酷。如"苦焦""精脚"这两个词，前者形容生活环境的艰苦，就像那多年不见滴雨的西北荒原，偶尔长出的一棵小草小树，都变成了一枝枝焦草枯木。草木如此，人何以堪，在这样的环境中人要生存，谈何容易！在20世纪的很多时段内，西北（至少笔者亲历的甘肃、宁夏的很多地方在20世纪80年代还是如此）很多地方的农民是穿不起鞋的，所以，"精脚"这个词的运用，就是西北村民极度贫穷的一个生动写照。即使有鞋的农民，他们往往在雨天或下地干活时都要"精脚"，以延长鞋子的使用期限。《黄泥小屋》中那个守水窖的姑娘，"精脚"挑着担子走在满是石渣棘刺的山路上，那当然是再苦不过的"苦事"。其次，它反映了西部地区某些特殊的表达习惯和方式。如西北很多地方把娶媳妇叫"引媳妇"，把娶亲叫"引亲"。而用

"浪"指称闲逛、漫游,这个词既形容了西部人居无定所的艰苦,也反映了他们浪迹天涯、随遇而安的乐天达观。其他如指称方位的"这搭、那搭",表示闲聊、吹牛的"谝传",表示小的"尕"等词,对于不熟悉该地方言的人来说,只不过觉得有些好奇和生涩,而对于懂得该地方言的人来说,正是这些方言的使用,突显了西部文学(尤其是西部文学中人物)的个性,即文学的地方性。只有这样说话,才显得这个人是这个地方养育的。一个地方人民的性格、好尚甚至劣根性,一一呈现于其方言之中。再次,西部文学中使用的有些方言,如"年馑""解数",是在民间口语中保存下来的近古汉语,它反映了口语和古汉语之间的传承关系,也反映古代文化在民间的存在状态。"年馑""解数"这些词我们现在觉得是文言,其实它在元明清各朝的通俗文学中常出现,如元关汉卿《斗鹌鹑·女校尉》套曲:"甚旖旎,解数儿稀,左盘右折煞曾习。"《水浒传》第一百四回:"(王庆)也拽双拳,吐个门户,摆开解数,与那女子相扑。"这些曾经是"俗语"的词,现在我们白话文中一般不用它,可是张承志笔下的西海固农民口中还说它。

章太炎认为正是在方言俗语中保存了古音古义,从而改变了人们认为方言俗语"鄙俗"的看法。如果说五四白话文运动的提倡者如胡适等,是从进化论的角度,为言文合一的白话文学寻找学理依据和历史证据的话,那么,章太炎则是通过寻古溯源的办法,将"今之俚语"与说文三仓尔雅所载古语等量齐观,从而提升了方言俚语的地位。在这个意义上说,方言俗语并不"俗",而是蕴含着深厚历史文化积淀。

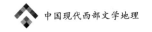

三 独特的表达方式

西部文学在语言上除了语汇的驳杂、丰富之外，在语法和表达方式上也自有它的独特性。

一是富于民族思维习惯和特点的谚语和惯用语，特别能够表现不同地方、不同民族的生活习惯、性格特点。

王蒙在新疆期间学会了维吾尔语，维吾尔语的思维习惯、表达方式对王蒙的汉语写作，尤其是新疆题材的写作，产生了明显的影响。他说："尤其是小说中的对话，我完全是先用维吾尔语构思，后用汉语翻译写出来的。我没有白白地在天山脚下伊利河边抡砍土镘，我没有白白地吃这块土地上的馕与菜，相距八千里，一抓笔便又走进了他们中间。"①

王蒙在小说中写到维吾尔老乡喝茶的情景时，用了一句维吾尔谚语："因为富才把钱花光，因为馕多才把茶喝光。"他解释说："馕与茶的关系是这样的：愈吃馕就愈想喝茶，愈灌茶就愈想吃馕，良性循环。"这句谚语，不仅表现了维吾尔族人的饮食习惯，但更重要的是它表现了维吾尔族人的达观与享乐的观念。另外，维吾尔族人的一些汉语表达深受维语思维和表达习惯的影响，如王蒙小说中的穆罕默德·阿麦德说"气象学校"是"空气学校"，"生气"是"肚子胀"，"动过手术"是"吃过刀子"等，在我们看来，特别新鲜而形象，确实产生了"陌生化"的效果。

二是西部小说中的人物对话，尤其是骂架时用的粗俗语言，极具杀伤力，凸显了人物个性以及民间文化的某些因子。因为这些

---

① 王蒙：《王蒙自传·大块文章》，花城出版社2007年版，第172页。

基层人物，他们常处于弱者的地位，他们相信诅咒性语言的魔力，是可以达到他们在体力较量中达不到的目的的。王蒙小说中的依斯麻尔在给社员布置任务时说："工地再好，没有在房子里搂着婆姨睡觉舒服，地窝子再暖，没有房子里的炕头暖……一个人一天得给我干两个人的活，谁要是偷懒要奸我日他先人！"① 张承志《黄泥小屋》中的丁拐子，被丁大善人打折了腿，流落他乡打短工，他最后离开他刨洋芋的月亮山时的一段独白式咒骂，堪称精彩绝伦：

> 丁拐子茫然地看了看四周的黑山影子障。走啦，走吧。他想，我也走啦，远远地走啦。他站起来，又望了望黑幢幢的月亮山影。滚你妈的吧，你这秃头。老子走啦，拐爷我走了，谁若再回头望你这秃山一眼，谁就不是人养的。滚你妈的，走哪搭老子也不回来了，拐爷走了。②

作家对所在地农民语言的学习，当然与作家长期生活在西部，受农民一言一行的耳濡目染分不开。正如张贤亮说："一个人长期生活在这样的大自然和乡俗中，当然会不自觉地受到影响，何况我是自觉地在追求这种东西。我认为，粗野、雄豪、剽悍和对劳动的无畏，是适应这种环境的首要条件。"③ 张贤亮笔下的农村妇女马缨花，她以打炉子为幌子，叫章永璘这个快饿死了的"棺材瓤子"到她家去吃饭，当他对马缨花递给他的白面馍馍而做出虚伪的推辞时，马缨花勃然大怒，骂道："你看你这个没起色的货！""扶不起个撒不起！你把那馍馍给我放下，你哪儿来的还滚到哪儿去

① 王蒙：《好汉子依斯麻尔》，《你好，新疆》，人民文学出版社 2011 年版，第 82 页。
② 张承志：《黄泥小屋》，《四人集》，第 72—73 页。
③ 张贤亮：《绿化树》，花城出版社 2009 年版，第 95 页。

吧!"当章永璘又问道:"你不是说要打炉子吗?"她说:"打个球!"她又忍不住嘻嘻地笑了,"我的炉子是喜喜子给我打的,也好烧着哩……你凑合着吃吧。白面我还有哩,酵子我也酸下了,下次就吃酸面的了。"① 她性格的泼辣、粗野,与她心地的善良,由这一段对话活脱脱地表现出来了,并且与知识分子的"虚套套"形成了鲜明的对比。

三是西部作家长期生活在西部,深受西部民歌,尤其是青海、宁夏、甘肃一带"信天游"与"花儿"的影响。张贤亮说:"这种民歌的曲调糅合了中亚细亚的和东方古老音乐的某些特色,更在于它的粗犷,它的朴拙,它的苍凉,它的遒劲。这种内在的精神是不可学习到,训练不出来的。它全然是和这片辽阔而令人怆然的土地融合在一起的;它是这片土地,这片黄土高原的黄色土地唱出来的歌。"② 张承志、张贤亮小说中不同人物所唱的花儿,往往能把人物命运的悲怆与无奈,凄苦与哀怨,或慷慨悲歌,或如泣如诉地表现出来,而比其他语言更有力,更具震撼力。

昌耀不仅在诗中引用青海民歌来表现土伯特人原始、古朴、谜一般的生活:"咕得尔姑,拉风匣,/锅里煮了个羊肋巴,/房上站着个尕没牙……"(昌耀《雪,土伯特女人和她的男人及三个孩子之歌》)。他还能够活灵活现地模拟青海民间的方言口语。当诗人询问哈拉库图的一位歌者,他用陶埙所吹奏的名叫"憨墩墩"故事中的人物时,他们的对话便这样展开:"啊,憨墩墩的她哩为何唤作憨墩墩哩?/你回答说那是谁也说不清道不明的事哩,/憨墩墩嘛至于憨墩墩嘛……那意思深着……/憨墩墩那意思深着……深着……深

---

① 张贤亮:《绿化树》,花城出版社 2009 年版,第 68 页。
② 同上书,第 15 页。

着……"（昌耀《哈拉库图》）。诗句中"……哩"，是青海方言常用的句式，有一种表示判断的意味在里面；"形容词＋着"，是很多西北地区惯用的表达方式，它形容事物近乎极致的某种特征或状态。昌耀此处的这一模仿性表述，把青海山乡村民的情态、口吻，惟妙惟肖地和盘托出了。这真是化腐朽为神奇的笔力，唯有对这方土地上的子民的语言熟稔至极，才能有这般的语言造化。

文学地理学视野中的张承志小说

第十五章　张承志小说中的地理
环境及女性形象

文学地理学研究的是文学与地理环境之间的关系，其中地理环境既包括自然地理环境又包括人文地理环境。一个作家的创作绝对离不开特定的自然和人文地理环境的影响，只要你是生活在地球上的人，就要同自然打交道，要同除自己以外的其他人相联系相交往，只有这样，才称之为人；也只有这样，作家才能创作出文学作品。邹建军教授在《文学地理学批评的十个关键理论术语》中提道："'地理基因'，是指地理环境在作家身上留下的不可磨灭的印痕，并且一定会呈现在自己所有的作品里。不同的地理环境在不同作家身上留下的印记是各不相同的，出身平原的作家与出生盆地的作家，其文学视野与思维方式，存在很大的差别。地理基因的形成，是因为特定地理时空里的自然和人文地理环境，以某种特有的方式凝聚在作家身上，以形成他的基本素质和基本品格，影响到了他的思维方式和情感方式，以及他的审美趣味和人生态度，他整个的世界观和方法论。"①

----

① 邹建军：《文学地理学批评的十个关键理论术语》，《内江师范学院学报》2015 年第 1 期。

因此，要想从文学地理学视野下来把握张承志的小说创作，就必须了解张承志在成长中经历了哪些地理环境，从而透视他身上的"地理基因"，而作品就是最能体现出作家的审美意识、作家的人生经历、作家的人生体验等，有什么样的作家就会呈现出什么样的作品。所以把握好张承志小说中描写到的地理景观，是分析张承志小说创作来源的基础。

一 "他者"眼中的自然环境

世界上极少有人与其他人"完全相同"，每一个人都有别于他人，就像哲学上讲的"世界上没有完全相同的两片树叶"一样，即使双生子也有不同的性格特征。我们最多只能说某人与某人很相似，某些群体之间存在着某些共同特征，因此，谁应该属于这个被定义的群体还是被排出其外，主要取决于哪些特征被视为具有决定性意义。举个简单的例子，一个女人一生中要充当很多社会角色，充当女儿角色是相对于父母而言，充当母亲角色是相对于自己的孩子而言，在这里的参照对象发生了变化，因而角色也就相应地发生了变化。简而言之，这就是生活中所说的我们和他们之间的关系，如果没有"他们"作为参照，也就无法对"我们"进行定义。在本书中主要讨论的是对张承志影响深远的三大地理空间——内蒙古草原、新疆天山南北麓、甘青宁的黄土高原。张承志曾经在自己散文中说过，他是蒙古草原的义子、黄土高原的儿子、新疆至死不渝的恋人。本书中的"他者"就是针对小说中的主人公而言的，"他"相对于土生土长在这三块地理空间上的人来说，就是"他者"。

（一）草原小说中的自然环境

在草原小说的描写中，作为知青代表的张承志是"他者"，这里的"他者"是相对于土生土长的草原人民而言的。张承志出生于北京，1968 年，张承志扒车混迹在知青队伍中，主动来到内蒙古东乌珠穆沁旗插队，在草原上生活了四年，对于土生土长的草原牧民来说，张承志是"外来户"，他不是来草原谋生的，而是顺应红卫兵的大潮涌进草原的。当知青们来到草原生活时，他们感受了草原的四季变化，感受了与北京不同的自然风光、气候环境。张承志在散文《牧人笔记》中也曾写道："汗乌拉草原是一个摇篮。因为在它辽阔的怀抱里，一年一度地孕育着生命。汗乌拉的骏马、牛羊、骆驼，年年在这片青青的草原上生羔产犊，蒙古包里也一个又一个地跑出来顽健可爱的儿童。这片草原是种种生命的摇篮，也是古朴的蒙古文化的摇篮。它是我的蒙古'哥哥'阿洛华祖祖辈辈生息的土地，也是我自己的第二故乡。我们因这里的水土，因这里的气候，因这里酷烈的生活和持久的传统——而逐渐变成了今天的我们。"[1] 这是他亲身经历的感受，从这里也可以勾勒出"风吹草低见牛羊"的美好画面。

小说《金牧场》中这样描述草原："内蒙古高原覆盖着万里绵延的牧草；它东接大小兴安岭和黑龙江，西连瀚海沙漠，联结着新疆的干旱戈壁。"[2] 这里将内蒙古高原的地理位置做了准确的定位，就好像是一幅地图在我们面前，一目了然。蒙古高原是大陆性温带草原气候，四季分明。冬季（11 月至次年 4 月）漫长寒冷，最

---

① 张承志：《牧人笔记》，萧元编《张承志文集》，湖南文艺出版社 1999 年版，第 4 页。

② 张承志：《金牧场》，作家出版社 2006 年版，第 67 页。

低气温甚至可以达到－40℃，常伴有大风雪；春季（5—6月）和秋季（9—10月）短促，但常伴有突发性天气变化，有时风和日丽，霎时便会风雨交加，甚至突降大雪。蒙古高原夏季炎热，紫外线强烈。这里草原广阔，因而常伴有大风天气。这在小说《错开的花》中作者便用"夏季里使人苦苦忍受的暴晒，冬日里逼人濒死一瞬的酷寒，草衰时节拆开房骨迁徙的次数，奶季里白色食物带来的感动"① 进行概括。在张承志早期的创作中，可以看出，初到草原生活的知青处于一种兴奋状态，他们对草原是充满幻想的，那时作者眼中的草原是很大很美的；可以骑着马儿自由自在地驰骋在这片无边无际的青草中，让人舍不得离去。后来，当在这里生活了一段时间以后，他们认识到生活在这里的艰难——这里严冬酷暑、风云变幻、生活艰苦。草原上的这种自然气候环境，在《金牧场》中表现得淋漓尽致。在寒冷的秋天，大雪来临会造成雪灾，雪灾在蒙古语中叫"白灾"，有时甚至会遭遇更加恐怖的雪灾，人们称之为"铁灾"（吐木勒·召特）——土层冻硬，形成冰层，冰层又变硬，这样周而复始形成很厚的冰壳；井底被冻实，甚至井下的五尺土壤也被冻住；羊、牛、马等牲畜开始生病、倒毙。人们会在冬天的时候举家迁徙，在遇到雪灾甚至铁灾时进行大迁徙。

在"他者"眼中，草原最初是美好的，是广阔的，但随着生活的继续，草原也是残酷的，是有雪灾、有死亡、有挑战存在的。所以，常年生活在此的人们总是对自己熟悉的环境不屑一顾、视而不见，而在"他者"眼中是很美好的。但当"他者"也成为这种环境

---

① 张承志：《错开的花》，马进祥编《回民的黄土高原》，青海人民出版社1993年版，第207页。

中的一员，那么当初的美好只是昙花一现，随之便成为单调、周而复始的无聊生活了。

(二) 天山小说中的自然环境

在天山小说中，张承志描写了新疆的许多迷人景色。既写到了地理位置，又写到了地势特征、地形、河流等。从气候来看，伊犁地区同内蒙古高原气候相似，气温和日温差都比较大，紫外线强烈，会给人们脸上留下紫红色的疤。昼夜温差大的气候特征，使这里的水果非常香甜，甚至在伊犁的原野上、天山周围以及农舍附近，到处散发着苹果的花香味。作物的生长也是勃勃生机，就连野葡萄、黑醋栗、荨麻叶、骆驼尾草，都长势凶猛。

对天山自然景物的描写中，《金牧场》可谓是最为详尽的。从地理位置上来看，伊犁河谷中有巩乃斯、喀什、特克斯三条河谷，其中特克斯河谷位于天山腹地的最深处，河流的两岸青草碧绿、树木茂盛、土地肥沃、空气湿润。《金牧场》中有这样一段对新疆的描述："新疆是什么？新疆是亚洲中心的一半。新疆是古西域的核心。新疆是蓝眼睛的伊兰人的故地，是浪漫华丽的突厥语的归宿，是古代龟兹—古代焉耆—古突厥和古回鹘—佉卢和于阗—察合台文献和维吾尔文学语言的生灭轮回变幻繁荣的口语土语摇篮。新疆是亚洲的中心。新疆是什么？新疆是阿勒泰、天山和昆仑三条壮美的大山脉。新疆是准噶尔和塔里木两块戈壁沙漠千里不毛的大盆地。新疆是浓绿耀眼的一串串长满葡萄的绿洲，是伊犁三区和巴音布鲁克的肥美草原。新疆是海拔－154米的吐鲁盆低地和海拔7000米的汗·腾格里雪峰之间的、那永远相互心许又永远不能如愿的爱恋。新疆是前浪已灭后浪又汹涌而来的英勇自绝的叶尔羌河；是不问方向不论对错自由自在地流向西方在西方神秘消失了的铁色额尔齐斯。"①
这里整体概括了新疆的地理位置,将新疆的三山夹两盆、两大沙漠、
草原、冰山雪峰、河流都进行了描述。这不难理解,这与张承志本
人的考古专业有密切的关联,这既可以看出是张承志曾在新疆进行
调查,也可以看出他对新疆的热爱,只有这么狂烈的爱才能感受到
新疆的美好与博大。不仅是对新疆地形进行了描写,还对天山的自
然环境进行了描写。

在张承志眼中,天山是美好的,无论是天山的白天、天山的夜
晚,还是雨后的天山,在作者眼中都是那么美好。那里气候是酷
热的,充足的阳光照耀着生长中的植物。山脉青葱,冰雪透明,
那里有嫩绿的山麓草原、暗蓝的松坡林、晶莹的冰顶,有湍急的
河流、大片的云杉林,甚至有几十米厚的蓝色冰川。那里的夜晚
漆黑一片,厉风怒号。那里的雨后是雨雾蒙蒙、寂静无声,到处
弥漫着雨腥和凉气。这就是张承志眼中神奇秀丽、雄伟神秘的天
山南北麓。

(三) 黄土高原小说中的自然环境

黄土高原在作者的眼中是那么的苍凉、悲壮。黄土高原,位于
中国第二级阶梯之上,属于干旱大陆性季风气候,地势起伏大,干
旱缺水。西海固位于黄土高原西南缘丘陵地区,有着无数的沟、壑、
塬、峁、梁、壕、川,是温带大陆性半干旱—干旱气候,水源奇缺。
作者在《回民的黄土高原序论》中介绍了他写的黄土高原和西海固
的地理位置:"我描述的地域在南北两翼有它的自然分界线,以青藏

---

① 张承志:《金牧场》,作家出版社 2006 年版,第 373 页。

高原的甘南为一线划出了它的模糊南缘，北面是大沙漠，东界大约是平凉坐落的纬线；西界在河西走廊中若隐若现。"① "西海固，它是宁夏南部陇东山区西吉、海原、固原三县的简称，也是黄土高原东南角的回民山区的代名词。"② 在描写黄土高原的小说中作者说过不止一次，那里的山是焦黄的秃山，植被稀少。山、峁、沟、峡，是这片土地上常见的地理景象，它们紧密相连，山连着山，峁连着峁，在作者眼里是一片贫瘠荒凉的世界，那里飞沙走石、风沙尘土，那里是无鱼的旱海，降水量少，农作物不易生长，夏天烈日暴晒，冬季漫长。

在张承志代表作《黄泥小屋》中，作者这样写道："昏茫的山岭梁峁一下子淹入了透明的晨曦。贫瘠的、雄壮的黄土沙石，荒凉的、旱渴的高低山岗，一霎之间突然现出了自己裸露的本相。两侧条条山脊上密密织着的无数羊肠小径转眼间变成了白色，像一团团揉在一起的线；近处粗粝的峭岩拂去了雾气，亮出了半埋着的浓红身躯。没有流霞，没有五彩，没有日出，连绵的秃峰裸岭只是在透明的晨曦中颤抖了一下，就睁开了渴裂的眼睛。岩缝间还残留着条条黑暗，襟麓上已经铺展开一片黄土，这遮盖着五省六十州的穷苦大山已经默默地准备好承受一天的烤晒。"③ 当你读到这段文字的时候，那种酷热、那种荒凉、那种焦渴会让你为之震惊的。

《九座宫殿》中有这样一段描写："灰灰的石渣子戈壁连着一座

---

① 张承志：《庞然背影：回民的黄土高原（自序）》，马进祥编《回民的黄土高原》，青海人民出版社1993年版，第1页。

② 张承志：《心灵史》，马进祥编《回民的黄土高原》，青海人民出版社1993年版，第240页。

③ 张承志：《黄泥小屋》，马进祥编《回民的黄土高原》，青海人民出版社1993年版，第112页。

赤褐色的砾石山，污浊的红水沟就从那山上流下来。泥汤般的红水流下来，流久了，就在荒滩和南边的大沙漠中间堆了一个红胶泥的扇面子地。"① 这段描写虽然是通过韩三十八的眼睛看到的，但还是能看出作者渊博的地理知识。这段话实际上就跟冲积平原的形成原理是一样的，用韩三十八的口吻说出来，反而更容易被读者理解。这里的人们生活就是靠着这些红胶土，在这贫瘠的土里种粮食，用这荒漠中的唯一可用的泥土来盖房子，形成了这个地方特有的红胶泥地窝子。这里的人们就地取材，既表明了当地人的智慧，也表明生活环境的艰苦。九座宫殿也即蓬头发寻找的特古斯·沙莱，它其实就是一种希望的象征。对于蓬头发来说九座宫殿就是地理书上记载的一个地名，或许就是历史书上记载的一座著名的古城。他想要找到这座古城印证其准确的地理位置，考察其真实的历史存在，完成自己的论文，但是这座古城是否真实存在，蓬头发也不能确定，只是希冀有这么一座古城。而对韩三十八而言，九座宫殿是祖辈们和自己之所以留在这片又旱又酸、焦红刺眼的红胶土地上的原因。祖辈们曾奋力找过，自己也找了三天，虽然没有找到，但是韩三十八依然相信九座宫殿是存在的。韩三十八相信祖祖辈辈的守候是有价值的，无论九座宫殿是否真实存在，韩三十八也要穷其一生守护在这片土地上，即使最后没有任何存在的痕迹，他也没有任何遗憾。所以说九座宫殿对于蓬头发和韩三十八来说就是信仰、就是希望。

---

① 张承志：《九座宫殿》，马进祥编《回民的黄土高原》，青海人民出版社1993年版，第22页。

二 小说中的人文地理环境

人文地理具有广义和狭义之分。广义的人文地理包括政治地理、经济地理、军事地理；狭义的人文地理则包括文教地理、宗教地理和风俗地理。在本书中我们研究的人文地理主要是狭义人文地理中的宗教地理和风俗地理。在本小节中主要讨论的是张承志小说中的民俗生活、风俗习惯、宗教信仰。

（一）草原小说中多姿多彩的人文地理环境

张承志曾经在草原上生活了四年，在新疆从事过考察工作，因而在小说中张承志对这些地方的风土民情、生活习俗具有相当的了解。在张承志小说中我们可以感受浓浓的民族风情、地域特色。草原人们的生活百态也在其描写中淋漓尽致地展现在我们眼前。

1. 家的构造及主要的饮食

民俗又称"民间文化"，是指一个民族或一个社会群体在长期的生产实践和社会生活中逐渐形成并世代相传、较为稳定的文化事象，可以简单概括为民间流行的风尚、习俗。民俗就是这样一种来自于人民，传承于人民，规范于人民，又深藏在人民中的行为、语言和心理中的基本力量。民俗文化就蕴藏在这些民俗生活之中。民俗文化是民族精神的审美表达，是民族文化得以存在的基础结构。张承志在草原生活多年，因而他的小说创作也免不了受到游牧民风的影响。在草原小说中，民俗作为草原文化的载体，使牧民的生活方式、生存状态、生活理念等草原文化通过民俗叙事鲜活地展现出来。张承志从草原的他者视角描写着他们那代人的青春、思想与情感，用与都市人（北京知青）不同的方式表达着与都市人的距离，并最终

同化了异乡人，草原成为都市异乡人的故乡。

草原那种严冬酷暑，春秋短，冬季长的气候条件，形成了草原人们迁徙的习俗。在张承志的草原小说中，迁徙是一个重要的场面，尤其在《金牧场》中，描写草原的时候主要就是围绕着迁徙来描写的。人们总是在寒冷或遇上大雪灾的时候举家搬迁，将蒙古包拆卸，带着全家的财产迁徙，找到有牧草、有水源，比较温暖的地方。等到夏季到来时，再迁到原来住过的地方。这是一种游牧民族特有的生活方式，他们总是逐水草而居。迁徙在《金牧场》中描写得最为深刻。《金牧场》这部长篇小说主要讲述的就是以奶奶为代表的牧人寻找阿勒坦·努特格家园的迁徙过程，其中穿插了其他几条线索的故事。正是由于要进行迁徙，蒙古人就选择了蒙古包这种拆装容易、搬迁简便的材料作为自己的住所。牧民心中的家就是蒙古毡包，在小说《金牧场》中作者写道："我家是个五块哈纳墙之家。"① 家中的物品很简单："包中央吊着一盏羊油灯。盛油的黑铁碗和吊灯用的粗铁丝上黏黏地沾着一层腻滑的黑油泥。明亮的，不知怎么使人觉得有点发甜的羊油的火苗闪跳着，照亮了五块折叠木棍拼成的哈纳墙。靠门的两块木棍折墙断碎得乱七八糟，用小绳、铁丝和牛皮条绑着。墙圈出了一个匀匀的圆形天地。西北角有一只描金的红漆凳，凳上放着丹巴哥的一只坏了的半导体收音机和我那只灰色的钢板纸箱……西南角拴着一只银毛蜷曲的小绵羊羔……我和我的花白头发的额吉就睡在西半侧，垫着两块儿细硬的白毡。蒙古包正北男主人的位置上，四脚朝天地躺着我哥丹巴。东北角有一只手提式摇柄缝纫机，一只描金的小红漆箱。这只红箱和那只红凳都是拆喇嘛庙时

---

① 张承志:《金牧场》，作家出版社 2006 年版，第 167 页。

分来的东西。箱中有一些绸布头、几根花边和一把剪子、基本劳动手册。正北靠着木棍折墙叠着一长条羊皮被和皮袍子……嫂子背后有一只巨大粗重的木架，上面放着铁锅、奶桶和半盆用黄油拌过的小米饭。烟熏火燎得漆黑、厚厚地吸满了尘埃的黑顶毡上插着小刀、马笼头和做马竿子梢尖用的荆树条。架在折墙上的木棍挑挂着一串串快要风干的羊肉。门口堆放着三盘马鞍。"①

这里对蒙古包里的物品进行了详细的描写，尤其是其中对西北角、西南角、正北、东北角这些方位上具体物品的描述，让我们脑海中对蒙古包的具体结构布局都有了一个大致的了解。包里的羊皮袍、皮袍子、奶桶、黄油、小刀、马笼头、马竿子、风干的羊肉、马鞍，这些物品的描写，无不在体现着游牧民族的日常生活。小说可谓是对蒙古族的衣食住行进行了异彩纷呈的描写。说到奶桶黄油，不得不对草原的食物进行一些说明。奶子酒在张承志小说中出现过多次，在我国，它主要流行于北方游牧民族当中，它一般以牛奶、马奶作为原材料，经过有益的微生物发酵而成；奶豆腐，蒙古语称"胡乳达"，是蒙古族牧民家中常见的一种奶食品，牧民们很喜爱的一种食品，常与奶茶一同食用，也是牧民们远行必不可少的食物。奶皮子，蒙语称"查干伊德""乌如木""乌日莫"，汉语的意思就是"白色的食品"，具有很高的营养价值。通俗地来讲，奶皮子就是加热奶以后在表面形成的一层腊脂肪，再晾干的一种食物。这些食物在张承志的草原小说描写中几乎都有所体现。这些食物的使用，说明游牧地区自然条件较恶劣，因此其饮食多是奶类、肉类，这些高热量的食物不仅满足人们的身体成长需要，更重要的是这些材料

---

① 张承志：《金牧场》，作家出版社 2006 年版，第 53—54 页。

可以就地取材。这从侧面也反映出那里交通不便，食物供应不足的情况。不同于农耕区的生活方式，牧区人民是以放牧为生的，这里自然环境适宜牧草生长，因而适宜放牧，所以这里的羊、马、牛产量很大，除此之外，为了方便于马、牛、羊的管理，还产生了马倌、羊倌、骆驼倌等相应的职业。这就是一地有一地之人文环境的原因。

2. 游牧民族的生活伴侣——勒勒车和马

除了食物，在游牧民族的生活中，勒勒车和马，是其生活不可或缺的伴侣。勒勒车多以桦木或榆木加工制成，车轮大、车身小，适于草地、雪地、沼泽和沙漠中运输。在迁徙中，牛拉勒勒车排成长长的队伍缓缓远行，比如他家是六车之家，在迁往阿勒坦·努特格的时候，六辆木轮车便首尾相连，在雪地上排成一行，像是一条蠕动的线，这一场景显示了蒙古草原特有的风情。张承志在《金牧场》中将勒勒车描述得最为详尽，小说主人公将勒勒车当成是自己家的一个成员。他说："那辆用纯粹的红松木打成的木轮勒勒车。它框架方粗，棱角磨得又滑又亮，在清晨和日落时分呈着一层古铜般的光泽。轮瓣木是用几株弯曲的粗树干截出来的，细腻坚实的松树纹理上还沾着几块没有剥落的松皮。这辆坚固无比，状如卧虎，有一个名字叫'达瓦'。"① 除此之外，小说中还介绍了他家的六辆车：第一辆车就是上面叫"达瓦"的那辆车，这是一辆双辕横杠的"杭盖"车；第二辆车是箱车；第三辆车是水缸车；第四辆车是一辆"杭盖"，它承载了蒙古包圆天窗的重任；第五辆车装一车干牛粪（这是用来生火、取暖的主要材料）；第六辆车是一辆白毡的篷车。不仅对每辆车的作用进行了说明，还对其顺序进行了说明，可见只

① 张承志：《金牧场》，作家出版社2006年版，第55页。

有真实体会过迁徙生活，真正在草原上生活过的人才会有如此细致的生活场景描写。甚至还有唱木轮车的歌："十道有石头的大坂弄不坏的/是硬榆木的根节打成的杭盖/十只长翅膀的小鸟飞不过的/是黑褐马的驹子降生的草地。"① 可见勒勒车（木轮车）在蒙古草原上人们的生活中是多么重要，它们已经与人们的生活融为一体。《黑骏马》中勒勒车承担了女人下夜的住所任务。勒勒车周而复始的不停吱吱转动，正是古老草原历经沧桑的有力见证。

马在蒙古牧民的日常生活中更是必不可少的。《黑骏马》这部小说就是以马的名字命名的。《青草》中描写了马受到惊吓的情景以及造成骑手套镫的情形。"十只长翅膀的小鸟飞不过的/是黑褐色的马驹子降生的草地/二十只长白牙的大象走不过的/是银嘴马的驹子降生的草地/三十只长黑羊角的黄羊跑不过的/是黑走马的驹子降生的草地。"② 草原上的人们离不开骏马，草原地域广阔，无边无际，牧人经常要一个人到很远的地方放牧，有时会出去一天，有时甚至会出去好几天，在那样寂寞的日子里只有马和羊群的陪伴。马是牧人的坐骑，像蒙古包中的马笼头、马竿子、马鞍这些物品的描写，就说明牧人日常生活中对马的照顾是很周到的。马是一个牧人的信心，一匹好的骏马可以让骑手克服很多灾难和障碍。草原上牧民们的勇猛彪悍、自由散漫的性格与草原上奔驰的骏马是有很大关系的。

3. 牧民的生命观和爱情观

草原上人们的生命观、爱情观是值得我们研究的。在上面论述中提到过，勒勒车在牧人眼里是家中的财富，好的勒勒车也是一种

① 张承志：《金牧场》，作家出版社 2006 年版，第 157 页。
② 同上书，第 157、162、168 页。

财富的炫耀。同时在牧人看来，勒勒车也是家里成员之一。人们尊重它，将它当作是有生命的物品，这是一种生命观，也是蒙古牧民们普遍具有的观点。不仅勒勒车，在介绍蒙古包的时候还说到西南角拴着一只银毛蜷曲的小绵羊羔。在蒙古包里除了人，小绵羊羔也可以在包里跟人一块儿吃睡，这在常人眼里是不能忍受的，但是在牧民眼中，这种尊重、重视生命的观念是很普遍的一件事情。《黑骏马》中奶奶、索米娅和白音宝力格在大风雪中救了一匹奄奄一息的马，让它住在包里，和"我"和索米娅玩耍，"我们"会将省下的月饼、红糖、果子给马驹子吃，这种对生命的保护和热爱从小孩子就能体会出来。在《黑骏马》中，索米娅和奶奶并没有嫌弃索米娅和黄毛希拉所生的孩子，相反，她们很珍视这个孩子；在《错开的花》中，女人会用左乳喂养自己的婴儿，用右乳喂养羊羔，她的右乳被羊齿咬得鲜血淋漓，这种忍痛挽救生命的做法的确是一种很高贵的生命观。牧民们对待动物就像对待自己的孩子一样，让动物吃自己的奶，忍受着动物给自己造成的痛苦。让孩子和动物一起玩耍，这是一种平等的生命观。草原上的人们总是把生命看得很重要，他们爱护生命，尊重生命。

草原姑娘的爱情观也是具有地域性的。这种爱情观的形成与其自然条件和生存环境有很大关系，在自然和生存面前，草原姑娘不仅是找一份浪漫的爱情，同时也是在寻找一个可靠、坚实的依靠。在小说《青草》中，索米娅让弟弟巴特尔给杨平送荷包。荷包在这里是作为一种传达感情的信物，在小说《青草》中，索米娅给杨平的荷包说明了她对杨平的感情，又亲自绣上了一对翅膀，表明自己虽然爱慕杨平，但是愿意给他自由，让他不要有所羁绊。杨平热爱草原，但是不愿意一辈子忍受马背上的颠簸，他爱索米娅，但是选择放弃放牧的职业，回到城市。即使这样，索米娅还是愿意祝愿他可以选择自己想要的生活。荷包上骏马的翅膀就是最好的证明。

草原姑娘是纯洁善良的，她们在自己爱的人面前会很直白，但是当恋人追求前途的时候，她们却会选择祝福。这里爱情显得是那么伟大，这里的爱情不再是那种据为己有的自私爱情观念，而是放手让杨平去追求一种适合自己生活的爱情，这是一种成全他人的无私爱情观念。《黑骏马》中描写了白音宝力格和索米娅的爱情，在他们的爱情中，当索米娅和白音宝力格吐露真情的时候，他们是热烈地拥抱，白音宝力格将索米娅的手拉住，将她抱在怀里。这时草原美好壮观，就像热恋中男女一样的美好。当白音宝力格知道黄毛希拉糟蹋了他心爱的女孩，并让其怀孕时，他是十分愤怒的，他要找黄毛希拉打架，找奶奶和索米娅理论。但是她们认为能生养并不是什么不好的事情，索米娅最后还是生下了那个孩子，即使孩子瘦小，但她还是尽其所能来抚养孩子。在这里，索米娅拥有的已不是单纯的浪漫爱情，而是超越仇恨的博爱。这种生命观，正是由于草原环境极其恶劣所致。在我们看来，即使违背普通人道德观念的私生子，对草原女人来说都是一个生命。而生命是至高无上的，生命就是一切可能的前提。

张承志在小说中描写了草原的衣食住行，表现了对草原生活的了解，同时这也是他青春的一种抒写。"哦，青春，你好！我来看你了。"① 从这句话可以看出，草原对于作者来说是追忆自己青春的地方，那里有自己充满自由的生活，有自己年轻时的朋友，自己冲动

---

① 张承志：《绿夜》，张埰鑫编《张承志代表作》，黄河文艺出版社 1988 年版，第 99 页。

时所做的事情，有自己年轻的爱恋。在《绿夜》这篇小说中，作者心心念念想要去探望的小奥云娜其实就是他对自己青春的一种追忆，也是对自己年轻时憧憬事物的一种怀念。在这篇小说中，作者多次写到了城市生活中的遭遇，还将城市的遭遇同草原上的生活相比较，通过城市和偏远的山村两个不同地域生活场景、生活方式的比较，反映出作者对不同地域的感受。通过对城市和山村两个不同地域的描写，表现出了不同地域的不同生活方式和不同的生活状况，也表现出不同年龄阶段作者的不同心境、不同的生活追求。对张承志来说，蒙古草原的生活就是他的青春，在草原上他找到了自己的爱情。在《黑骏马》中的索米娅，在《金牧场》中的小遐，这些都是青春的写照，但是他们又都像初恋一样美好。

"六十口青石头砌的井里呵/有一口红石头砌的清亮明净/六百匹棕黄马的马群里呵/有一匹白斑马模样好看。"① 在这里，红石头、白斑马都是美丽的、特殊的事物，在这里其实就是象征小遐在草原上是最美的。在《金牧场》中，作者是这样描述的："一条橘黄的绸腰带束住了她迷人的细腰，圆圆的蒙古袍在那腰带下面旋成一朵怒开的喇叭花……我的脸浴在草原的酷烫的风里，满眼满心都是这浩荡的绿色。小遐轻捷地在花蕊上旋转，她的目光像流星一样在我面前一闪一灭。"② 这就是"伟大的、壮丽的青春祭典呵!③" 脸不是被风吹烫的，而是内心很激动，少年遇到初恋时的羞涩。满眼满心不是说看见的是草原上的绿色，而是看到了绿色上面舞动的美妙少女。草原小说中，张承志描写了许多爱恋的事情，也描写了作为青

---

① 张承志:《金牧场》，作家出版社 2006 年版，第 31 页。
② 同上。
③ 同上。

少年成长的经历，这些青春的汗水，青春的爱恋，就是张承志自己的青春生活。不论《青草》中的杨平，《黑骏马》中的白音宝力格，还是《金牧场》中的"我"，《绿夜》中的"我"，这些人最终还是远离了草原，虽然在他们心中草原是很美好的。草原的生活却像木轮车一样，年复一年，日复一日，单调地重复着。然而他们有自己更远大的理想和追求，因而他们要远离草原，告别青春和爱恋。

（二）回族题材小说中的人文地理环境

甘青宁的黄土高原的特殊自然环境也必然会产生特殊人文地理环境。张承志有许多回族题材的小说，《大坂》《九座宫殿》《残月》《黄泥小屋》《西省暗杀考》《心灵史》等。在这些小说中，张承志描写了生长在那片苦焦黄土地上的一群人，描写了他们特有的生活方式，以及特有的风俗习惯。甘青宁的黄土高原在作者眼里就是焦旱的山峁沟峡，满眼充盈着黄褐色和浅黄色的秃山，不仅土地干旱贫瘠，而且几乎没有植被，水土流失严重，农耕技术落后，依然保留着两千年前汉代的原始农耕技术。这里的人们主要还是靠天吃饭，过着面朝黄土背朝天的日子。

1. 小说中的民俗

西海固是个特别干旱的地区，这里十分缺水，因而在小说中对水的描写是触目惊心的。生活用水主要靠储存雪水和雨水，因为信仰宗教的缘故，要净身，对水的要求就特别严格，女人们就跑到远处山上担水，将干净的水储存在井里，然后上一把锁，这在别的地方是无法看到的。水对于人们来说就是生命，但是人们为了信仰把干净水存起来，可见信仰和生命一样可贵。在《黄泥小屋》中就有这样的描述："冬天里从山坳里背来一筐筐雪，夏天省着算着喝那沤臭的水，喝上一秋一夏。"① 这里描写用水的情况跟其他回族题材小说里的描写特别相似，都是靠着冬天背来的雪水，然后存在水窖里，供着夏季饮用。在《心灵史》中，张承志曾经写道，在西海固最闻名的是窖水。"窖"就是"用胶泥把一口大窖底壁糊实"，"水"就是"冬天凿遍一切沟汊的坚冰，背尽一切山洼的积雪——连着草根土块干羊粪倒进窖里——夏日消融成一窖污水"②。这就是所谓的窖水。在这里窖水不仅可以养活一家的生命，它还是财富的证明，在娶媳妇的时候，窖水的多少便成为显示其富有程度的重要因素。

在张承志的这类小说中，不得不说的就是其中富有特色的建筑。首先要说的就是清真寺。清真寺（Masjid）是伊斯兰教建筑群体的型制之一，是穆斯林举行礼拜、学习功课、举办宗教教育和宣教等活动的重要场所。除了这一宗教建筑，还有他们的住所，也是很有特色的。《黄泥小屋》《辉煌的波马》《九座宫殿》中对这种建筑都有提及。尤其是《黄泥小屋》，小说题目直接就是以建筑名称命名的。"黄泥小屋"在作者笔下是这样的："它是用麦秆子搅了泥，用苞米秆编了帘子盖的。歪斜的屋顶是寻来隔雨水的黄胶土掺了牛粪抹的。那顶子上用手捏出个短粗的泥烟囱，柴火烧着了灰白的烟就漫下来。那淡淡的白烟漫了满屋满院，后来就把黄泥巴墙熏黑了。那熏黑的墙夯得实稳，人看见它心里就踏实。"③ 这里将黄泥小屋的材料以及修建过程、组成部分，都描写得很清楚。墙是麦秆子、泥、苞米秆做成的；屋顶是歪斜的，是黄胶土掺杂牛粪抹起来的；烟囱

---

① 张承志：《黄泥小屋》，马进祥编《回民的黄土高原》，青海人民出版社 1993 年版，第 68 页。

② 张承志：《心灵史》，马进祥编《回民的黄土高原》，青海人民出版社 1993 年版，第 247 页。

③ 张承志：《黄泥小屋》，马进祥编《回民的黄土高原》，青海人民出版社 1993 年版，第 87 页。

也是泥捏的，外形呈短粗状；黄泥墙因为烟囱的黑烟被熏黑了。就是这样的黄泥小屋，在张承志的回族小说中占有很重的分量。人们生活在这片黄色枯焦的土地上，就地取材当然首选黄胶土，人们生活贫困，因而选择麦秆、玉米秆这些易得材料也是很合理的。从其建筑材料既可以看出这个地方人们生活条件的艰苦，同时也可以看出，即使生活在这样的条件下，人们的心里也是很满足的，正如苏尕三一心想念自己的黄泥小屋，只有看见那被熏黑的黄泥小屋，他的心里才会感觉到很安心、很踏实。

《辉煌的波马》中，碎爷家住半地穴式的泥棚屋而巴僧阿爸家住帐篷。即使生活在同样的地方，但是由于生活的习惯不同，选择的住所构造也是不同的。在小说《九座宫殿》中提到了一种红胶泥地窝子（地窝子是一种在沙漠地区较简陋的居住方式，掏挖方式比较简单：在地面以下挖约一米深的坑，形状四方，面积约两三米，四周用土坯或砖瓦垒起约半米的矮墙，顶上放几根椽子，再搭上树枝编成的筏子，再用草叶、泥巴盖顶。地窝子可以抵御沙漠化地区常见的风沙，并且冬暖夏凉，但通风较差）。在沙漠的边缘想要找到土是很困难的，而这里的人们就像韩三十八一样，选择就地取材，用红胶泥盖房子。这种红胶泥地窝子正好可以抵挡风沙，是适应这里特殊地理环境而产生的特有居室构造。

2. 小说中的宗教地理

在狭义的人文地理中，宗教地理是其中重要的一个部分。在前面我们已经介绍过风俗地理，在这一节中重点研究张承志小说中的宗教地理表现。宗教地理研究宗教的地理分布、发源地、传布路线，宗教与地理环境的关系以及宗教对文化景观影响等问题。宗教是人类社会发展到一定阶段的历史现象。它作为人类文明的一部分，对人类影响很大。它有力地影响着人们的衣食住行、生老病死和婚姻制度，等等。在建筑聚落、服饰等文化景观上，它表现出独特的风格。宗教信仰相同的信徒互相凝聚成为社会群落或团体，在空间上有自己的集合地址。因此，从地理角度研究宗教，亦成为人文地理工作者的一项重要任务。在《金牧场》中张承志描写宗教时写到关于朝圣的情景：有两类朝圣（朝圣指教徒朝拜圣地的宗教活动。朝圣是一项具有重大道德或灵性意义的旅程或探寻。通常，它是一个人前往自己信仰的圣地或其他重要地点的旅程），它们是西藏人民向拉萨圣地的朝圣和中国回民向麦加天房的朝觐。而张承志本人就是第二种朝圣中的一员。他敬佩这些回民们不言不语、汗流浃背、皮肤曝裂的朝圣之旅，为他们朝圣的信念和行动深深感动，他认为信仰是支撑他们前行的动力。

张承志是回族作家，尽管出生在北京，但是受宗教影响还是很大的。他说："长久以来，我匹马单枪闯过了一阵又一阵。但是我渐渐感到了一种奇特的感情，一种战士或男子汉的渴望皈依、渴望被征服、渴望巨大的收容感情。"[1]"我只想拼命加入进去，变成那潮水中的一片泡沫，变成那岩石中的一个棱角。然而我面临的使命是描述它们。"[2] 这些体会都跟张承志自身的经历有关。他一直在寻找一种可以平复自己内心的东西，直到在沙沟遇到了马志文，这个朴实的西北汉子将张承志引入了哲合忍耶。他开始的时候内心是挣扎的，他生活在大城市中，担任着作协理事，直到 1989 年他才毅然辞去了职务离开了城市，回到了他熟悉的西海固，找到了他精神上的

---

① 张承志：《心灵史》，马进祥编《回民的黄土高原》，青海人民出版社 1993 年版，第 239 页。
② 同上。

依托之处——哲合忍耶。

在《错开的花》中，主人公在经历了探险、牧羊人、叛匪之后，感觉在沧桑巨变中人生渺小得不值一提，在真主面前，万物万事，都"如一朵错开的花"。在宗教的世界中，人们心怀真诚，无欲无求，任其自然。宗教似乎是人生的最后归宿，也是最高的境界。我想这也是张承志自己内心的想法。

前面我们已经介绍过回族题材小说中的自然环境，那里满眼全是焦黄红褐的裂土秃山，那里的酷日直射会灼伤你的眼睛，会让你有一种难以形容的旱渴。在那里只能靠天吃饭，人们只有靠着信仰，才能世世代代生存下去。因此在这西北荒凉的人间，一个看不见的组织，一座无形的铁打城池——哲合忍耶——就诞生了。

哲合忍耶（阿拉伯语，高声赞颂），是中国回民中的一个宗教派别，一个为了内心信仰和人道受尽了压迫、付出了不可思议惨重牺牲的群体。信仰哲合忍耶的人们认为淡漠流血是他们的特点。哲合忍耶信徒的性格是悲怆而沉重的，他们孤单、高傲，从不畏惧灾难、逆境、厄运和牺牲。

哲合忍耶将水作为净身进入圣域时的精神中介。他们认为水是净身时洗在肉体上不可或缺的物质，对于哲合忍耶的如此渴望牺牲的战士，水不会背叛他们。这一信念的形成就是因为这个集体生活在十分缺水的环境中，他们认为水是十分珍贵的。这个教派的传教方式就是上坟、走访、为信教者家庭做尔麦里（功修，悼念）。关于尔麦里的活动，《西省暗杀考》中有这样一段描写：

> 正月十三的尔麦里已经快成了农人的习惯，娃娃们趁热闹吃嘴的机会。正月十三到了，不用猜少说九省地界那么宽的地方，处处都宰个牲，念一场。最大的听说有宰九个牛两个骆驼

的大尔麦里，换水净身的人千千万万，把偌大一片几个庄子里的井都淘干了。①

从这里可以看出，这场大的尔麦里，对这个信教集体何等重要。人们在很穷的时候，只会杀一只鸡，而且要提前将鸡喂养起来，让鸡喝干净的水。在条件较好的情况下，他们才会杀牛宰羊。千千万万人要换水净身，用自己干净的身体和灵魂来跟主进行交流。

在这个集体中，男孩年满十二周岁之际被称为"出幼"，他们必须承领天命，要进行封斋、礼拜、行割礼，按照穆斯林的教规约束和完善自己。这一风俗，是让信仰的传承能够一代一代维持下去，只有这样，信仰才能真诚并且全心全意。

三　特定地理环境中的女性形象

在张承志的小说中，对女性的塑造，也是跟地理环境密不可分的。张承志曾说："一些冥冥之中从不抛头露面的女人们，她们在不断地制造着一个最强悍自尊的民族，靠着血的生殖和糠菜洋芋的乳水……无论是草地的不尽单调还是黄土的酷旱伤人，我已经从中读到了一种真正女人的最深美色。"② 在前几章的内容中我们已经介绍了草原、新疆天山、黄土高原上的自然环境和人文环境。张承志描写的这些女性形象，正是在这样的地理环境中塑造出来的。正如张承志自己的三块陆地一样，在这里张承志也描写了三类富有鲜明特色的女性形象。

---

① 张承志：《西省暗杀考》，马进祥编《回民的黄土高原》，青海人民出版社 1993 年版，第 153 页。

② 张承志：《无缘的思想》，萧元编《张承志文集》，湖南文艺出版社 1999 年版，第 10 页。

（一）蒙古族女性

在张承志的草原小说中，女性是必不可少的一个角色。蒙古族女性的社会地位也很高。草原上的人们逐水草而居，主要以放牧为生，因此他们的视野也相对开阔，女性同男性的地位差距不大，他们既在男性的活动空间内活动，比如女性也骑马、放牧；同时也在自己的独有区域内活动，担负着操持家务的重任，因此这种独特的女性形象是很值得注意的。

张承志在处女作《骑手为什么歌唱母亲》中就对母亲这个形象进行了歌颂。草原上的人们总是在歌唱母亲，作为知青，小说中的主人公还不理解为什么总是要歌唱母亲。后来在白毛风怒吼的一天，主人公迷了路，额吉找到他，并将自己的薄袍子给主人公穿，正是这样，额吉得了关节炎，后来导致下肢瘫痪。这是一种怎样伟大的母爱啊！在草原上有一种抱养养子的习惯，小说中的主人公就是额吉的养子（干儿子），就是这样一位母亲，用自己的牺牲来换取与自己并无血缘关系的养子性命，这是草原女性的伟大。正如《乃林呼和》（《修长的青马》），一首驰名乌珠穆沁草原，歌唱母亲的古歌中唱的："头发斑白的母亲啊，你的恩情像东方的晨曦；头发银白的母亲啊，你的恩情像温暖的朝晖。""酷夏的夜是多么难熬啊，是母亲喂给了我奶水。严冬的夜是多么冻人啊，是母亲披紧我的皮袄……"① 小说《黑骏马》中也对两位女性——额吉和索米娅进行了浓墨重彩的描绘。奶奶是一位博爱、勤劳、刚强的伟大母亲，对她来说，一切苦难和丑恶，在生命面前都显得微不足道，只要是生

---

① 张承志：《骑手为什么歌唱母亲》，张垛鑫编《张承志代表作》，黄河文艺出版社1988年版，第2页。

命，她都能以仁慈的心去呵护哺育。奶奶对生命有着一种至高无上的崇敬。白音宝力格是被爸爸送到奶奶家生活的，从小受到奶奶的照顾。奶奶不仅对白音宝力格非常关爱，照顾他、关心他，而且将其抚养成人。在小说中，奶奶不仅要照顾"我"，还得照顾索米娅，一个人不仅操持了一切家务，还要养活两个小孩。但是最让人为之震惊的还不是这些，奶奶在大风雪中也要守夜，防止狼等对羊群进行偷袭，比男人还要坚毅；奶奶非常重视生命，在大风雪的一天，一匹失去"母亲"的小驹子站在包前，奶奶二话没说就将小驹子抱在怀里给它取暖，甚至还亲了小马驹的脑门儿，这就像是对待自己的孩子一样，不仅如此，还让小马驹子喝牛奶，可见对这个小生命的关心和爱护。后来当索米娅受到黄毛希拉的侮辱怀孕以后，白音宝力格要找黄毛希拉算账，但是奶奶认为黄毛希拉也没有什么太大的罪过，认为女人世世代代就是这样，认为知道索米娅能生养也是让人放心的一件事情。这是奶奶对待索米娅未婚怀孕以后的想法和态度。虽然在汉族人眼里，这是一件难以理解的事情，但是由于草原上生存环境恶劣，尤其在以前生活条件艰苦的环境中，生命本来就很不易，而能生养孩子，给草原上增添生命，也是一件值得高兴的事情。索米娅本是一个善良、可爱，充满童真、勤劳、美丽的少女，在白音宝力格离开草原以后，索米娅承担了养家糊口的重要任务，还要抚养被黄毛希拉侮辱而生的孩子，对这个孩子来说，索米娅天生有一种保护的本能，即使曾经自己爱过的白音宝力格，也不能伤害她的孩子。后来，索米娅亲自埋葬了奶奶，远嫁到他乡，为自己的丈夫生子，除此之外，还承担了养家糊口的重任，此时的索米娅已经不再是以前那个天真烂漫的少女，而是成了像奶奶一样坚韧、刚强的蒙古女人。在蒙古草原的生活环境中，女人们都是像索

米娅一样从少女变成默默地承担一切的额吉，这就是草原女人一代
又一代的真实写照。在《金牧场》中，张承志着重写了额吉这个形
象。这里的额吉如男性般坚毅和勇敢。在受到政治上的压力时，额
吉也勇敢、坚毅地去面对；在遇到大风雪时，也是向着自己心中的
美丽家园出发，那次迁徙不仅是一年而是好几年的艰苦迁徙。额吉
年轻的时候更是勇敢，她在自己残疾的时候，仍是努力向命运抗争，
不是瘫在床上，而是像别人一样努力生活，努力干活，抚养自己的
孩子长大成人。那其中的坚毅、勇敢，以及在对各种事情的果敢决
断方面，不是一般女人能具有的。

草原上的女人不仅承担着照顾家人生活起居的责任，还要像男
子一样下夜，像男子一样为生活而苦苦挣扎。她们也像男子一样勇
敢、强悍，会骑马、会放牧。草原的女人对生命的珍视，以及对待
生命的观念，是草原特有的地理环境和人文环境决定的。她们善良、
勇敢、彪悍而又充满母爱关怀。

（二）回族女性

在张承志的回族系列小说中，女性并不是主角，他们在小说中
只是偶尔被提及，这与女性在回民生活中的地位有关系。回族女性
在文化上和生活上，同男性有了一定的区别。男性可以经常去清真
寺，负责主要社会交往活动，而女性不能经常去清真寺，在文化上
比较远离文化中心，且被人贴上"女子无才便是德"的标签，因此
她们活动的地理空间要狭小得多。这就使人们总是忽视回族女性的
作用，从而形成了回族男女不同的生活场景。张承志的小说多触及
这一群体，因为他认为这些若隐若现的女性身上也闪现着特有的
光芒。

《黄泥小屋》中提到了两位女性，一位女性是喜欢苏尕三的闺女，一个就是闺女的奶奶。这个闺女的生活条件特别艰苦，穿的衣服是奶奶年轻时候穿的，并且那件衣服上补满了连片的补丁，被洗得灰白。住的地方就更不用说，就是这样连衣食住行都解决不了的女子，在与苏尕三相处的时候，全心全意为苏尕三着想，不介意他有过人命官司，不在乎他穷苦，把家里的鸡蛋省下来给苏尕三吃，用自己的真挚感情温暖着苏尕三这个无家可归的汉子，让苏尕三在忍受着心理和身体煎熬时得到一丝慰藉，最后与苏尕三一起逃出了月亮山，即使不知道自己的未来会如何，但是只要跟自己心爱的人在一起，那闺女就心甘情愿。《黄泥小屋》中提到了回民不与汉人女子结婚的教规，并且要戴头巾遮住自己的头发。就是这样一个隔着教门的闺女，为了爱情会奋不顾身，并且敢于同恶势力（东家）做斗争。小说中的闺女是一个不善言辞、感情真挚、勇敢善良、温暖人心的女人。

在《西省暗杀考》中，小说的女主角是师傅的女儿，师傅的女儿是一个不善言辞的女人。师傅归真以后，她成为伊斯儿的妻子，用她师傅独女子的身份和温柔、坚强成就丈夫伊斯儿的一生，最终用自己的血完成了他一生追求的"血衣"夙愿。笑脸妇人是竹笔满拉的老婆，笑脸妇人总是笑眯眯的，但是就在竹笔满拉被抓，官兵来搜查家里的时候，笑脸妇人却能守身如玉，吞了大烟自尽，守住教门的秘密。这样一个平时温柔可掬的女人，最终用自己的生命完成了竹笔满拉想要守护的东西。推磨妇人年复一年日复一日地推着磨，即使里面没有什么粮食可以磨，总是重复这样一个动作，就是这样一个女人，最后将自己的生命葬送在大火中，同丈夫想要守护的秘密一同葬身在火海中。

张承志回族小说中的大多女人，都没有自己的名字，像《黄泥小屋》全文中称呼的"那闺女"，《西省暗杀考》中的"师傅的独女子""姑姑""喊叫水马夫""推磨妇人""竹笔满拉的笑脸妇人"，等等。他们在小说中都是默默无闻，平时给自己的丈夫做一些饭菜，就像张承志散文中说的那样，属于只在灶房中忙碌的群体。就是这样的一群人，在教门遇到一些危险的时候，可以奋不顾身地为教门牺牲。这是一群平凡而又伟大的女性。

（三）小说中的其他女性形象

"女子本弱，为母则刚"就体现了女性区别于男性的特点。女性是社会上的弱势群体，她们生来就扮演着生儿育女的角色，因此她们有自己特有的生活方式和处事思维，因此形成了区别于男性的特有形象。

《北方的河》中，塑造了两位女性形象——女摄影记者和母亲。母亲在小说中是刚强、坚韧的。她独自抚养两个孩子长大，长久忍受着病痛的折磨，像大地一样毫无怨言，对儿子的爱含蓄细腻，让儿子崇敬和敬佩。在孩子长大并远赴新疆以后，一年很少回来，忍受着对孩子的思念之情。母亲对孩子的爱也是默默无私的，其中有一个细节，母亲怕打呼噜影响儿子的学习，就等儿子睡着以后再睡。母亲在这里同草原小说中描写的母亲一样是伟大的。女摄影记者同"他"的母亲一样，温柔贤惠。并且不失坚韧、刚强。小说中的女摄影记者也是一个可怜的女人，小时候经历了父亲被红卫兵打死并为父亲下葬，照顾生病的母亲；为了做好自己的本职工作，到偏远的山区去摄影。在生活和工作的压力中坚强地忍受着，最后没有像那些天真的女孩一样一直等着自己爱的那个人，而是选择了一个爱自己的男人，选择了一个事业上可以帮助自己，心灵上跟自己有共鸣的男人。在《大坂》中，小说并没有对小说主人公的老婆进行直接描写，只在主人公翻越大坂的时候出现了一下，虽然着墨不多，但是其坚强和伟大可以明显看出来。

张承志小说取得的成就，不仅因为小说中鲜明的男性形象，更因为其中描写了这些坚毅顽强的女性形象。她们就像衬托花朵的绿叶，虽然别人只欣赏花朵，但是她们的价值不容忽视，她们的价值依然值得我们肯定。

四　小说中重要的地理意象

"意象是一个特定的文论术语，西方文论史上的意象偏重于审美意象，中国文论史的意象偏重于意与象的结合、主观与客观的统一。"地理意象具有象征意义，最能体现作家的思想与情感。邹建军教授认为地理意象是地理影像中的一种，他认为"地理意象只是地理影像中比较虚幻与意义化的部分"①。

对张承志小说中意象的分析，最为详尽的可以说是马丽蓉《意象，为我们掀起文本的面纱》。在这篇论文中，从内容方面将张承志小说中的意象分为了"青春见证"型意象、"人生启示"型意象、"生之念想"型意象、"征服对象"型意象、"宗教情怀"型意象；并对意象的作用及小说中的重要表现进行了说明。在这里，我主要试图分析代表张承志人生不同阶段的重要地理意象。

---

① 邹建军：《文学地理学批评的十个关键理论术语》，《内江师范学院学报》2015 年第 1 期。

（一）河流、大山——缺失的"父亲"

父亲在张承志的小说中是一个不常见到的形象，在其人生中也是一个重要的缺失。因而在小说创作中，父亲的形象便是值得我们研究的一个重要内容。作为张承志早期代表作《北方的河》中，父亲的形象冲击着我们每个读者的内心。"河"在小说中是一个重要的地理意象，小说中描写主人公两次跳入黄河的场景，第一次是因为坐错车，为了省钱，为了赶时间，乳臭未干的青年就大着胆子游过了黄河；第二次就是为了考研究生做准备，来到黄河边上，由于不服气女记者的话，跳入黄河。第一次由于青春年少还没有什么大的感触，第二次跳黄河之前，主人公感觉黄河就是他的父亲。小说主人公从小就失去了父亲，父亲抛弃了母亲和他，这让他对这个不负责任的父亲深恶痛绝，但是他不曾意识到，其实自己的内心深处是极其渴望父爱的。当他触碰到黄河水的时候，他感觉黄河像父亲一样粗糙却又温暖地抚慰着他。小说主人公在游黄河的时候感觉到身躯被河水拖住，黄河在保护着他，即使在三角肌发酸的时候，水流湍急的时候，他也没有抽筋，而是顺利地被送回到了河岸上。黄河在这里就是他的父亲，是父亲一直默默地守护着自己的小儿子。两次横渡黄河都成功的原因，在主人公看来就是黄河充当了父亲的角色，在他遇到危险时温暖地关心着他，保护着他，才最终横渡了北方最大的河流。黄河在这里就是缺失的"父爱"。

天山的大坂，是张承志小说中一个重要的地理意象。张承志有一篇专门写大坂的小说，名字就叫《大坂》，在《金牧场》中，作者也提到了翻越大坂的情形。大坂象征着他登上人生的顶峰前需要翻越的障碍。即使有许多科学家想要通过大坂，但是作者用最传统的方式越过大坂的，他骑着马，带着向导，两个人在互相陪伴下翻越大坂。他是在得到妻子大出血的消息之后翻越大坂的。最后他还是成功翻越了，这其中拥有的是一种怎样的毅力，下了怎样的决心，别人是难以理解的，但是他最后翻越了。他带着妻儿的期盼翻越了自己人生的一大障碍，不论是对于自己的学术而言，还是对于他本人的人生经历来说，其意义非同一般。大坂在这里也是父亲的一种象征。如果此时的主人公陪在妻子的面前，给予妻子鼓励，不让妻子承受那么多孤独和痛苦，那么他们的孩子将是一个健康漂亮有生命的孩子。但现实是，主人公常年不能陪伴在妻子左右，以至于在妻子流产的时候也不能陪在她身边。因此，在这里，翻越大坂既是展现给自己未谋面的孩子一个事业上成功的父亲，同时也显示出正是因为父亲爱着自己的孩子和妻子，怀着对他们的爱，才最终翻越了那座冰山。

这里的河流和大山是自然界客观存在着的事物，但对于主人公来说有着特殊的意义，主人公都认为这是父爱的一种体现，只有横渡黄河、翻越大坂，才能验证自己心中的父爱真实存在，才能证明父爱的伟大。

(二) 黄泥小屋——黄土高原的"家"

在回族人文地理环境中，我们介绍了黄土高原上一种特有的住所——黄泥小屋。黄泥小屋在张承志的小说中具有一定的象征意味。黄泥小屋在张承志的许多小说中都出现过，像《九座宫殿》，对他来说，也是自己在那片贫瘠土地上唯一得到温暖、使疲惫的身心得到休息的地方。像《辉煌的波马》中碎爷家住一间半地穴式的泥棚屋，对只有两家人的波马来说，这间泥棚屋是碎爷一家人的安身立命之所。他们居住的地方环境都是人烟稀少、贫瘠穷苦的地方，韩三十八住在沙漠边缘，碎爷住在只有两家人的波马，而苏尕三则是在穷山恶水之中，在他们的内心都希望自己能有一处可以遮风挡雨，可以缓解疲惫，可以娶妻生子，可以和自己的家人生活在一起的黄泥小屋。黄泥小屋对他们来说就是在黄土高原上实实在在的家，是物质上得以安顿的地方。"黄泥巴垒的小屋。顶子塌歪了，墙给柴火熏黑了半截……如今只稀罕一件事，就是遍山地张望那间熏黑的尕尕的黄泥屋。"① 这是《黄泥小屋》中对苏尕三魂牵梦萦的黄泥小屋的描写。苏尕三之所以只能漫山遍野地望着自己的黄泥小屋，就是因为苏尕三因为一件杀人的事情，只留下妹妹和娘逃跑了，逃跑时看见自己的家被人放火烧了，为了免于被官家抓住，只好远离家乡，远离官道，在月亮山这样的荒山边上隐忍苟活。但是他还是想家，所以选择了在月亮山——可以远远望见自己黄泥小屋的地方——刨洋芋谋生。小说中主要描写了苏尕三、丁拐子、韩二个、老阿訇、贼娃子这几个人物，黄泥小屋对他们来说象征的意味是不同的。

对小说主人公苏尕三来说，黄泥小屋意义重大。"荒凉的秃山不发一语，铅灰的厚云把那涌出来的山头都遮没了。近处的山岗圆圆的，边棱上扯出一条条裂开的皱纹，露出红褐的石脉，披着稀薄的枯草蓬子，挡住了通向远山去的小路。"② 从这段描写中，就可以看出此时苏尕三的内心活动。苏尕三是非常喜欢那闺女的，只因自己

---

① 张承志：《黄泥小屋》，马进祥编《回民的黄土高原》，青海人民出版社1993年版，第84—85页。

② 同上书，第87页。

犯了罪，逃离了家乡，逃离了自己的黄泥小屋，抛弃了自己的母亲和妹妹，官家正在捉拿自己，不想让那闺女跟自己承受一样的痛苦，才选择沉默。但是此时，东家知道他犯过罪，准备告发他，并一再骚扰喜欢他的那个闺女，这时的他已经无路可逃，只能望着那黄泥小屋希望得到指点，这就像景物中描写的枯草棚子挡住了去路，厚云把山头遮没，这都是苏尕三迷茫心情的真实写照。其实对苏尕三来说，黄泥小屋就是一个容身之所。那里有自己的母亲、妹妹、老婆、孩子，自己院子里有干净的水井，这样就足够了，但就是这样一个简单的愿望，在他看来也是奢侈至极的。小说开头描写在山上搭的黑窝棚，即使这样简陋，对于苏尕三来说也是满足的。

贼娃子的内心也有自己的黄泥小屋，当别人触碰他时，他的内心是崩溃的。在《黄泥小屋》中，贼娃子是一个15岁便没有亲人的孩子，正是在长身体的时候，所以总是感觉饿，对一个长身体的孩子来说，洋芋疙瘩是不能满足营养的需要的，因此，他总是想着能偷点儿吃的，最后终于忍不住偷到东家家里，没想到东家设好了陷阱让他偷白馍馍，最后还拿出一块儿猪骨头来侮辱他，相信对回族稍有了解的人都知道，猪肉对他来说是禁忌，东家没有尊重他的民族信仰，而是用这一点来侮辱贼娃子，这触到了贼娃子心里的黄泥小屋，因此他的内心世界瞬间崩塌，最后跳入水窖中结束了自己年轻的生命。但是这对他来说是守住了自己内心的"黄泥小屋"。在《黄泥小屋》中是这样描写的："他感到有一柄尖刀一下子挑开了他的袄褂，挑开了他的皮肉，毫不留情地揭开了他的躯壳。他觉得自己刹那间鲜血淋漓地给剥开了，那残酷的尖刀还在往深处扎，准准地对着心底下的一块儿柔软的地处。他早忘了自己的肉身子里还有这么个地处，可他又知道打小时候就似乎一直护着掩着这个地处。

若是毁了这个地处，世界就没有贼娃子，只有一摊臭肉。"① 贼娃子心里的黄泥小屋就是可以解决温饱，可以尊重自己宗教信仰的一个和谐社会环境。

对信仰伊斯兰教的老阿訇来说，"黄泥小屋是主造化的，人不该失了这个念想。"② 老阿訇年轻的时候就受到过许多酷刑，连自己的肋骨都被打折了。对这样一个信仰坚定的人来说，黄泥小屋就是一个可以正大光明做礼拜，可以自由信仰宗教的地方。老阿訇的内心始终坚信着这个念想可以实现。

对丁拐子来说，自己内心的黄泥小屋就是能娶上媳妇。丁拐子自己也是个苦命的人，在自己拼劲卖房卖地后，好不容易娶了个寡妇，但就是要入洞房的时候被丁大善人打折了腿。丁拐子将所有的积蓄赌在了"色"上，但终究没有能娶妻，因而在丁拐子内心深处的黄泥小屋，就是娶个媳妇，有个安稳的家。

"晚霞红红的，空空的荒山此时都给染红了。"③ 这是韩二个的心情描写，韩二个就像那染红的晚霞一样，心里充满希望。韩二个心里的黄泥小屋就是顶着毒日头在山上干活。韩家人几辈子以来都是这样干活的，他们愿意一座山一座山地刨，一块儿地一块儿地地干着。只要能干着活，吃着洋芋，他就是高兴的，内心就是充实的，他自己也是为心中的黄泥小屋不断奋斗着。

小说结尾中这样写道："昏茫的山岭梁峁一下子淹入了透明的晨曦。贫瘠的、雄壮的黄土沙石，荒凉的、旱渴的高低山岗，一霎之间突然现出了自己裸露的本相。两侧条条山脊上密密织着的无数羊

① 张承志：《黄泥小屋》，马进祥编《回民的黄土高原》，青海人民出版社1993年版，第95页。
② 同上书，第87页。
③ 同上书，第92页。

肠小径转眼间变成了白色，像一团团揉在一起的线；近处粗粝的峭岩拂去了雾气，亮出了半埋着的浓红身躯。没有流霞，没有五彩，没有日出，连绵的秃峰裸岭只是在透明的晨曦中颤抖了一下，就睁开了渴裂的眼睛。岩缝间还残留着条条黑暗，襟麓上已经铺展开一片黄土，这遮盖着五省六十州的穷苦大山已经默默地准备好承受一天的烤晒。"① 这段话是在小说的结尾处描写的，因而我认为这是作者为他们的黄泥小屋做的一个总结。这段环境描写其实表明了苏尕三和那闺女的内心，他们一起冲破了阴霾，迎接生活的朝霞。虽然他们依然行走在焦干贫瘠的穷苦大山中，但是他们的希望像晨曦一般，他们相信希望之光定可以照亮前行的路，他们会为自己的黄泥小屋而奋斗，尽管前路是迷茫的，但是心中的目标已经确定了，无论承受多少痛苦，他们都已经做好了接受一切的准备，他们必定找到自己心中的黄泥小屋。

（三）拱北——心灵的寓所

拱北——圣徒的坟墓，是张承志回族题材小说中一个具有代表性的意象。哲合忍耶敬重圣徒，认为圣徒是民众和真主之间的中介，从而他们也敬重圣徒的坟墓——拱北。

小说《西省暗杀考》中，竹笔满拉葬身的兰州出现了一座竹笔拱北。小说《心灵史》中也有专门的介绍。教徒们认为拱北是神圣的，他们认为坟很灵，求什么都能实现。但是只有圣徒的坟墓才能成为拱北。竹笔满拉是殉教集体中的一员，为了全美信教的念想，他在兰州完成了自己的使命，即使被打得全身是血，也依然守护教

---

① 张承志：《黄泥小屋》，马进祥编《回民的黄土高原》，青海人民出版社 1993 年版，第 112 页。

门的秘密。后人为了纪念他的圣行，为他修了竹笔拱北。拱北在这里已经不是简简单单的一座坟墓，而是人们为了纪念竹笔满拉的奉献精神以及为教门所作的努力而修建的一座精神之坟。这座坟墓寄托了人们对教门规矩的敬佩，对教门教义的尊重，教徒们不因怜惜自己的生命而放弃自己的殉教使命。《西省暗杀考》的主人公伊斯儿一辈子为了殉教而奋斗，即使这样，也没有实现他殉教的使命。对于伊斯儿，拱北便是他无法企及但又终身渴求的目标，拱北就是伊斯儿心灵中最终的住所。

张承志认为拱北是能够概括哲合忍耶的一个词语。在《心灵史》中，他写到了马明心拱北、金城关拱北、新疆的拱北、云南的拱北、关川的拱北。哲合忍耶是一个殉教的集体，而以上的这些拱北就是有名的殉教者留下的遗迹。哲合忍耶教众们常常去这些拱北前上香悼念。这些拱北是教众们心中的信仰、情感和记忆所在。教众们尊重和敬仰这些先烈们为教门所作的牺牲，先烈们的那种奉献、牺牲精神，一直都是教众们追求的。这些拱北是哲合忍耶教门的财富，那些牺牲的先烈是哲合忍耶教门不可忘记的历史。拱北是真实存在的地理意象，在不同的地方有不同的拱北，但是他们代表的意义是相同的。拱北这一地理意象，承载着哲合忍耶先烈们殉教的历史和精神，是后世教众们为之奋斗的目标，也是教众们心灵的庇护所。教众们会将自己内心深处最强烈的愿望寄托在拱北中，也会将拱北存放在自己的心灵中。

张承志对这一地理意象的描写，主要是想说明殉教者的精神是如何震撼了他的心灵。他同其他信教者一样尊重这些先烈，敬重埋葬着他们的拱北。只有像拱北这些深具宗教意味的意象，才能表现出张承志对哲合忍耶教派的真诚信仰和对母族文化的尊重。

第十六章　张承志小说中特定
地理空间的建构

　　邹建军教授提出："地理空间的建构是文学地理学研究的主要领域之一。文学作品中的地理空间建构，往往体现了作家的审美倾向与审美个性，以及他的创作理想与创作目标。文学作品中都有地理空间的问题。如果我们研究作家在一系列作品中集中展示和建构的自然山水环境，可以说明作家的创作心理问题以及美学建构的问题。"① 同时邹建军教授在《文学地理学批评的十个关键理论术语》中提出文学地理空间是文学地理学研究的重要内容。张承志小说安身立命的三块大陆就是甘青宁的黄土高原、内蒙古草原、新疆天山南北麓，这三大地理空间的建构，为小说中的主人公提供了活动的场景，也为张承志的成长历程、思想变化、审美观点提供了宽广的舞台。

---

　　① 邹建军:《文学地理学研究的主要领域》,《世界文学评论》2009 年第 1 期。

一 内蒙古草原的地理空间建构

张承志草原系列小说，都是以内蒙古草原为地理空间建构出来的。因为张承志曾经在草原插队四年，他认为草原是诱发他创作的温床。他说了他敢以一支笔求生存，全是因为汗乌拉的风水，且他终生的导师他的额吉也是在汗乌拉创造了不朽的人生。张承志在散文《汗乌拉》中这样写道：

> 走遍北亚半个世界，才深刻地悟出了汗乌拉的存在方式。见识了各种各样的牧区，才知道汗乌拉草原的富饶。东北角有险山，足以抗御寒风危险；西南角有大湖，似开放似阻拦。西北连向古歌《阿洛淖尔》，使儿童从小知道憧憬，东南条条大路，把内里和外界相连——加上北方一线连山，南方一道碱滩"戈壁"，汗乌拉圣山居中，享有八十里方圆。如此地理，简直是绝了。①

可见，张承志草原小说创作的空间，都是以乌珠穆沁汗乌拉为中心的。小说中主要介绍了草原的生活环境以及与主人公有关系的牧人的日常生活，小说创作都是以草原为背景的。

《戈壁》中描写了一个生活在卡拉·戈壁的年轻人，家里只有一条狗、一匹马陪着他，那里只有他自己住在一片破庙里。那里的水是咸的，那里荒漠粗糙、遍地砾石。这就是《戈壁》中主人公生活的地理空间。作者在这里将空间建构得这么荒凉，主要想表达的是，只要是自己的故乡，那么，无论它在别人眼里有多么不堪，在自己

---

① 张承志：《无缘的思想》，萧元编《张承志文集》，湖南文艺出版社1999年版，第2页。

心里总是最美的。《金牧场》中，额吉寻找的家乡阿勒坦·努特格也是主人公们迁徙时梦寐以求的地方。那里是额吉挥洒过青春的地方，那里治好了额吉的残疾，在那里额吉度过了最美好的人生。阿勒坦·努特格是张承志虚幻出来的一个地理空间，那里水草肥美，充满着神奇力量，那是额吉用半生向往归去的地方，尽管最后近在咫尺，却无法到达。在阿勒坦·努特格那美丽的地方，只能是可望而不可即的美丽幻想。这两篇小说在不同程度上，都说明了草原的人们其实是恋家的，他们也热爱自己的故土，并不是像我们表面看到的那样常年迁移、居无定所。他们也有对故乡的执着。

张承志小说中的地理空间建构，为人们留下那个年代草原最原汁原味的生活情景。这不仅有助于理解那个时期创作的文学，而且对研究那个时期草原的文化、风俗、服饰、饮食、建筑特点，都有很大帮助，除此之外，对于蒙古草原人们生活的变化提供了很多重要的素材。正如张承志自己所说："无论如何，外人永远也看不见汗乌拉草原除了斑斑营盘座座毡帐外没有一间土房的风貌了。也看不见树关节砍成的轮瓣、半圆的毡圈、白布缝的袍子、自己舂的黑炒米了。也看不见两千匹马一齐狂奔时的伟大景象了。"①

二 天山南北麓的地理空间建构

新疆在张承志心里是像恋人一样存在的地方，美妙奇幻。在《辉煌的波马》中，张承志写到了天山山麓边上只住着两户人家，那里就像世外桃源一样，尽管两家人各有各的秘密，各有各的语言，但是两家人都在山脚下幸福地生活着。

---

① 张承志：《牧人笔记》，萧元编《张承志文集》，湖南文艺出版社1999年版，第3页。

《老桥》中描写了老Q、才子严琦、主人公、黎明来到天山峡谷中老桥边上发生的事情。那座老桥旧得成了铜色，不刨皮的回松木大刀阔斧地挥卯相接，垒成水平线条的四壁，没有铁钉泥胶，高高地修在雪线附近。离桥不远的山坡上有座哈萨克式样的松木房子。在这个远离城市的地方，他们同老人生活了很长时间，并约定好十年后要重新回到老桥。十年后，主人公按照约定来到这里，而其余几人都不愿意返回老桥。在这部小说的空间建构中，作者选择了描写天山峡谷。在这里建构的是世外桃源，在这里山高皇帝远，生活单调幸福，人与人之间没有利益冲突，恋人与恋人之间只有纯洁的爱情。而在十年后，他们已被城市所规训，昔日的才子已经不是当年那么意气风发，昔日的恋人已经离他远去。城市空间中的复杂和现实生活中的冲突，让他们很难再回到当初那个美丽纯洁的地方了。

　　《北方的河》中也写到了主人公在新疆生活得很美好，在额尔齐斯河中自由自在地徜徉。那时他有自己的恋人，和朋友们相处也是很豪放的，大家之间交流地很愉快。而当回到北京以后，一切都变了，人与人交往要靠关系，要靠人脉，与女记者的相处也不如在黄河边上那样融洽，感情也更多的是与现实的物质生活牵连在一起。住宿条件也有很大的区别，在新疆草原上，他们的生活空间很广阔，而在北京盖个小厨房都要进行计划，这是两个地理空间之间的差异。在《金牧场》中，最能让人感到这种空间差异的巨大。主人公在日本的公寓中，总是感到很压抑，房子像是火柴盒一般大小，因此他总是很容易暴躁；而在新疆，他的心情永远是那样愉悦，总是听着新疆姑娘唱着欢快的歌曲。

　　这里的地理空间的建构，不仅说明张承志对草原生活的热爱，对都市生活的憎恶，也说明了张承志本人是一个热爱草原生活的人。

张承志内心其实是有一个世外桃源构想的，不仅如此，张承志也是一个始终如一，对阔大的地理空间情有独钟的作家。正如他在《大西北》一书的序言《给我视野》中所说的："以前，我喜欢琢磨人的活动半径对人的思想性格的意义。一个牧人大概能享有约八十里方圆。那种羊倌八十、马倌二百的日常生活半径，造成了牧人的视野与心胸，给予他们与农耕民族的巨大差异。""由于害怕落一个鼠目寸光，我总是千里投奔，寻找这样的地方。""无论如何，追逐伟大的视野，于我已是流水的日程。这不挺好吗——让两脚粘着泥土，让眸子享受盛宴，让身体处于分界，不正是要紧的大事?!"①

三　黄土高原的地理空间建构

《北方的河》中对黄土高原就有说明，那里有黄土高原的梁峁，有黄土高原的山河，有黄土高原人们生活的独特方式。在这部小说中，张承志描写了彩陶文明，说明黄土高原是中华文明的发源地。这里的地理空间建构不仅要说明黄河不仅是母亲河，养育着华夏儿女，黄河同时也是父亲河，庇荫着自己的子孙后代；而且还要鼓励我们要热爱自己的传统，珍惜传统，为我们绵延数千年的文化而感到骄傲。

这是张承志早期创作中地理空间建构的意义。后来在回族题材小说创作中，张承志写到了沙漠边缘、写到了西海固、写到了一棵杨，等等。在这些小说中你能感到满眼满世界全是黄沙，全身心都感受到焦渴缺水。这里的植被稀少，作物生长缓慢，人们缺水，但是这里的人们都有信仰，张承志称这里是无鱼的旱海。张承志就是

---

① 张承志：《大西北》，中国青年出版社 2008 年版，第 4—5 页。

以这样的地理环境为背景，描写了一群人的生活。《九座宫殿》中韩三十八生活在红胶土的荒漠边缘，那里最多的植物就是玉米，因为这种作物耐旱性强。韩三十八每天都顶着毒日头生活。这种地理空间的建构，主要说明现实生活中这些回民生活的贫苦和艰难，同时也说明这些回民正是因为有信仰，内心有自己的真主，才能顽强地生存下去，主就是支撑他们存活下去的精神食粮。张承志敬佩他们，因此描写的环境越艰苦，他们生存得就越顽强，就可以让人们越充满敬佩之情。对读者来说，读到这样环境中的这样一群人，也会感到惊讶，会产生敬佩之情，同时对他们给予更多的关注。《残月》中的杨三老汉，是一个生活在沟里的人，杨三老汉年复一年地生活在红砂石的贫瘠土地上，每天夜间都要去清真寺里做礼拜。这条路十几年没有变化，杨三老汉从小就很熟悉这条路，即使没有路灯、没有月光，也可以凭着自己的经验感觉走到寺里面。这里的生存环境依然很贫困，生活依然很落后，但是杨三老汉过得很知足幸福，因为在他的心里有一座灯塔，时时照耀着他前行。《黄泥小屋》中描写了几个汉子在月亮山上种洋芋的境况。他们没有家，由于各种原因只能生活在穷苦的山边边、沟边边。对这些人来说，简单搭建的小棚屋也让他们安心满足。他们的生活除了种洋芋就是吃洋芋，整天与这片焦干的荒山打交道。小说中的环境一如既往的贫穷落后，但是他们内心深处都有自己的念想，有一座只属于他们自己的黄泥小屋。

在张承志的回族小说中，他给读者建构的是一种黄土漫天、土地焦干、农民贫困、生活落后的黄土高原地理空间。这里的生活虽然贫苦，但是生活在这样环境中的人们拥有一种让人敬佩的精神。在创作这些作品时，张承志已经回归自己的西海固，找到自己精神的寄托。此时的他，同小说中的人物一样充满激情、满怀信仰。张承志建构的黄土高原地理空间，已经不是单纯意义上的生我养我之地，而是一个具有相当文化意蕴的宗教地理空间；此时的张承志，已经是这种文化土壤中生成的一个文化符号。在黄土高原的地理空间建构中，我们可以明显感受到张承志精神状态的变化：他从一个放浪形骸、充满激情、向往自由的不羁青年转变为一个沉默、隐忍、虔诚、有思想、有信仰的成熟哲合忍耶信徒。对黄土高原空间的建构，不仅是对黄土高原贫困、荒凉现状的一种直接描写，同时也是对生活在这种称之为奇迹上的人们的一种赞扬。哲合忍耶是人们在贫穷中看到的唯一希望，只有将念想全部寄托在哲合忍耶上，教徒们才能够在这种环境中生存下来。张承志对这种地理空间的建构，不仅是要说明哲合忍耶教徒的生活环境，同时也是要说明哲合忍耶之所以兴起，并绵延不绝的原因。张承志对这一地理空间的建构，明显可以看出他对黄土高原生活环境的熟悉和喜爱，对这一空间中生活的人们充满敬佩之情。试想一下，如果将这样苍凉的环境换成天山美景来描写的话，那么小说主人公生活的坚韧、信仰的纯粹，将不会表现出来。只有对自己最熟悉的空间进行描写，才能体现出张承志对哲合忍耶的虔诚，才能塑造出小说中最真实的人物，才能让读者对他们深爱的那个群体有更深切的理解。

张承志小说中的地理空间建构，都是以自己的实际生活经历为基础的。在这样真实的基础上，描写了他们形形色色的生活。这些地理空间的建构，既可以让我们看到张承志生活轨迹的变化，也折射出张承志不同人生阶段的思想历程。

第十七章　张承志小说的语言地理

　　张承志的小说具有鲜明的地域色彩，这与小说的语言地理有很大的关系。张承志的足迹遍及陕甘宁的黄土高原、新疆天山南北麓、内蒙古草原等地。他在这些地方生活，并进行了一些考察，熟悉当地的语言。张承志毕业于中国社会科学院研究生院民族历史语言系，精通英语、日语、西班牙语、阿拉伯语、俄语，并且还熟练掌握蒙、满、哈萨克三种少数民族语言。因而在小说写作中便不自觉地会运用各种语言，从而形成了多语种混合的语言风格。这种多语种混合的倾向，既丰富了汉语文学的语汇和表现力，同时也为我们通过文学了解其他少数民族的生活、历史、宗教等，打开了一道方便之门。

　　语言，不仅是文学的第一要素，也是休现民族形式的第一表征，更是加深民族形式不可缺少的手段。文学就是用语言创造形象和性格，用语言来反映现实、描绘场景的思维过程。语言地理学是人文地理学的分支学科，它以方言的地域分布和地理类型为基础，研究一般性语言问题，如语汇词汇多样性、语形变化的地理特征等。张承志小说的语言，具有十分鲜明的地域色彩，不仅有方言土语、地域色彩浓厚的民歌，还有很多富于地域色彩和宗教色彩的专业用语。

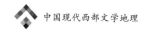

一 小说中的少数民族语言和方言土语

张承志曾坦言，他的文学抛开思想观念的表达，剩下的几乎全是"民风土语"①。这些少数民族语言和方言土语的运用，虽然因为语言和文化背景的差异，对阅读者来说会有一定的障碍，但这些语汇的使用凸显了他小说的独特性，表现了鲜明的民族和地域色彩。

（一）草原小说中的蒙古语

张承志在《草原小说集自序》中曾说过："我清楚自己对蒙古语中一系列重要语汇有着某种本质的认识，而且对纯粹游牧生活的细节记忆很深。通过对另外两种阿尔泰语言——动人的哈萨克语和僵死的满洲语的学习，我更获得了视野、参照和判断的余地。"② 蒙古语的运用，在草原系列小说中俯拾皆是，这些词汇将蒙古族独特的生产生活方式生动地展现在我们面前，让我们对游牧世界有了更为深入的了解。

在草原小说中，取名字是一种典型的蒙古语运用。《金牧场》中"我"要求"额吉"（母亲）给我取蒙古语名字的时候，额吉说到了"吉拉嘎拉"（幸福）、"乌兰乎"（红孩子）、"吐木勒"（铁）这些蒙古名；在《刻在心上的名字》中，桑吉阿爸为了替我取名字，也提到了许多蒙古名字，如"乌力记"（长寿）、"巴特尔夫"（勇士的儿子）、"玛拉沁夫"（牧民的儿子）、"阿拉丁夫"（人民的儿子）。除了取名字的场景中出现蒙古语，在涉及称谓的时候，小说中也运

---

① 张承志：《阿尔丁夫牙牙学语》，《你的微笑》，青海人民出版社2010年版，第27页。
② 张承志：《清洁的精神》，安徽文艺出版社1996年版，第172页。

用了许多蒙古人的称谓，如《黑骏马》中的"伯勒根"（嫂子）、"额吉"（母亲）、"巴帕"（叔叔）、"沙娜"（妹妹）等；《金牧场》中的"米尼乎"（我的儿子）；《阿勒克足球》中的"巴哈西"（老师）；《黄羊的硬角若是断了》中的"阿伽"（父亲），等等。

牧民的日常生活，就在这些夹杂草原词汇的汉语写作中展现出来了，让我们在充满生活气息的阅读中，体会出了蕴藏在其中丰富的蒙古族游牧文化。

（二）甘青宁地区的方言土语

在甘青宁的方言中，叠词的使用是很常见的，尤其在名词中最为常见，如"尕娃娃""尕妹妹""土崖崖""崖坎坎""窑边边""脚脖脖""白帽帽""脚丫丫""骨架架""山窝窝""瓦罐罐""柴垛垛""石头蛋蛋"等；在形容词和副词中也有体现，如"嗷嗷吼""焦干干的""清冽冽的""愣呆呆地""熨贴贴地""真真地""痴呆呆地"等。鲜活生动、朴素无华的语言体现了西北人民的质朴可爱。

在小说中，我们可以看出很多描写甘青宁地区的日常生活的词语，如在食物上有"包谷馍"又称"苞米馍"（用玉米磨成粉经过发酵再上笼蒸熟的一种食品），"麦子酸面""洋芋""山药蛋"（土豆）、"糊糊""浆水长面"（以浆水做汤汁的一种面条）、"莜面猫耳朵"；在日常用语中有"尕"（即"小"，表示可爱，讨人喜欢的语气）、"不价"（表示否定，不是这样的，也作"不家"）、"诺们子两个"（我们两个）、"美得很""浪"（玩儿，逛）、"毬""这搭"（这儿）、"那搭"（那儿）、"渴毁了"（渴死了）、"编传"（聊天）、"精着沟子"（光着屁股）、"坏孙"（坏人）、"走吵"（"吵"，西北地区常用的语气词，相当于"啊"）、"讨吃人"（乞丐），等等。从食物的名字上，我们就可以看出甘青宁地区人们生活的清苦，也可以从侧面反映生活环境的恶劣。"包谷馍"就是"玉米馍"，也就是我们现在推崇的杂粮，这在现在人看来是一种有益于健康的食物，但是在当时人们基本的温饱问题都解决不了，不可能考虑养生这一方面，人们向往的是吃上"白面馍"，那种好消化的食物。"洋芋"是甘青宁许多地区的主食，他们将洋芋的作用发挥到极致，这是因为在这片干旱的土地上，只有产量丰富的洋芋可以维持他们的生活。不同的环境造就不同的生存方式，不同的生存方式造就不同的生活方式，"一方水土养一方人"，甘青宁地区深居西北内陆，气候干燥，降水少，这一自然环境适合玉米、土豆等耐旱、存活率高的作物生长，因此人们便以这些食物作为维持生活的主要食材。同时，这也反映出西北人们生活的穷苦，以及对古代流传下来的东西保存得完整。这些词汇的运用，在不熟悉的人眼中觉得难懂生涩，但是对于熟悉方言的人来说，只有这些词汇才能表现人们日常生活中最真实的现状。通过这些词汇的运用，人物的神态、性情才会跃然于纸上，让人们读来生动、有趣。

二 小说中地域色彩浓厚的民歌

民歌，人民之歌。从古至今，无论东西南北，每一时代、地域、民族，在不同的地理、气候、语言、文化、宗教的影响下，都自然会产生一类用以自娱自乐、反映生活的宣泄方式。通过民歌，不仅可以了解不同地域的地理环境、生产方式、生活方式和风俗习惯，还可以透过这些内容，了解到不同地区人们的观念、信仰、感情、审美趣味和艺术天赋。张承志这位"马背上的歌手""草原义子"，在多篇小说中成功地运用和借鉴了古老的民歌，这些优美的民歌，使张承志笔下原本寂寞而荒凉的天山腹地、黄土高原，闪耀着诗意的光彩。

（一）草原牧人的歌子

张承志自己曾经说过："我信服了，人间的音乐，确实起源于神授。我记忆着心灵的洗涤，记忆着这个永恒的边缘。我紧靠着它，它温暖着我，一直到黑蓝晶莹的夜幕完全垂落。"① 在他的小说中，蒙古长调是一种常常出现的东西，有时甚至贯穿全篇，甚至同小说的题目完全相同。蒙古长调是一种用语朴素、口语化的歌唱形式，它以鲜明的游牧文化特征和独特的演唱形式讲述着蒙古民族对历史文化、人文习俗、道德、哲学和艺术的感悟。蒙古长调的产生，与草原平坦开阔、绵延起伏的地理特点密不可分，这种特殊的地理环境赋予了蒙古古歌悠长的旋律、舒缓的节拍。因为，"只有辽远地尽着喉咙和呼吸的极限，延伸再延伸，才能够得上这坦荡世界的无限。加上华彩装饰一般、激烈的跌滑，它描写和抒发了——这无论怎样疾奔驰骤也走不出去的、草之大海里的伤感和崇拜"②。

小说《黑骏马》是与"黑骏马"这首古歌同名的作品。在《黑骏马》中，这首质朴忧伤的古歌贯穿整部小说，成了这部小说情节发展的线索和依托。张承志把这首民歌剪辑成八个片断，在小说每一章的开头，都引用了两节歌词。这些歌词与故事情节融为一体，共同吟咏了白音宝力格和索米娅凄婉悲伤的爱情故事。这首古老的

① 张承志:《无缘的思想》，萧元编《张承志文集》，湖南文艺出版社 1999 年版，第230 页。
② 同上书，第 207 页。

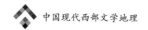

民歌，在无形中预示了男女主人公情感发展和命运的变迁。用白音宝力格自己的话说，就是："我居然不是唱，而是亲身把这首古歌重复了一遍！"①

> 漂亮善跑的——我的黑骏马哟
> 拴在那门外——那榆木的车上②

第一章的开头就引用了这两节歌词，歌词中的黑骏马、榆木的车，都是乌珠穆沁草原上人们的生活必需品，就这样简单的两句歌词，就似有似无地、平淡至极又如镂如刻地描画出了草原人们日复一日、年复一年的生活。小说第一章中就写到主人公白音宝力格回忆自己父亲将他送到"奶奶家"，认识了小索米娅，两个人一起长大，在清明节的前几天夜里捡到了"钢嘎·哈拉"，并一起救活它的故事。这一章的情节便在两节歌词的描述中体现了出来。"漂亮善跑"写出了马驹子外形漂亮、动作灵活，就像书中说的那样"黑马驹会像兔子一样……让人心疼又美丽无比的步法飞一般朝我们奔来"。可见主人公对这匹马的喜爱。榆木车是草原人们生活的必需品，在《金牧场》中大迁徙的时候，写了榆木车在搬家过程中的重要作用。可见古歌中描写事物的平常性以及代表性。这朴实无华的两节歌词，记录了白音宝力格与黑骏马的相识及草原牧人的日常生活，既引出主题，同时又为下文的发展进行了铺垫。

> 善良好心的我的妹妹哟

---

① 张承志：《黑骏马》，张垛鑫编《张承志代表作》，黄河文艺出版社1988年版，第179页。
② 同上书，第180页。

嫁到了山外——那遥远的地方①

第二章中写到了钢嘎·哈拉长成骨骼粗大、宽厚结实的骏马，奶奶已经逝世，十四年未见的妹妹索米娅也嫁到了白音乌拉。就两句陈述式的歌词，便把索米娅的善良、可爱的形象描绘了出来，即使这样一位女子，也没有逃过草原女子宿命的安排，终究还是涉过了伯勒根，嫁到了远方，那个大概一辈子回不到故乡的地方。这两节歌词用一句话就写出了索米娅的现状及命运，用了"善良好心的""我的"两个修饰语来说明索米娅的性格及身份，用"那遥远的地方"来解释"山外"，写出了索米娅远嫁他方，同时对下文情节的发展留了想象的余地。读者会想："那个远方到底有多远，到底有多穷，索米娅的生活现状是什么样的，老公对她好不好，现在的索米娅还是原来那个害羞可爱善良的女孩吗？"这些问题，为开展下文的描写埋下了伏笔。以下的几章中也同上面两章一样，都是通过歌词来概括小说情节的。

> 走过了一口——叫做哈莱的井啊
>
> 那井台上没有——水桶和水槽
>
> 路过了两家——当作艾勒的帐篷
>
> 那人家里没有——我思念的妹妹
>
> 向一个放羊的人打听音讯，
>
> 他说，听说她运羊粪去了
>
> 朝一个牧牛的人询问消息

---

① 张承志：《黑骏马》，张坲鑫编《张承志代表作》，黄河文艺出版社1988年版，第188页。

他说，听说她拾牛粪去了

我举目眺望那茫茫的田野啊

那长满艾可的山梁上有她的影子

黑骏马昂首飞奔哟，跑上那山梁

那熟识的绰约身影哟，却不是她①

在这几段中，出现了井、水槽、水桶等事物，出现帐篷、放羊人、运羊粪、拾牛粪等草原人们的生活场景。歌词都是用最平实的语言来叙述的，但就是这样最平淡的语言，表现出草原人们的最真实的生活。正像张承志在《音乐履历》中说的："蒙古民歌启发了愚钝的我……至今我依然对这首歌咀嚼未尽。你愈是深入草原，你就愈觉得它概括了北亚草原的一切：茫茫的风景、异样的习俗、男女的方式、话语的思路、道路和水井、燃料和道程、牧人的日日生计、生为牧人的前途，还有成为憧憬的骏马。我震惊不已，它居然能似有似无地、平淡至极又如镂如刻地描画出了我们每年每日的生活，描画出了我那么熟悉的普通牧民，他们的风尘远景，他们难言的心境，特别是，他们中使年轻的我入迷凝神的女性。这支伟大的古歌无可替代。"② 相信不熟悉草原民族日常生活的人会感觉到诧异、无法理解：为什么草原上的人会运羊粪、拾牛粪？为什么平时生活都用帐篷？这都与其所处地理环境有关。《黑骏马》中描写的草原就是以张承志曾经插队四年的内蒙古东乌珠穆沁草原为原型的。这里的自然环境及气候特点，形成了草原人们特有的生活

---

① 张承志：《黑骏马》，张垛鑫编《张承志代表作》，黄河文艺出版社1988年版，第196、204、212、219、228、236页。

② 张承志：《无缘的思想》，萧元编《张承志文集》，湖南文艺出版社1999年版，第205—206页。

方式。草原人们一直保留着逐水草而居的习性，因此帐篷是人们生活的必需品，就同汉族人们非常重视自己的房子一样。"路过了两家——当作艾勒的帐篷"，这一句简短歌词中就记录了蒙古族人民对自己生活必需品的重视。草原上家家户户都养牛、羊、马，在草原上这是必需品，羊的成活率最高，因此草原人们爱吃羊肉。草原上的燃料就是羊粪、牛粪，因此运羊粪、拾牛粪就是他们在日常生活中从事的常见活动。茫茫的草原说明了草原的广袤，同时也说明了歌中所唱男女主人公的活动场所。黑骏马是草原上人们不可缺少的朋友，在歌中是男主人公寻找女主人公的必要工具，也是男女主人之间的纽带，是他们俩共同的朋友，甚至是两人美好感情的见证"人"。

这首高亢悲怆的蒙古民歌，不仅展示了蒙古青年们的恋爱故事，同时也让我们体会到作为蒙古牧人必备的心理素质——承受孤独。这份孤独在骑手们心底积压太久，已经悄然升化成一种独特的旋律，化成一种独特的灵性。这灵性没有声音，却带着似乎命定的音乐感——包括低缓的节奏、生活般周而复始的旋律，以及或绿或蓝的色彩。那些沉默太久的骑马人，不觉之间在这灵性的催动和包围中哼起来了：他们开始诉说自己的心事，卸下心灵的重荷。通过古歌，我们可以感受到草原的广阔无垠、宁静，牧人孤独寂寞，陪伴他的只有自己胯下的黑骏马。一种无法用言语诉说的草原牧人生活画面，就这样展现在了我们面前。

用张承志自己的话来总结牧人与蒙古长调的关系，那就是："高亢悲怆的长调响起来了，它叩击着大地的胸腔，冲撞着低巡的流云。在强烈扭曲的、疾飞向上和低哑呻吟的拍节上，新的一句在追赶着前一句的回声。草原如同注入了血液，万物都有了新的内容。这歌

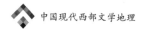

儿激起来了，它尽情尽意地向遥远的天际传去。"①

（二）西北回民的花儿

黄土高原上的人们，几千年来早已形成了安土重迁的文化性格，他们世世代代就在这块贫瘠的黄土地上日出而作，日落而息，所获甚微，却安贫乐道，这不但限制了他们的视野，同时也扼杀了他们向外拓展的冲动。在黄土高原这样一种相对封闭的地理环境中，人们的生存空间相对狭小，谋生手段较为单一，生活相较于东部地区比较严峻，因此形成的民歌，在风格上明快、直露，语言上便相应的自然、质朴，不尚雕饰，不求文采。花儿正是在这种环境中生长起来的一种民歌艺术形式。

花儿音乐高亢、悠长、爽朗，民族风格和地方特色鲜明，用赋、比、兴的艺术手法即兴演出，语言朴实、鲜明。花儿（又称"少年"）是广泛流行于我国甘青宁新地区的民歌，被誉为"大西北之魂"。据说起源于甘肃临夏回族自治州，被回族人民广泛传唱，影响着当地人们的生活。张承志小说中对花儿的描写，增添了小说的生活化和情趣，使人物的感情表现得淋漓尽致。在小说《残月》中，杨三老汉喜欢听马五爷扯着嗓子唱歌：

> 三天里没寻上尕妹妹……
>
> 阿哥的肉呀，
>
> 你把好人想成个病汉。②

---

① 张承志：《黑骏马》，张埰鑫编《张承志代表作》，黄河文艺出版社1988年版，第178页。

② 张承志：《残月》，马进祥编《回民的黄土高原》，青海人民出版社1993年版，第37页。

这几句歌词的产生，与其自然环境是密不可分的。"那时山里更秃更荒，没棵像样的树，也没谁进来下种子收拾庄稼，红砂石的洼缝里长满了苦苦菜。"① "沙石沟背后是月亮沟、老虎沟、王家堡子沟；前面隔着清真寺和一片滩，还有杏树沟、铁驴儿沟、火石沟、石嘴子沟。整个西海固，半个陇东，一直到兰州城跟前，都是这种粗碴碴的穷山恶水。"② 在这样恶劣的环境中，女人一般很少嫁过来。因此，爱情和女人在这个地方尤为珍贵；在这样的环境中，生活的人们是非常自然、质朴的，他们不讲究修饰，将最原始、本真的生活欲望，用最直白、坦荡的语言表达出来。这几句花儿也正表现出西海固人的原始性格，这种大胆直露的歌唱，道出了生活在这片穷苦土地上农民的真性情。他们那种敢于直白表露自己的感情，那种直白、豪爽的人物性格，不用再浪费笔墨描写，便已经跃然纸上了。在《黄泥小屋》中，丁拐子没事儿干，也会唱几嗓子：

　　牵着个骡马吔抓着条抢

　　拍拍门扇咱要粮饷

　　哎哟哟，大姑娘驾到了马上③

丁拐子所在的月亮山，连个鸟雀也不爱搭理，一片大山秃光光的，静悄悄的像死绝了人。丁拐子整大待在那片焦黄的死山上，人也没有精神，就想在那穷沟里当个山大王。"牵着马、抓着抢，拍门要粮饷，把大姑娘驾到马车上。"一个"驾"字跟"架"同音，就

---

① 张承志：《残月》，马进祥编《回民的黄土高原》，青海人民出版社 1993 年版，第 37 页。

② 同上书，第 35 页。

③ 张承志：《黄泥小屋》，马进祥编《回民的黄土高原》，青海人民出版社 1993 年版，第 87 页。

是把姑娘抢来绑到马上。这三句歌词将一个山大王的土气、匪气表现得淋漓尽致，也将土匪的粗野劲儿表现了出来。在这一片大秃山中，当兵拿枪是拥有权力的一种象征，粮食是满足温饱的基本生存条件，将大姑娘驾到马上是单身汉们最直接的内心独白，也是男人们最原始欲望的体现。可见环境的恶劣，生活环境的原始，影响着生活在这片穷山恶水中人们最基本的生活方式和情感欲望。这首民歌通过丁拐子的嘴唱出来，既说明这是丁拐子在没精神生活的时候的一点儿乐趣，也是生活在这片土地上的人们已经将这种民歌当成自己生活的一部分的体现。民歌是一种艺术表现手法，但是它的本质还是来源于生活，虽然这是丁拐子做的白日梦，但这是他们痛苦心灵里的一点儿慰藉和精神支柱。在小说《北方的河》中，女记者与"我"在青海考察时听到青海妇女们这样唱着：

> 青枝呀绿叶展开了
>
> 六月的日子到了
>
> 哎呦呦，西宁城街里我去过
>
> 有一个当当的磨
>
> 哎呦呦，尕妹妹跟前我去过
>
> 有一股扰人的火①

"哎呦呦""青枝呀"这样的用语在书面语中很少用到，但是在"花儿"中就这样出现了，充分地将"花儿"的口语化特点表现出来。整首民歌纯朴自然，像是在叙述一件极为普通的事情，但是又巧妙地将青海妇女们随心唱着的歌曲与女记者此时的心境结合在一

---

① 张承志：《北方的河》，张垛鑫编《张承志代表作》，黄河文艺出版社1988年版，第273页。

起，让读者在享受音乐的同时，也看到了女记者内心爱情的萌动。

小说中的花儿，往往能表现出人物的真实生活情境，它们将人物的痛苦、无奈的哀怨、希冀，都表现得淋漓尽致，让读者读来感慨无比，这比叙述更让人体会得深刻。花儿往往能与小说中人物的情感交织在一起，体现人物的内心活动。这种故事情节与民歌内容穿插的形式，既可以让语言口语化与书面化相结合，也可以让人物性格、内心活动、思想情感等，在纯朴的民歌表达中得到完美的诠释。

三　小说中的地理和宗教术语

就张承志的小说语言来说，其中经常出现一些专业性的词语，表现专门性的知识，如专门的地理学术语、宗教术语等。

（一）地理学术语

张承志是受过地理学专业训练的作家，一方面，这一专业训练，使他充满热情地对大自然、地理环境进行描写；另一方面，他在作品中频频使用地理学的术语。而且作为一个人文地理学者，他自觉意识到传统地理学对大自然的描写，和作家或老百姓对同样地理事物描述上的差异。在《北方的河》中，在第一章中就说"峡谷两侧都是一样均匀地起伏的黄土帽。不，地理书上的概念提醒着他，不叫'黄土帽'，叫'梁'或'峁'。"① （黄土峁在地理书上的意思是黄土受侵蚀后呈现出来的驼峰和馒头状的地貌形态，

---

① 张承志：《北方的河》，张埰鑫编《张承志代表作》，黄河文艺出版社1988年版，第245页。

是黄土梁进一步受侵蚀形成的，主要分布在流水切割比较强烈的黄土地区）将无定河大河沟"曲流宽谷"叫作"拐弯大沟"。"这是第一级台阶……分析着地貌。那长庄稼的是第二级台阶，它们在过去都曾经是湟水的河床。河流冲刷着向下切割，后来原先的河床就变成了高高的台地。"① 这里用"沟壑梁峁""黄琉璃双曲线""盔顶""第一级台地""第二级台地"对地形地貌进行了专业描述。

另外，小说中还提到了一些很有影响的地理学专著（如李希霍芬的《中国》《中国自然地理》《地理学资料》）和关于地理学的论文（如《黄河中游晋陕峡谷自然地理状况概述》《湟水河谷的黄土台地及植被》《关于额尔齐斯河流域的资源及综合经济》《湟水流域的人文地理考察》）。小说中屡屡提到"晋陕峡谷""地理状况""黄土台地""植被""资源""综合经济""人文地理"这些地理术语。除了这些，作者还对黄河、湟水、额尔齐斯河、永定河从地理学的角度做了详尽的描述，如"额尔齐斯河……那是全国唯一的流向北冰洋的外流河。整个阿勒泰山脉南坡的流水都向它倾注，它串通着一串串沼泽和湖泊，胸有成竹地向着真正的北方流淌"② 。这是对额尔齐斯河的描写，其中"外流河"说明这条河的流向，"北冰洋"说明它注入的目的地，"阿勒泰山脉南坡的流水都向它倾注"说明这条河流的水流来源，以及因为河流的影响形成的"沼泽和湖泊"。这无不体现出专业的地理学知识。

这些专业性的描述，不仅让读者感到作者用语的新奇，还能让人有一种身临其境的感觉。当然，作者不是简单地堆砌地理词汇，

① 张承志：《北方的河》，张垛鑫编《张承志代表作》，黄河文艺出版社1988年版，第276页。
② 同上书，第284页。

而是为刻板的地理术语赋予作者的体温和感性。在对六条河流的描写中，可谓准确、生动，让读者对北方的河流有一种全面、感性的认识，并借此象征性地刻画了北方人民单纯、质朴的形象。这些地理术语的运用，无不体现着张承志专业知识对他文学创作的影响。张承志特别钟情于像"山""河"这样宏大的、具有强烈视觉冲击力的地理景观，这与他的精神追求、思想境界有关。就像他所说的"黄土峁""曲流宽谷"等地理术语并不能概括他对这些地方真切感受，只有像"黄土帽""拐弯河大深沟""拐弯大沟""黄河父亲"等这样更形象、拟人化、更富有感情色彩的语言才能概括出他对地理的感受。这也是迈克·克朗和段义孚所强调的人文地理学不同于传统经典地理学的独特之处。

（二）宗教术语

不同的环境决定了不同的生存方式，不同的生活方式塑造着不同的思想方法、不同的性格。不同的思想方法造就不同的文化系统，从而形成不同的流派、不同的学说，进而影响一个作家的联想特征、审美取向。一个区域的文化形成一个区域的宗教。张承志在依托母族文化的语言资源的背景下，在回族题材的小说中选用伊斯兰宗教术语，显示出其浓厚的宗教情怀。

张承志回族题材小说中运用了很多伊斯兰教的经堂语（经堂语专指运用汉语语法规则，将汉语、阿拉伯语、波斯语三种不同词汇或词组杂糅融合，组合而成的独特表达形式）。这里主要研究回族题材小说中常见的经堂语语汇。经堂语词汇可分为：阿拉伯语、波斯语的汉语译音；汉语的意译；借用佛、道等宗教术语这三种情况。

张承志小说中经堂用语词汇

经堂语	含　义	出　处
俩依俩罕,印安拉乎	清真言:万物非主,唯有真主	《西省暗杀考》
热什哈尔(书名)	海之露珠	《心灵史》
卡废勒(阿拉伯语)	敌人	《西省暗杀考》《心灵史》
口唤(阿拉伯语)	旨意及使命	《西省暗杀考》《心灵史》
邦达(波斯语)	清晨礼拜	《心灵史》
虎夫坦(波斯语)	晚间礼拜	《西省暗杀考》
主麻(阿拉伯语)	星期五的礼拜	《西省暗杀考》《心灵史》
讨白(阿拉伯语)	忏悔词	《西省暗杀考》《心灵史》
埋贴	尸首	《心灵史》
都哇尔(阿拉伯语)	乞求、祈愿	《西省暗杀考》
阿米乃(阿拉伯语)	容许吧	《心灵史》
尔麦里(阿拉伯语)	攻修,悼念	《黄泥小屋》《西省暗杀考》
乌斯里(阿拉伯语)	大净	《心灵史》
阿布黛斯(波斯语)	小净	《心灵史》
克拉麦提(阿拉伯语)	奇迹	《心灵史》
太斯达尔(波斯语)	缠白头巾	《心灵史》
顿亚(阿拉伯语)	人间社会	《心灵史》
海推布(阿拉伯语)	唤礼者	《心灵史》
卡凡(阿拉伯语)	裹尸布	《心灵史》《海骚》
笋乃提	圣行	《心灵史》
卢罕	灵魂	《西省暗杀考》《心灵史》

续 表

经堂语	含 义	出 处
色百布	使命	《心灵史》
满拉、毛拉（阿拉伯语）	经堂学生	《黄泥小屋》《西省暗杀考》《心灵史》
多斯达尼（波斯语）	教众	《海骚》《西省暗杀考》《心灵史》
胡大（波斯语）	真主	《残月》《西省暗杀考》《心灵史》
穆勒什德	导师、圣徒、领袖	《心灵史》
乌斯达	老师	《心灵史》
热依斯（阿拉伯语）	地区掌教者	《心灵史》
阿訇（波斯语）	主持清真寺宗教事务的教师、学者	《辉煌的波马》
火狱（阿拉伯语）	后世最苦境界	《黄泥小屋》
尔德节（阿拉伯语）	节日	《心灵史》
教门（借用佛教）	宗教操守	《黄泥小屋》
汤瓶	专为宗教洗沐用的水器	《西省暗杀考》
乃玛子（波斯语）	礼拜	《黄泥小屋》
油香	仪礼用的油炸面饼	《西省暗杀考》
无常（借用佛教）	死	《西省暗杀考》《黄泥小屋》《海骚》
拱北（阿拉伯语）	教主陵墓上的圆顶建筑	《西省暗杀考》
干办（汉语）	功修	《西省暗杀考》

　　从上表中可以明显看到伊斯兰教众的日常生活，他们信仰的文化、具体的仪礼、服饰文化等，都鲜明地表现在这些词汇中。这些语汇有着独属的表意系统，是信仰伊斯兰教的人们熟知的宗教语汇，反映了哲合忍耶信徒独有的精神文化。礼拜是他们日常生活中不可或缺的一项活动，从"邦达""虎夫坦""主麻日""乃玛子"这些词汇中，可以看到伊斯兰教众信仰的虔诚；从"油香""汤瓶"这些词汇中可以看到仪礼的神圣。他们不仅有仪式中专用的食物，还有专门的洗沐用具。从"穆勒什德""热依斯""阿訇"这些称谓上，可以看出哲合忍耶拥有自己独特、完整的宗教体系。这些经堂语词汇，表现了大西北独特的伊斯兰教文化信仰。

　　语言是人们日常生活交流中不可或缺的一种手段和工具，它最能反映出人们的生活和心灵世界。张承志小说中的这些词汇，虽然不是我们熟知的汉语词汇，但是我们透过对这些汉语音译宗教语汇的分析，同样可以对这个神秘的伊斯兰宗教世界有一个初步的理解和认知，从而对伊斯兰教产生一种敬畏，一定程度上也与作者的心灵发生共鸣。张承志在回族题材小说中不厌其烦地使用这些语汇，为我们在汉语文化语境之中创造了诸多充满伊斯兰宗教文化氛围的小说文本，这一方面表明他对自己的血缘、母语文化源头的深切关怀，另一方面也为汉语带来了新鲜的异质因素，这对丰富汉语语汇，进而为提升多元一体的中华多民族文学的表现力，具有重要的意义。

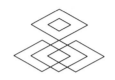

文学地理学视野中的乌热尔图小说

第十八章　小说中的自然地理景观
描写和情感呈现

一　引言

　　从文学地理学视角来研究文学，作家的地理经验、所受的地域文化影响等，都是作为研究考量的首要因素。由于我国历史悠久，长期的多民族文化交融并进，形成了复杂的多元文化背景，大多数少数民族作家的出生之地和成长环境多在边陲僻壤或深山密林地带，这不是凭个人力量可以改变的。尽管当代一些作家在成年后不断迁徙游走，生活环境变迁等一系列活动轨迹发生了变化，但是正如黑格尔所说："自然环境决定着一个民族最初的也是最基本的审美习惯，这种习惯一旦养成，就像人的皮肤一样，长久地保持下来并渗透到人们精神的各个领域。"① 故乡情结和童年记忆，对少数民族作家有着根深蒂固的精神熏染和浸润力量，也促使了少数民族作家的创作素材多取自故乡的风貌人情。如阿来《尘埃落定》体现着藏地

---

① 朱伯雄：《世界美术史》（第一卷），山东美术出版社 1987 年版，第 256 页。

生活的神秘厚重风格；沈从文《边城》有着凤凰古城的封闭唯美之感；蔡测海《远处伐木声》还原了一个古朴淡雅的湘西世界，等等。这些执着于乡土记忆的鲜活例证，无一不呈现着作家在审美心理、审美情趣、审美风格的形成，是受到了记忆深处家乡与民族的潜移默化。

虽然我国少数民族聚居地多处于穷乡僻壤，经济相对落后，但异域风景的奇谲瑰丽造就的"边缘活力"和精神优势，比起任何一处"中心地带"也不遑多让。少数民族作家多自觉呈现一种民族身份的持守和地域建构意识，在作品中忠实传承、置放本土资源和山水风物，尽力在时间上的古老和空间上的当地追求还原本民族文化的本真面目，使得文本的地理空间充满该地域的独特性和差异性，让读者感觉仿佛回到了历史长河的上游，去见证一个个被忽视已久的、大量的、未经文化开垦的原始地貌。例如，回族作家张承志在《心灵史》中建构了一个贫瘠闭塞、干旱严酷的西海固黄土高原世界，在此成长的回民人文精神的深邃广博，对现代社会滚滚红尘中世俗男女的庸俗鄙薄心态有着一定的批判意义；藏族扎西达娃的《骚动的香巴拉》，以神秘主义叙事的手法演绎了处于动荡社会背景下的身在一隅的藏族人民生活体验和思想动态，孤独与探索——极具民族情结的主题，让作品充满了魅力；还有蒙古族玛拉沁夫的"草原文化小说"堪称蒙古族的人物形象画廊，他对于风景画、风俗画的描写，是对草原上独特民族文化特征的一种追求，等等。

从少数民族文学的创作情况来看，大多数民族作家在其笔下都拒绝声音的替代，强调民族的存在和传统精神的延续。因此，我们即使在现代化背景下，也看到了这些作品中大量存在的古老服饰、传承已久的民俗和古色古香的人文景观等。少数民族作家一方面将本民族的宗教信仰和人情风俗糅合起来，在凄凉闭塞的原始氛围中礼赞这一民族的生命强力，另一方面又在现代化的背景下烛照出传统作用力下的地域落后性和人民愚昧性。这种民族文学独有的审美魅力和焦虑困惑，是其他题材的文学作品不具备的，无论从内容还是表达方式上，都给读者带来特殊的美感和"人化自然"的鲜明文化特征。

　　值得一提的是，邹建军教授认为，文学地理学视域下的少数民族文学，存在两种现象——"文学作品的地理缺席"和"文学作品的时空阻滞"。前者意指当代少数民族文学中地理故乡的暂时失位，这是从作家个人创作的文本地理空间出发的一种相对现象，部分优秀的少数民族作家可能会有意识将创作视野投向乡村以外的世界。如以"乡下人"自居的沈从文创作的《绅士的太太》《都市一妇人》等皆以都市生活和人生为题材，揭示病态人格下的都市异化，这是显性的，但沈从文潜意识深处是以虚构的"湘西世界"作为借镜来批判现代城市文明的病态，此时，其不可遮蔽的民族身份产生的审美情趣作为隐形基因存在于这些作品中，仔细挖掘便可发现。文本中的"时空阻滞"则"侧重指当代少数民族作品中呈现的民族历史、民族文明的'传统时空'在现代语境中被切割、分裂、滞留甚至是被阻断、转向的现象"①。各民族在不同时期的历史进程下，随着时间的前行和空间的异动，其文化形态必然不会一成不变地存于世，和"外部空间"的碰撞在所难免，这一过程中不同文化的针锋相对抑或交融共进，多以困惑、焦虑等心理被作家立体地记录于作品当中。例如，彝族诗人吉狄马加《守望毕摩》、鄂温克族作家乌

---

① 肖太云：《文学地理学维度下的中国当代少数民族文学扫描》，《民族文学研究》2012 年第 5 期。

热尔图的"森林小说"、仡佬族作家赵剑平《困豹》等，都展现了弱势群体的生存困境和精神困境。少数民族作家不再固守传统的地理空间，而是将之虚构重新塑造成理想空间或记忆中的故乡空间，通过文本中的生态观照和人伦冲突等勾连时空经验，既能敏锐洞悉故乡空间形态的异变，又能清醒体认民族自我身份认同上的困境，从而获得历时性与共时性的认知与体验。

同时，从阐释学的角度看，当代少数民族文学的"地理叙事"也是极具特色的。譬如许多民族作家自觉运用地方话语或少数民族语言灌注在创作文本中，本土或本民族语言资源的鲜活提炼、采撷为自我声音的阐释，开拓了一片相抗衡于"主流话语"的"精神洼地"。这种颇具抵抗意味和自足性的表述方式，复活了被现代空间日益逼仄的民族语境；这一言说方式的博弈，无疑是少数民族作家身份持守的生动体现，也提升了少数民族文学的独特魅力。作为民族代言人，他传递着民间和底层的文化诉求，承载着一个具有强健生命力民族的理想和寄托，是对传统诗意生活的重塑和召唤。

总之，从文学地理学维度切入，可以揭示当代少数民族文学具备的内在地理学属性，更好地把握文学发展的一般规律。这些具有地域性文化特征的文学地理学书写，有力还原了当代少数民族文学在时空交融背景下的立体化生活图景、民族精神、母语文化等，从而最大限度地窥视当代少数民族文学的真实面目。特别是揭示外层地理空间建构下的深层底蕴，这既是当代少数民族文学保持根性和个性的方式，又是民族创作者坦诚面对、寻求对话、获取认同、谋求发展的一种策略。

"任何作家的成长都不可能离开特定的自然地理环境，任何作品的创作也只能是在特定的自然环境中发生的。因此，我们将这种与生俱来的因素，称为'文学发生的地理基因'。"① 文学发生学中的"地理基因"对于作家自身艺术特质、审美情趣的制约和影响尤为重要。作家在成长经历中接触的直观的自然地理、山水环境、当地的人文文化传承、风俗习染等，会积淀为作家个人的心理因素、审美记忆乃至形成他整个的审美心理、文化结构，进而决定其审美题材选择上的山水情结，并最终体现为审美风格的地理约束或地理特性。

在文学地理学的视域下研究乌热尔图小说，就不得不将作家本人置放首位，分析他的"地理基因"。乌热尔图 1952 年出生在内蒙古大兴安岭南坡的一个小镇，直到在 20 世纪 60 年代末，由于社会动荡、受"文化大革命"的社会大环境影响，年纪尚幼的他被送回到大兴安岭森林中的鄂温克族聚居地，也是这样的经历，为乌热尔图打开了另一片天地，被他称之为"第二故乡"："养育我的文学土壤是大兴安岭北坡敖鲁古雅河畔的鄂温克族村落，这里的鄂温克猎人仅有一百七十余人，是鄂温克民族中一支古老而独特的部落。"② 在鄂温克民族乡生活多年，乌热尔图很快融入本民族生活，成了一名地道的鄂温克猎人。鄂温克族古老而独特的森林狩猎生活、本民族的风土景观和历史跌宕下人民的各种命运等这些外在的地理因素，逐渐内化为乌热尔图的民族自豪感，而这些也成了他从一而终的创作题材，其艺术风格和审美情趣上体现的深沉内敛与朴素豪放，正是其 10 年猎人生涯的气质沉淀。

乌热尔图自 1976 年起执笔写作，初始创作阶段的小说大多采用儿童的视角来诉说鄂温克族古朴的生产生活方式、民族心理素质、宗教意识精神等，主题单纯，情感稚拙，底蕴清浅，虽然真诚但不

---

① 覃莉：《关于"文学发生的地理基因"的思考》，《世界文学评论》2011 年第 1 期。
② 乌热尔图：《写在〈七岔犄角的公鹿〉获奖后》，《民族文学》1983 年第 5 期。

可否认的是淡化甚至遮蔽了其民族主体的身份。这一阶段的后期开始创作以"文化大革命"为背景的十年浩劫震荡下鄂温克族历史题材小说，其中民族主体的认同主要源自本民族原始猎民遭受的苦难及现代化文明对民族的启蒙性，同时夹带"伤痕文学"的审美特质，在题材深度和精神挖掘上虽不免单薄，但也是作者对民族内核的启发性初步探索。

乌热尔图的民族意识觉醒是在 1983 年，借《一个清清白白的人》这篇小说引发了对民族的思考：

> 你清醒地意识到自己是生活在草原城市，紧紧地环抱这个城市的是牧马人的草原，还有达斡尔、鄂温克、鄂伦春人生存了几个世纪的森林。你的出生地虽然离这里不算很远，又是在幼年来到这块绿色的土地。可不知为啥，你时常产生身在异乡做远客的感觉，这是藏在你心底的惶惑。你在那个边远的鄂温克族山村，也曾有过反客为主的荣耀，但那毕竟是历史的陈迹。现在，你头脑中闪闪跳动着"少数民族"这个突然变得强壮有力的概念。过去，你生活在那些人中间，总觉得"少数民族"这个名词，代表着那独特的猎人生活；古老而落后的经济；还有那些处于自然状态，缺少理智和文明的头脑。可以说，你熟悉他们，却又不理解他们；自认为尊敬他们，可又从来没有真心爱过他们。你像一个常在河边漫步的人，东张西望，却一直没有用心地瞧一下眼前的河水。你说不清这水的颜色是绿的，还是黄的。现在，你留心了，睁大了眼睛。你不光发现这条河水是清的，还瞧见了河底游动的鱼。什么是民族？民族到底是什么？①

---

① 乌热尔图：《一个清清白白的人》，《山花》1983 年第 18 期。

此后，乌热尔图的思想随着生活轨迹的移动开始发生变化，创作手法也日臻成熟，在小说获得"三连冠"后，乌热尔图声名鹊起。

1985 年，乌热尔图在第四届全国作家代表大会上被推举为中国作家协会书记处书记，转战北京，进入了中国作家的"中心地带"，开始接触很多当代文坛的名家大咖、优秀人物，这对他视野的开阔、知识的丰富有着特殊的影响。可以说，他此后的创作研究跟这段时间北京的学习积累是密不可分的。同年 10 月，乌热尔图随中华全国青年联合会"中日友好之船"代表团应邀赴日本参观访问。

1986 年，乌热尔图应美国新闻总署邀请，赴美国爱荷华大学参加"国际写作计划"。在此期间他特意参观了印第安保留区，对印第安人在美国的生存状况有了初步的印象，由此引起了对国内鄂温克族现状的思考。"鄂温克的文化链条传承到今天，已经变得多么脆弱。这使我感到一种危险，一种变成福克纳小说人物的危险，就是那个空有欲望，毫无表述能力的班吉。现在看来，有多少独特的民族情感，有多少古老的文化印记，将要在我，在我们心猿意马，热衷于新奇的一代手中断裂，这是使我真正感到惊悸的事情。"① 没有文字记录的古老民族，在现代文明的冲击下，如何让人们了解和认识这个跨越千年时空，摇曳于岁月激流中依然屹立至今的民族？此时的乌热尔图深感作为第一代鄂温克作家的民族代言人的压力，决心要用文字发出铿锵之音，保护这个人口不及两万、在文化困境中有被淹没危机的古老民族。

1987 年，乌热尔图在美国"我的写作道路"专题讨论会上发表演讲。乌热尔图渴望用一种平等交流的姿态获得生活在同一空间的，

---

① 乌热尔图：《我属于森林》，《文学自由谈》1986 年第 4 期。

具有不同历史进程的民族群体的理解和认可，他说："在创作过程中，我越来越对表现自己民族的命运感兴趣；表现她的生存状态；表现她们中间不同生命个体的情感积累和精神追求。"①

这些与世界各地的交流接触，让乌热尔图逐渐有了国际的、全人类的视野，越来越清晰地认识到自己的民族主体身份。在 20 世纪 80 年代中后期至 90 年代初期，乌热尔图开始将小说思想迈进挖掘民族文化内核之路，小说色调也由明快逐渐趋向"沉郁凝重，思想深沉，带着守林人的沉忧隐痛，书写湮没在历史中的种族记忆和边缘族群特异的生命血质"②。

到了 20 世纪 90 年代初，乌热尔图作为一名优秀的作家，告别了喧闹的都市，辞掉了作协书记处书记的职位，选择回到呼伦贝尔，与一块特定的土地，特定的人群相联系，在贴近大自然的环境中写作，将精力投身到学习研究中。

时至今日，乌热尔图始终扎根于本民族的土壤中，并为本民族生存地的保护、话语权的争夺，做着不懈的努力。按他的话说："我可以挺直了腰杆说，我没有疏远，也没有背叛这一片对我恩重如山的土地。"③ 生于斯长于斯的乌热尔图始终坚持以虔诚的态度敬重这片土地及古老的本土文化，这样的乡土地理基因是作家的创作特质之源，不同的地理经历亦是观照乌热尔图小说创作历程的视镜，鄂温克族的栖息之地则是他不可偏离的创作文化背景。

正如人们对从未涉足过的地方，大多是通过各种媒介来认识，一些观念是在所见之前便已形成。鄂温克人在我国可以说是少数民

① 乌热尔图：《我的写作道路》，《文学自由谈》1987 年第 3 期。
② 张直心：《最后的守林人——乌热尔图新论》，《民族文学研究》2003 年第 6 期。
③ 乌热尔图：《呼伦贝尔笔记·序言》，内蒙古文化出版社 2004 年版。

族中的"少数"，总数在近年来才逾三万，集中于北方一隅。人们一般通过影视记录、文学作品等传媒资料的摄取，会形成一种主观性的既定印象。但在通常意义上，这些了解是被他人或官方渲染过的。如果想要真正了解鄂温克人生活依托的地理世界和精神世界，那需借助本土作家的文学艺术形式，这样的自说自话产生的感染力和穿透力是其他形式所无法比拟的。

小说作为一种文学形式，具有其内在的地理学属性。它和其他媒介一样，深刻影响着人们对于地理的理解。小说内容赋予了人与空间的关系以及在这种关系中的不同意义，而文学地理学这一点是很清楚的，即"文学作品不能被视为是对地理景观的简单描述，许多时候是文学作品帮助塑造了这些景观。"但是"文学作品的主观性不是一种缺陷，事实上正是它的主观性言及了地点与空间的社会意义"①。因此我们需假设小说可以让我们直接感受到这一地区的风土人情，其中的真实是超越简单事实的真实。乌热尔图的小说被称为"森林小说"，其中地理景观的"主观性"描写正是作者对故土礼赞或逝去的风土景观的惋惜等一种复杂情感的交织映射，他既是见证者，同时也是记录者。正如乌热尔图在阿霞的访谈中所说："在我的心中，鄂温克文化、鄂温克人的生活，那最有意义、最重要的部分都在于她的过去，储存于她那默默无闻的历史之中，这是我特别看重的一点。我之所以能够挺直了腰板两条腿站立，之所以获得了向他人言说的能力，这其中的智慧与力量都来源于她，这是我从鄂温克人以往的生活，从鄂温克人那悲壮而辉煌的历史中汲取的。对我来说，所汲取的一点一滴都犹如甘露，而那一点一滴的甘露都是用

---

① ［英］迈克·克朗：《文化地理学》，杨淑华、宋慧敏译，南京大学出版社2003年版，第55页。

来滋养我心灵的。"①

笔者将全面梳理乌热尔图小说中的地理空间建构，包括地理景观描写、地理经历、地理意义等领域。分析小说中特殊的森林、河流、大山、动物等景观的书写，作者对地区意识的理解，小说言及的地点与空间的意义等。

二　自然景观描写及其内涵

（一）"天人合一"——万物和谐共生

纵观乌热尔图的小说，在他的笔下构建的是一个猎民纯净美好，大自然慷慨恩赐，人与自然和谐共生的原生态森林体系。在他的众多小说中，描写的故事多涉及静谧的森林、神圣的大山、清幽的河流、耸立的山峰等自然景观，原始朴素的"乌力楞"错落其间，猎民与大自然和谐共处。这一份带着原始意味的地理背景，仿佛存在着一份永不被时间侵蚀的诗意，如此的地理经历是已经不存在的，但也正是乌热尔图想要给我们带来的真实体验。

如在《七岔犄角的公鹿》中所写，小主人公初入林中狩猎时便赞叹道："瞧，林子多好，天空透出了蓝色，没有雾，也没有风。那山坡上的雪白得耀眼，林子里一片静悄悄的，松树和桦树都沉醉在梦中，准是一个美好的梦，也许正等着我来唤醒它们……这是一个漂亮的山峰，像巨人一样魁伟。它的背上长满褐色的松树、白色的桦树；它的前胸光洁无比，覆盖着一层白雪，侧面是凹下去的向阳坡，那里既避风又避寒；在它的肩头，矗立着石崖，一座很威风的

----

① 阿霞：《鄂温克传统文化的守护者——乌热尔图访谈》，《草原》2013 年第 6 期。

石崖，好似一个高傲的石雕头像，山里的动物也会喜欢这样的地方。"① 又如在《森林里的歌声》中，作者描写猎手敦杜在狩猎途中看到的山中景观是如此色彩斑斓："太阳出来了，金色的朝霞把大兴安岭的草木打扮得如同穿上五颜六色衣裳的姑娘。苍绿的樟松，银白的桦树，嫣红的山杨，蛋黄的针松，奇丽壮观。"②

乌热尔图的前期小说，众多的故事，皆以森林这一标志性景观展开，林中各类树木<u>丛生</u>，异彩纷呈，如画如锦，安详静谧，大山和附着其上的地表植物相映成趣。小说《雪》中所述的伦布列猎场更是传闻藏着仙女，有运气的人才能饱一次眼福。猎手伦布列年轻时初入猎场时便不禁感叹："我头一次瞅见她，没想到这么像、这么耐看。"还有众多此类旁白，在此不一一列举，小说的画外音中饱含着鄂温克人生存于此的自足感，而他们出行的小心翼翼，也让读者忍俊不禁，仿佛生怕打破眼前这份上天馈赠的美好。人口稀少的鄂温克人正是在长期的丛林生活中，领悟到了自己的一套生存方式——与自然亲近，万物为友，他们既是属于森林的，森林中的万物又是属于他们的。《瞧啊，那片绿叶》里憨厚的拉杰大叔吟唱的鄂温克族歌曲便是诠释了曾经的这一"天人合一"的美好。

> 我走进森林，
>
> 森林告诉我：
>
> 你不孤单，
>
> 兄弟们围在你的身边。
>
> 我躺在大地身上，

---

① 乌热尔图：《七岔犄角的公鹿》，《民族文学》1982 年第 3 期。
② 乌热尔图：《森林里的歌声》，《人民文学》1987 年第 10 期。

　　大地告诉我：

　　你不可怜，

　　母亲把你搂在胸前。①

　　乌热尔图笔下的地理景观包罗万象，着重分析以下重要地景，可以帮助我们以点扩面，从而全面理解乌热尔图小说的地理景观及其意义。白桦树作为丛林景观中的"佼佼者"，鄂温克人对其情有独钟。俄罗斯人把白桦树看作是少女的象征，代表纯洁。由于地域的毗邻，历史上与俄罗斯的不断接触，使得鄂温克人同样有着相似的白桦树情结。我们看到，在乌热尔图的小说中，有着大量关于白桦树的描写，如小说《七岔犄角的公鹿》中描写："身处桦树林中，放眼望去，那雪白的树干、金黄的枝叶，还有从树梢上偷过来的淡紫色光线，就像一条透明的丝带，装扮着这片神奇的树林。"② 在高耸笨拙的松林中，白桦树的混杂是秀气而温婉的，因而也时常被赋予温柔高贵的象征意义。鄂温克人对白桦树情感深厚，不仅外观契合民族审美心理，桦树皮和生产生活用具的结合更是密切，小说众多篇什都涉及了这些，如《堕着露珠的清晨》《琥珀色篝火》等小说中，猎人出猎过程中所做的桦树帐篷、桦树船、桦皮"地桌"、桦皮锅以及《丛林幽幽》中母亲用柔软的桦树内皮包裹初生婴儿等，这些都包含着丰富的民族情感和文化内涵。鄂温克人钟爱洁白的事物，诸如白桦树、雪、天鹅等皆是他们讴歌的对象，而白桦树在鄂温克人所处的丛林中是常见之物且与日常生活息息相关，自然也就成为乌热尔图笔下的宠儿。

---

① 乌热尔图：《瞧啊，那片绿叶》，《民族文学》2008 年第 6 期。
② 乌热尔图：《七岔犄角的公鹿》，《民族文学》1982 年第 3 期。

雪也是乌热尔图小说中的常见景观。冬日萧瑟，严寒和食物的匮乏对鄂温克人的考验是极其残酷的，同样这也是对成长的一种磨炼。冬天地表结霜龟裂，干枯的荒野丛林使得各类动物难觅其踪。雪的降临，对鄂温克人来说无疑是福祉降临一般的存在。山林走兽在雪中留下的足迹，是他们冬日能否生存下来的唯一凭证。因此下雪与否，也决定了冬日猎民是否出猎谋生。小说《雪》中的主人公伦布列在头雪降临时便赞叹道"呵，雪这种东西太让人喜欢了，要不是祖祖辈辈都和林子打交道，谁能在这么冷的黑夜想到它的好处？"下过雪后的森林"你把眼神随便搭在哪条山沟上都觉得豁亮，觉得有野兽在走动……连这儿的风都不羼杂土腥味儿，像裹着冰碴儿的河水浸过胸口，那哗哗啦啦灌进整个林子的气味，叫你从头到脚都觉得舒坦，舒坦得想使劲跺跺脚，再扯开嗓子一通乱吼"①。此类对于雪的热爱的书写，可谓畅快淋漓。在其他小说，如《埋在雪中的猎手》等中均有体现。还有在小说《灰色驯鹿皮的夜晚》中，描写了这样一个故事：在入冬以来的头场雪中，巴莎老奶奶竟然在深夜熟睡中感受到下雪，梦中的她走出屋外，闭眼赤脚在雪地奔走，浑然不知，吟着鹿歌，追逐鹿群。这种对于头雪的敏感及狂热，是流淌于种族血液的，是长久以来狩猎民族所因袭的。

　　河流，这一地理景观的描写，在乌热尔图笔下也是鲜活多样的。小说中既有静静流淌的额尔古纳河，又有湍急曲折的贝尔茨河，更是有着象征意义，承载部族灵魂的氏族之河，多有隐喻之意。《越过克波河》这篇小说便是极具代表性的，起初带着波拉打猎的蒙克警告说："克波河是一把刀，它能捅破船底，还能割断人的脖子。"②

---

① 乌热尔图：《萨满，我们的萨满》，青海人民出版社2014年版，第100页。
② 同上书，第45页。

波拉因此有所警觉，看着克波河觉得"清亮的河面上闪出一条光带，挺像刀刃上闪烁的寒光，使人头晕目眩"①。而当蒙克决定游过对岸，踏足并不属于他的猎场时，同行船上的波拉立马有了不祥的预感，他想起了"藏在河底的那把刀"。蒙克不顾猎手间的规矩，擅自去了不属于他的猎场，最后被误伤致残废，承担了恶果，蒙克咒骂着"这条该死的河"。篇尾作者借小猎手波拉之口说出发人警醒之语："既然是猎手，就会有属于他的那份猎物，现在，他要牢记在心里的，却是这条大河。"② 贯穿小说始终的克波河，其实象征着猎人们之间的道德界限，谁如果破坏了规矩，将会付出惨痛的代价。同样的，在《沃克和泌利格》中，年轻猎手和老猎手之间的较量也体现在依斯莱河上，"谁的面前都有一条河，跨过这条河，不管你愿意还是不愿意，免不了要换一副模样，变得别人不得不敬重你了"③。有形的自然景观在乌热尔图笔下化为了无形的准则、铁律，甚至是一副不得不带的枷锁，这在小说中是多有呈现的。这类描写并未使地景人格化，却暗含了这片地域的一些生存准则，破坏了森林的和谐相处是会受到惩罚的。

关于不同的自然景观，在乌热尔图的小说中各有体现；乡土记忆的美好，对于乌热尔图的浸提熏染是根深蒂固的。正如他在《在大兴安岭的怀抱里》有段 20 世纪 60 年代末回到族人怀抱时的记忆，其中对山水意象的描述中不乏溢美之词："我被故乡大兴安岭的壮美所折服，挺拔的落叶松，秀美的白桦林，可以说铺天盖地与悠远的苍天相连；而充盈的河流交织如网，河水清澈见底，蓝天碧云交映

① 乌热尔图：《萨满，我们的萨满》，青海人民出版社 2014 年版，第 45 页。
② 同上书，第 52 页。
③ 同上书，第 142 页。

生辉。还有成群的野鹿、旁若无人的棕熊、难以尽数的飞禽走兽、栖息在这茫茫林海，大兴安岭真是它们的天然乐园……那数十条湍急的河流，经大兴安岭北麓广阔的原始森林，汇入远去的额尔古纳河。鄂温克猎人在此饲养近千只驯鹿，在方圆千余里的范围内自由自在地游牧，与大兴安岭的群峰峻岭融为一体。"① 这些诗意的描写，给我们呈现的是如同对世外桃源的向往，这是大自然慷慨馈赠给鄂温克人的美景。鲜活的自然景观丰富多彩，它们承载着作者与鄂温克族人血脉相承的共通情感。因此小说中这些自然景观给我们带来的直观感受不是异域风光的展览，也非猎奇者的玩物心态，而是与鄂温克猎民声息相合的一种生命体验，是人与自然万物相依相存的文化形态。这种阅读感受，正是作家的潜意识带领我们进入了小说中无限意义的地理世界。

（二）"遗失的美好"——自然景观的破坏

在乌热尔图的小说中，森林、大山、河流等，是常见的自然地理景观，其中多饱含对鄂温克族原始生态景观诚挚的热爱和赞美。同时部分小说中也有着现代景观与森林自然景观之间的此增彼减，此类描写不断交织，揭示了在 20 世纪 70 年代后的工业化进程中，现代文明的侵入对森林的破坏以及鄂温克人在原始生态生活中挣扎的困境。

小说中，对自然景观的破坏描述的笔触，是深沉而厚重的，令人扼腕。《老人和鹿》（1981）是乌热尔图的代表作，小说讲述了一位八十一岁的高龄老人每年九月和林中一只七岔犄角的老鹿有着一

---

① 乌热尔图：《萨满，我们的萨满》，青海人民出版社 2014 年版，第 141 页。

个"约定",就是听老鹿的声音——真正的森林之歌。老人觉得
"那里听不见让人心烦的机械作业的轰鸣声,连鸟儿也懂得珍惜这份
安宁,那里看不到陌生的村中小路",① 那里有"帮他活到现在的朋
友"——河流、树木、鸟儿。老人苦苦等候三天,并始终坚信野鹿
会出现,守望着属于他的幸福,最终却还是带着遗憾,含泪死去。
老人在临终时对同行的孩子说:"它爱上那个山,是不会甩掉的,除
非它死了……人离不开森林,森林也离不开歌。"② 这不仅道出了老
人与野鹿之间"约定"的缘由,从更深层次上也渗透着老人对森林
和家园的眷恋,传递出了作者热爱故土,守望最后家园的深切感情。

《你让我顺水漂流》里,萨满眼中被烧毁的森林饱含苦楚,他觉
得林子越来越糟了,再也不属于你了,"她就像嫁出去的姑娘,她的
模样还有她的心一下子全变了,变得叫你再也不敢认她了"③。新营
地、新牧场,更是难以寻觅。频繁地更换营地后,在最后的玛日奇
河边所见依旧"是一片糟透了的林子,山上的树早就被砍光了,就
像被剃得溜光的死人脑袋,地上别说苔藓了,就连蘑菇都不长"④。
当部族的二十几头驯鹿在山洼中被发现时,已经全被那些"砍光林
子的人"带来的灭鼠药毒死,甚至萨满想要终结生命的风葬架也找
不到了。赖以生存的自然环境被不断破坏,没有了生存的根基,没
有了萨满文化的依托,这样的狩猎文化将会走向何方?这不仅是故
土的被侵占,家园的损毁,这个顺水漂流的老萨满更承载着乌热尔
图对民族命运异常严峻的思考。

小说《熊洞》里整日忧心忡忡的萨满对年轻猎手预言道:"现

① 乌热尔图:《老人和鹿》,《上海文学》1981 年第 8 期。
② 同上。
③ 乌热尔图:《萨满,我们的萨满》,青海人民出版社 2014 年版,第 201 页。
④ 同上书,第 202 页。

在地球就像一个睡着了的巨人，你看，河水像不像他的血，林子应该说是他的肺。现在，他的肺要完了。"① 唯一见到萨满高兴的却是他在自己的林场偶遇了一头"带犄角的或不带犄角的四条腿的野兽"，跑来告诉"我"时，"那兴奋的样子就像他发现了外星的生物"②。小说《哈协之死》所讲述的敖鲁古雅猎民中，哈协是第一个枪杀爱犬，并饮弹自尽的猎手。结尾玛妮录的哈协唱的最后一首歌，向我们道出了事实的真相，"连大兴安岭也变得陌生/真想撇下驯鹿群远走高飞/回头来拣到的只有系过的鹿铃……"③ 哈协营地里所养的不到二百头驯鹿，自 20 世纪 90 年代初开始陆续被偷猎者套死和林场工人撒药毒死近百头，对于驯鹿命运的担忧和狩猎生活的绝望，使他走向了死亡。

诸如环境趋于恶化，大自然濒临失衡等的描写，在乌热尔图的小说中还有很多。如在《沃克和泌利格》里，老猎手泌利格跺着脚喊着："现在的河水再也不是蓝颜色的了，让你一眼望见底了；林子里全是血腥味，还有母猪的臭屎味；这气味正把野兽一群一群地熏到很远很远的地方，谁也别想见到它们的影儿了。"④ 在《在哪儿签上我的名儿》中的"多勒尼猎场"是最后一片原始密林，主人公腾阿道坚信林子中唯一的小路——"是我们自己的路"，且只有鄂温克人知道，却在狩猎过程中依旧发现了山外人的影子，最终因为偷猎而被误杀。《灰色驯鹿皮的夜晚》则构建了这样一幅萧条景象："这里原有整片整片的密林，十一年的工夫被砍伐得七零八落，残存的

---

① 乌热尔图:《小说二题》,《中国作家》1993 年第 3 期。
② 同上。
③ 乌热尔图:《萨满,我们的萨满》,青海人民出版社 2014 年版,第 276 页。
④ 同上书,第 201 页。

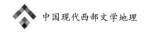

孤木变成不起眼的点缀，好似婴儿的嫩发。"①

事实上，原生态生活的消亡是一个不断重复出现的话题，目前世界各地仅存的原生态生活几乎都处于消失的边缘，"如同不断下降的电梯，真正的风光似乎总是存在于上一代"②。站在文学地理学的角度，要理解这些，我们需将乌热尔图的小说置于特定的历史背景下研究，揭示其内在表现的地理意识，进而解释乌热尔图作为鄂温克族一员在特定时期内小说所含有的情感结构。

与大自然同呼吸共命运的鄂温克人跟森林历来是休戚与共的关系，这种关系是植根于他们灵魂深处的。森林中的各类自然景观，丰富的动植物资源，千百年来遵循规律，繁衍生息不曾断裂，如母亲般哺育着鄂温克人。鄂温克人同样也在反哺着自然，自觉地担负起了保护森林的重任，绝不允许森林遭受破坏和蹂躏，在目睹了工业文明对森林的破坏后，小说中鄂温克猎民的口吻是哀婉忧伤的，流露出的感情基调是满含痛楚的。

在乌热尔图的小说中，我们看到了关于鄂温克族栖居地狩猎生活的详尽描写，通过对赖以生存的森林及其他自然景观的深情构建，展现了这个游离于现代社会边缘的群体生活。曾有过十年狩猎生活的乌热尔图，很注重对地区经历的描述，他的许多小说可以被看作为了纪念即将消失的原生态狩猎生活所作的挽歌。

三　相关动物的书写及意蕴

乌热尔图的小说中不仅有着大量的自然环境描写，对于动物的

① 乌热尔图：《灰色驯鹿皮的夜晚》，《中国作家》1990 年第 5 期。
② ［英］迈克·克朗：《文化地理学》，杨淑华、宋慧敏译，南京大学出版社 2003 年版，第 57 页。

描写，同样占据着可观的篇幅。鄂温克族作为狩猎民族，在与自然保持浑然一体的生存状态中，同样与这片广袤森林中的动物相互竞争，相互依存，建立起了特殊的情感，这种生命模式是世承因袭的。

（一）熊——古朴特质与先祖力量的回归

鄂温克人对熊的情感极为特殊，崇拜、虔诚、敬畏、谦卑等复杂心理交织，在远古更被认定为是自己的始祖，将其人格化、神秘化、神圣化，并作为图腾祭祀，流传至今。但鄂温克人也并非不会猎杀熊，族中视猎熊为勇士之举，受族人尊敬，但始终保持着从上古流传至今的敬畏意识。鄂温克人在精神领域里实际上赋予了熊与人对等的尊贵位置，有时候在一些祭祀仪式中甚至被认为是超越人而存在的生命体。但这种生存所需的不得已杀戮和背负内心痛苦的分裂式愧疚，是鄂温克族世代遗留的，在森林中不得不面对的生存悖论，人与熊既是和谐、亲近的却又是紧张、敌对的。

乌热尔图在一些狩猎故事中真实再现了猎熊、吃熊等一些古老仪式，其中映射出了猎手们真诚且敬仰、冲突且矛盾的精神世界。小说《棕色的熊——童年的故事》中记录了这样一种杀死熊后的祭祀活动：营地的长者瓦西里"在山坡前选了两棵松树，削掉了皮，用斧头在树干上砍出个平面，在上面刻了十二道沟，还涂了红、黑、黄等多种颜色。他的动作显得神秘而庄重。他还把剔得干干净净的熊骨用桦树枝捆好，小心地悬挂在那两棵树中间，还把熊的眼珠镶嵌在预先雕刻出来的位置上。猎手们在那里笼起了火堆，用那烟火来祭祀和去污"[①]。整个过程充满了神秘色彩，猎手们态度真诚，全

---

① 　乌热尔图：《棕色的熊——童年的故事》，《民族文学》1982 年第 11 期。

然没有了起初猎熊时的凶狠和果敢。

集体性聚餐是冬季猎熊之后必须完成的一个程序，这关系营地里对熊肉的最终分配。《我在林中狩猎的日子》是极具代表性的，小说中驮回的熊肉按照习惯被分到每家每户，族中的最年长者伊那间吉老人无疑是德高望重的，他分到了熊的前半身，因此要按规矩召集营地猎手聚餐。老人坐在"玛鲁神"前的正位（帐篷北侧，一般是族中地位尊崇的人），喃喃自语并肢解熊的整个过程，明显带有仪式的味道。炖食熊肉的时候更是有着一套独特的仪式和禁忌，熊头被置于显赫位置，其余部位由阿那间吉老人操刀割肉，说着狩猎圆满、驯鹿群平安等类似吉利的话语，并向火堆抛洒熊油，将第一块熊肉敬献给火神（此为祭拜火神的仪式），最后学着乌鸦嘎嘎叫后才可食肉，意为乌鸦在吃熊肉，为的是避免熊的报复。这是原始初民替身受罪，将灾祸转嫁的遗风表现，猎手们用这种古老的方式为自己脱罪，把山神惩罚的目标引向喜食腐肉的乌鸦，这些行为更多体现的是一种自我约束。

对于熊的残骨安葬方式是与鄂温克人亲人去世时古老的葬俗相类似的，"他们坚信熊虽然能被猎杀，但熊灵永恒存在于世，并直接影响或间接掌握着人类与自然界的生存命脉，而熊骨是熊灵的隐身之处，是熊的精神与生命的归宿点，所以，他们对熊骨特别看重，并举行隆重而严格的风葬熊骨的传统礼仪。他们通过对熊骨的风葬，表达他们对熊灵的祭奠、安慰与祈祷，希望熊灵保佑他们生命的同时，还给他们的狩猎带来好运"①。《你让我顺水漂流》中就写到了将熊的遗骸悬挂在两棵大树之间用桦树做的风葬架进行风葬的仪式。

---

① 汪立珍:《论鄂温克族熊图腾神话》,《民族文学研究》2001 年第 1 期。

其实鄂温克人在特定的季节集体猎熊的目的是纯粹而直接的，就是为了填饱肚子。千百年来，严冬的这项狩猎活动常常关系一个营地的生存。在饥寒难挨的冬日里，油脂充当了御寒的重要角色，一个营地能否熬过寒冬，取决于此。

对于熊，鄂温克族有着信仰和情感上的亲近却又无法终止杀戮，而这些仪式便是鄂温克人独有的解决矛盾的方式。例如，小说《丛林幽幽》中写到在打死一头熊后，按照部族习惯要保持内心的沉默和表情的悲哀，这是在回避与熊的有意接触和直接冒犯，并称公熊母熊为爷爷奶奶；在偶然碰到熊后，为了避免冲突，要在熊的足迹处平放一粗一细两个树枝，如此有了强弱分明的比较，才会平复熊的焦灼心情。这种对话方式是临时的非对抗行为，意味着某种顺从。《一个猎人的请求》里写到熊死后，古杰耶不说熊被打死，而是说让它睡在那儿了。《熊洞》中熊脖子是不能随意乱割的，剥熊皮也绝对不许割断其动脉，等等。这些对于仪式的敬重、人格化的称谓以及至高的礼节等，正是表达了鄂温克人对熊的崇拜升华为了一种虔诚的信仰，此时的自然地理景观也同样上升为了图腾这一人文地理景观。

鄂温克人将熊视为自己的食物来源的一部分，在内心赋予其尊贵的地位，与此相伴的是征服感与恐惧感，这一内在冲突实际上起到了自我遏制的作用，它以一种内在的力量和外在的仪式两方面克制着猎手滥杀野兽的欲望，从而维护了自己的衣食之源，同样也维持了森林里自然繁衍的平稳节律。鄂温克人就是以这样的行为方式保持了与外在自然的平衡和协调，并在这样的基点上创造了自己的森林狩猎文化。

在此不得不提到乌热尔图在 1993 年的封笔之作——《丛林幽

幽》，它被喻为乌热尔图小说的"天鹅绝唱"。小说《丛林幽幽》构建了一个由人胎诞生的神熊意象，故事讲述了猎人阿那金的妻子乌妮拉在被巨熊赫戈蒂挠了肚子后，生出一个让族人生畏、长满黑毛的"熊娃"——额腾柯。额腾柯在童年时就爆发出了异于人类的野性与活力，并因此遭到奇勒查部族成员乃至父亲的疏远、嫉恨。阿那金逐渐无法忍受自己的这个儿子，就趁妻子不在的时候，要将熊娃弃于荒野。后来，部族营地在面临生存危机和命运的挑战时，"森林主人"巨熊赫戈蒂也悄然到来，营地里强悍的猎手面对巨熊有着不自觉的屈从感，没人敢能与之相抗衡。就在人们的精神几乎要崩溃的时候，乌妮拉却拿起武器，与巨熊展开了殊死搏斗，其场面之惨烈让人不忍目睹，而早就被驱逐出家族、在外流浪的儿子额腾柯也及时赶了回来，与母亲合力杀死了巨熊。最后，母子却选择离开（抛弃）营地。

小说不单单是在塑造一个雄强的形象，更是在构建一个强力阳刚的审美意象。作者以隐喻性的象征手法，借熊图腾导演了一场古朴而充满召唤意蕴的原始仪式，从而表达了对当今民族精神的某种诠释和呼唤。额腾柯被父亲视为不祥之物，无端逐出营地，可以明确的是，他身上勃发出的野性是令阿那金恐惧的，甚至是憎恶的。"杀父弑祖"从而获得认可的心理自然顺理成章，额腾柯杀的是巨熊，而巨熊的象征是来自鄂温克种族记忆的深处，它积淀着族人对于远古图腾的崇拜，它代表了人们远古记忆中对祖先的崇拜。额腾柯的行为非但不是对祖先威力的亵渎，恰恰相反，正是在这个"弑祖"的隐喻性仪式中，"熊娃"额腾柯从祖先那里获得了雄强的生命力，这个仪式使祖先的原始强力灌注于子孙的精血后，熊所代表的精神死而复生。

总而言之，乌热尔图的小说中有关于熊的复杂感情穿插复现，一些生动的古老仪式描写，集中反映了鄂温克人精神世界对熊图腾的敬畏和崇拜；而众多熊意象的描写，充满了信仰色彩和艺术感染力。对众多少数民族来说，到了谋求发展的特定历史阶段，通过唤醒图腾记忆、重现古老仪式和祖先崇拜来提高民族向心力、洗涤灵魂，这是对民族永续发展的必要传承，而乌热尔图小说中有关熊的描写，也正是再现了作者对祖先原始强力和民族文化之根的回归希冀。

（二）鹿——坚韧品格与刚性之美的象征

在乌热尔图的小说中，关于鹿的描写，同样占据着大量的篇幅。鹿大致可以认为是与丑恶凶残的熊相对应的美善形象。鄂温克族作为以养驯鹿著称的民族，对鹿的依赖性极强，越冬帐篷、御寒服装等皆为轻便耐磨的鹿皮所制，鹿奶鹿肉是鄂温克人日常的主要食物。如同鄂温克猎手所言：“我们在山里游猎，除了靠猎枪，还要靠驯鹿，缺了一个也不行。”① 这更体现了鄂温克人淡薄的财产观念和对驯鹿的喜爱。

鹿除了作为衣食之源，人与驯鹿建立的依存关系更是表现在生活生产的方方面面。鄂温克猎民称春天叫打鹿茸的时候、早春为母鹿怀胎的时节、秋天则是叫鹿的时候（《雪》）；族中萨满举行驱魔治病的仪式时，白色驯鹿是不可替代的祭品（《猎犬》）；不同营地之间互相通婚时，驯鹿是最尊贵的聘礼（《丛林幽幽》）；森林中营地迁移时驯鹿是唯一役使的运输工具，鄂温克族更是流传着驯鹿通

———————————

① 乌热尔图：《山林里的生存智慧》，《人与生物圈》2006 年第 3 期。

灵，可以驮着鄂温克人灵魂远行的传说，地位超然。如在小说《灰色驯鹿皮的晚上》中，巴莎老奶奶便是死后被安放在了驯鹿皮上。萨满在每个鄂温克族群中无疑是充满神性的，从萨满服饰看鹿的地位可见一斑，如萨满的神帽上最突出的便是模拟鹿的多叉犄角，犄角叉数越多标志着萨满的法力越大，萨满的神鼓和法衣也是由鹿皮所制（《萨满，我们的萨满》），等等。

《七岔犄角的公鹿》是乌热尔图的获奖小说，同时也是描写鹿形象的代表作。从小和继父一起生活的十三岁主人公，遭受继父的殴打后，决定独自扛枪狩猎，途中偶遇一头七岔犄角的公鹿，小主人公："着迷地打量着它的模样，它那一叉一叉的犄角，显得那么倔强、刚硬；它那褐色的眼神里，既有勇敢，也有智慧；它那细长的脖子挺立着，象征着永不征服；它那波浪形的身腰，披着淡黄色的冬毛，真叫一个漂亮；那四条直立的长腿，聚集了它全身使不完的力量。它真是完美!"① 在两次打伤公鹿，被它不肯屈服的刚毅品格所折服，到后来帮助公鹿解开狼群之困，结局则是在一次相遇中故意放走公鹿收尾。故事中小猎手一次次和鹿相遇，情感也随之发生变化，由起初的猎物到后来视为"我的朋友、我的勇士"，最后从公鹿身上获取了内心渴望的精神力量——坚韧刚强。

其他小说诸如《小别日坎》里，一头不到一岁的小鹿被小主人视作是自己的弟弟；《清晨点起一堆火》中，巴莎老奶奶与所钟爱的驯鹿之王"白脖子"建立的深厚感情；《最后一次出猎》里对宁死也不肯屈服的鹿形象的礼赞；《鹿，我的小白鹿呵》中，岩桑

---

① 乌热尔图：《七岔犄角的公鹿》，《民族文学》1982 年第 3 期。

和川鲁把一头小白鹿看作是与他们平等的伙伴，小白鹿不幸走丢后，不畏艰险在茫茫森林中寻找；《雪》中的伦布列在山中打猎时自言自语道："野鹿可是宝贝，那些快快活活生活在山里的最有灵性的动物，哪个猎手不在心里喜欢它，不想每天早上都在山坡前瞅它一眼？"① 为保护幼崽不惜拼命的母鹿以及前腿被弹头敲断，仍在猎手申肯手中逃脱的坚韧公鹿，令人钦佩，等等。《老人和鹿》则是一篇具有悲情色彩的小说，老人把森林里的一头公鹿看作是他唯一的朋友，鹿鸣声是他心中真正的歌曲，"听歌"也成为每年上山的约定。当得知那头鹿已经被人用铁丝套死后，他的精神崩溃，溘然长逝。

可以说，人鹿之情构成了乌热尔图小说中主要的温情部分，这些鹿身上体现的坚韧高傲、宁折不弯、热爱自由、拼死护幼、充满灵性等特点绝非兽性，而是一种符号的象征，是与鄂温克人血气相通的"人性"，影射的是猎人的男子气概、鄂温克族的精神特质。他们穿行于茫茫深山老林，游猎生活迁徙不定。雄奇广袤的特殊生存环境，造就了鄂温克猎人充满智慧、热爱自由又极具美感的刚强品质。正如柳宏所说："很明显，鹿已经具有了象征意义。作者写的不是鹿，而是人，是鄂温克人……鹿，是鄂温克英雄的化身，象征着鄂温克义化之根。它像一块铮亮的反光板，使潜在的民族精神和气质变得清晰可见，它又像一块灵敏的回音壁，准确传出了鄂温克民族跳动的心音。"②

与此正面形象所对应的，还有《丛林幽幽》中对永不退犄角的

---

① 乌热尔图：《萨满，我们的萨满》，青海人民出版社2014年版，第97页。
② 柳宏：《乌热尔图短篇小说的民族特色》，《扬州师院学报》（社会科学版）1989年第4期。

灰色野鹿此类伪雄壮的鄙夷。小说中的游荡萨满在族群危难之时臆想了一头"靠神力挣脱春夏秋冬也就是山神的管束，在过冬时节还有这一副大犄角"① 的野鹿，并把它作为神力的象征，族群生存的一线曙光。然而在营地多次搬迁、遭遇火灾、狼群袭击后，看到的却是这样一头灰色老鹿："瘦骨嶙峋，毛色污浊，只有它头上那副犄角是真实的，它是土灰色的，上面粘着白一块黑一块的鸟屎，这果真是一副多年不蜕换的干枯的犄角，葬在了它的头顶上。"② 这样的鹿形象是伪雄壮的、是与民族精神格格不入的，也是作者不愿看到的，其中有着警示的意蕴。

纵观小说中对鹿的赞美抑或部分伪形象的鄙弃，其实都是作者极力想挖掘附着于鹿身上的精神品格与鄂温克民族之魂相比照，汲取其刚性之美。

由上分析我们可以看出，无论熊还是鹿，善恶的对峙间其实都承载了乌热尔图对民族精神中阳刚意识的重生企盼。这两个意象与鄂温克族的生产生活、民族精神、宗教信仰息息相关。作为自然景观中的动物形象，小说中熊、鹿，涉及的笔墨颇多，在我们了解认识鄂温克族生产生活的同时，也深切感受着其血脉里承载的民族之魂，这些皆体现了作者对本民族意识深层次的多向思考和对本民族精神文化的保护思想。

（三）其他重要动物

在大兴安岭北麓这片生长着北极寒区植物群落的泰加林带，大自然孕育了种群数量可观的野生动物，如犴、水獭、马鹿、野猪、

---

① 乌热尔图：《萨满，我们的萨满》，青海人民出版社 2014 年版，第 251 页。
② 同上书，第 254 页。

狍子、猞猁、紫貂、松鼠、獐等，这些丰富多彩的动物及其象征物在乌热尔图的小说中随处可见，它们在装点丰富多彩的丛林时也与鄂温克人的狩猎生活建立起了各式各样的依存关系。

鄂温克族作为以狩猎为生的民族，打猎过程如果没有猎犬的帮助，是很难完成的。猎犬聪明机智，敢于同比自己强壮数倍的狼、熊等搏斗，且忠诚护主，经常保护猎民安危，几乎家家户户都养有猎犬，猎犬与猎人之间有着极其深厚的感情。

《猎犬》里疯了的名犬额努曾经救主人革讷两次，第一次出猎时看到主人被熊扑倒，发疯似地冲上去与熊周旋，而它前一天闻着熊粪的味道还在发抖；第二次则是拼死与野猪搏斗，"肚皮被野猪豁开了花，肠子都流出来"，还死咬着野猪后腿不放；还有在一个大雪弥漫的冬天，断粮断肉，面临生死考验时，额努独自从很远的林子把一头公犴撵到营地，救了整个部群。

《一个猎人的恳求》中，猎犬温吉帮助主人与熊搏斗，置性命于不顾，当古杰耶要走时，温吉发出阵阵痛苦的哀求："它多想同主人一道去那不知名的远方，尽它的天职和义务。它急躁地做出各种冲扑的姿势，想挣断脖子上的皮索。"[1] 古杰耶同样对爱犬有着深厚的感情，临别时说："宝贝，我不能让你跟我去受罪。我在这块土地上落地投生，在这块土地上长大成人，我爱这块土地，我会回来的。"[2]

举凡乌热尔图小说，只要有狩猎的故事，必然会有猎犬相随，猎犬的死，给主人带来的创伤无疑是巨大的。如《在哪儿签上我的名儿》里的腾阿道把最心爱的猎狗波耶当人看待，名字即鄂温克语——人。它是一条通人性的狗，曾救过主人的命，最后却在追

---

① 乌热尔图：《一个猎人的恳求》，《民族文学》1981 年第 5 期。
② 同上。

捕驯鹿的过程中，误食烈性毒药而死，腾阿道悲痛不已；《哈协之死》中，哈协的爱犬在主人自杀后，回到营地一直拒绝进食，最后的下落也不得而知；《最后一次出猎》里的猎犬西诺被出现幻觉的主人舒日克误伤，最终与母鹿一起死去，死寂的林中，舒日克清醒后时发现爱犬被自己杀死，泣不成声，不停用锤头捶打胸口，懊悔不已。

马，作为日常出猎的交通工具，也在小说中占据着相对重要的地位，打猎场景中的人兽角逐不乏马的身影。其中小说《马的故事》是专门以马作为第一视角的创作，眷恋故土的兔褐马，在一次次生死挣扎后感动主人，终回故土，映射出的是作者对本民族土地的眷恋。《雪》中任劳任怨的沙栗马、脾气暴躁"像龙一般"的银鬃马被主人视为野性又神气的烈马等，这些鲜活的马意象的塑造，在粗犷、朴拙的色彩勾勒下与鹿的对比，宛然一阕明媚矫健的歌。

鄂温克猎人称冬季为"打松鼠的季节"（《山林里的生存智慧》）。小说中描述的整个冬季，猎人几乎每天都在为猎取松鼠而奔忙，这与鄂温克人在寒冬里的生存境况和经济收入有关——松鼠皮历来是换取茶盐酒和枪支弹药的硬通货。在厚厚的雪层中追逐松鼠的印迹，为了生计在森林里不断迁徙，是冬日的鄂温克人一项重要的生产活动。

其他动物，如《你让我顺水漂流》中带有神秘色彩的啄木鸟和布谷鸟，为"我"带路到卡道布萨满的森林中；《棕色的熊》里的主人公额波和索日卡老爷爷经常去"松鸡聚会的地方"打猎，画面温馨、充满童趣；《一个猎人的恳求》中，古杰耶将要猎杀公犴时联系到自己的境遇而放弃了捕猎，他"对祖祖辈辈猎取的野兽产生了怜悯……萌动的对食草动物生命的同情，对自由的羡慕"①，等等。

这些丰富多彩的动物形象在小说中的穿插，不仅使小说整体的地理景观不再拘于冰冷，鲜活的各色生命体和人兽之情跃然纸上，也生动地诠释了鄂温克人在森林中与其他动物独特的共存方式。这种狩猎民族，长期既取又予的文化心理，烙印在小说的方方面面，融于各类地景中，更深层次地说，乌热尔图给我们所展示的更多的是人天相谐的生态实践观，这对于生物多样性的保护以及如何正确处理人与自然之间的关系，是具有借鉴意义的。

四 地理景观的内化——鄂温克人的精神世界

"我们不能把地理景观仅仅看作地质地貌，而应该把它当作可解读的'文本'，它们能告诉读者有关某个民族的故事，他们的观念信仰和民族特征。"② 由此看乌热尔图的小说，不仅直观描写着人与自然之间的关系，同时还有外部地理世界引发的人物精神世界的价值内化，这些复杂的内化表现在小说中多为幻象、梦境、梦游、呓语、自言自语、祈祷和象征性的预言等心理现象。这些是我们观察文化和文学间独特关联的重要媒介。

（一）"化实为虚"——充满神性的精神世界

在乌热尔图的小说中，有着一类特殊的对话和自言自语，其倾诉对象大部分为神灵、大自然的山川河流，以及想象中的人格化的动物。这些神秘的复魅表述、意识流、魔幻现实主义等叙事手法，

① 乌热尔图：《一个猎人的恳求》，《民族文学》1981 年第 5 期。
② ［英］迈克·克朗：《文化地理学》，杨淑华、宋慧敏译，南京大学出版社 2003 年版，第 51 页。

再现了人口稀少的鄂温克族这一文化群体在辽阔的森林世界中的生存法则：敬畏自然万物，与动物结盟交友，向神灵祈福祷告，解除精神困惑，平衡心理情感，慰藉自我灵魂。

《老人和鹿》里的老人把树木、河流、鸟鱼等都当作朋友，并与他们对话，抚摸松树时说："你还认识我……"手伸进水里时喃喃自语，"老朋友，你还是清得见底啊，让人看得见你的那些鱼，鱼可是你的宝贝"，"这里的小河、大树、鸟儿、野鹿，都是我的朋友，它们帮过我的忙，帮我活到了现在……"① 老人甚至将流水声、风声都听作是在唱歌，认为森林中的一切存在都是可以交流的生命体。《雪》中那个到了山里比谁都恭敬的申肯大叔坚信："在山里，你想干什么，有什么怪念头，不能随便说出来，除非你在请山神的时候，才能说出你心里的念头。我再告诉你，别看那些一声不吭的孤树，还有那些整体装哑巴的石头，它们可有自己的耳朵。"② 在追捕鹿的过程中，老松树上传来喊叫申肯的声音，他停下来和松树对话，松树讲述了以前猎手西勒格瞎眼的原因和沁木热的死因，分别是因为在不该打鹿的季节打死三头母鹿，向外族人夸耀自己的枪法，打死了三只不该打死的鹿崽儿。带有神性的松树，其实是在警示申肯中止这次狩猎行动，否则会有报应。

这类与其他地理景观的对话抑或小说角色的自言自语等，读者听来似乎荒诞不经，却是符合鄂温克人精神内核的。出于生存意愿的狩猎行为，善良的鄂温克人是从内心抵触的，但又不得已而为之，于是他们以多种方式寻求自身救赎。首先表现在鄂温克人独特的精神世界里，敬畏意识是绝对占主导地位的。"他们日常生活中的每一

① 乌热尔图：《老人和鹿》，《上海文学》1981年第8期。
② 乌热尔图：《萨满，我们的萨满》，青海人民出版社2014年版，第96页。

个细微环节都渗透着对大自然的敬畏，对山野的敬畏，其古朴的含义是人与自然和谐相处，这也是鄂温克人苦苦追寻的境界。"① 《森林里的歌声》里的敦杜在三十年的狩猎生涯中，他认为猎物的好坏取决于山神。当他打到一头有着大五叉犄角的鹿时，感叹的是："山神第一次给我这么大的鹿茸"，而回家后首先进行的便是传统的猎获祭神仪式，意为回报自然。《沃克和泌利格》中讲述了在营地迁徙后的头等事是先把玛鲁神挂在树上。《玛鲁呀，玛鲁》里的故事谁也不能说，只能对山神倾诉。《雪》中的伦布列进山狩猎，首先要刻神像求平安。《瞧啊，那片绿叶》里的鄂温克传统猎民在拉杰误伤了山外好人后，内心备受煎熬。他选择赎罪的方式，是反手绑在树干上，猎枪套在临近树上对准胸膛，皮绳连接枪的扳机和他头部，只要晃动脑袋，便会自杀。这样的行为却得到了格库大叔的支持，他认为拉杰是个好孩子，并说："他是要在山神面前赎掉自己的过失，他不会离开我们的。"② 《清晨点起一堆火》中芭莎老奶奶自我解脱式的自述，把未婚先孕的特杰娜的孩子视为不祥之物，认为"她弄脏了给力克家族的血，带来了耻辱和嘲笑"③。于是擅作主张将婴儿残忍杀害，她的内心是受到谴责并难以接受的，但获取内心平静的安慰是认为这一小生命准会变成乌麦神的（乌麦神是丛林中专门保护婴儿的神灵）。而最后老人的举动也耐人寻味，她选择在清晨点起的第一堆火苗上"洗洗手"，洗刷自己的罪恶，可见火神同样在鄂温克族中是极其受尊崇的存在。这还表现在小说《猎犬》里，宾塔被自己的猎犬咬伤后，部落的萨满请神祛病，首先的仪式也是祭献山神，

① 乌热尔图：《萨满，我们的萨满》，青海人民出版社 2014 年版，第 255 页。
② 乌热尔图：《瞧啊，那片绿叶》，《民族文学》1981 年第 1 期。
③ 乌热尔图：《萨满，我们的萨满》，青海人民出版社 2014 年版，第 139 页。

仪式后革讷老汉请人吃饭，要先将第一碗酒抛洒火堆，祭拜火神，因为"鄂温克人从来都是敬火神的，它是温暖和幸福的象征"①。《雪》中更是讲述了布勒陶部落的女人用猎刀扎火堆后，触怒火神导致瞎了一只眼的故事。这些大量叙述，暗示了鄂温克人崇拜的诸神作为无形的束缚，不可侵犯、不可亵渎，否则自己便要承担恶果。

还有就是鄂温克人在精神上同样以低姿态与丛林中的其他动物处于对等的地位。例如，在新生婴儿的摇篮背面会"挂着一串清脆作响的象征物，母鹿的蹄壳、野猪的獠牙、乌鸡的腿骨、猞猁的颚骨，还有紫貂的尖爪，包裹婴儿的驯鹿皮"②。新的生命自诞生起便与大自然建立了某种特殊的对等关系，上面有与他们的生活息息相关的猞猁、松鸡、松鼠、小鸟等，还有用松树的枝条制作的多种象征物。在鄂温克人崇拜的诸神中，除去对幼小生灵象征物的崇拜，而对大型动物熊等的敬畏就显得更加特别。

萨满在每个鄂温克部族中地位尊崇，且被视为沟通天人的代表，是自然与人交流的代言人。萨满神帽上的铁制犄角标志的是无上尊崇的、至善的精灵。在小说《萨满，我们的萨满》中写到达老非萨满多次走进"我"的梦里。古朴威严的萨满服饰"有一种令人生畏的力量，使你无论如何也忘不掉。神袍上缀满树林一般密集的，涂着黑、红、黄三色的缨穗，而森林里的飞禽走兽、日月山河，变成了一个个铁制的象征物全部镶在了上面。那神袍只要被轻轻抖动，就发出一阵震慑灵魂的声响。那神袍容纳了一切，象征了一切，意

---

① 乌热尔图：《萨满，我们的萨满》，青海人民出版社 2014 年版，第 2 页。
② 同上书，第 216 页。

味着一切。代表了给予你生命的任何东西，都无法容纳的世界"①。这是地理景观的物化，与人结合后又蕴含了其他象征意义。之后，达老非模仿熊、天鹅等动物舞蹈，并以不属于自己的声音喊出"我—是—头—熊"，等等。这类仪式看似不可思议，但意蕴深刻。具有生命的精灵，不仅可以在有形的地理世界的限界之内存在，也暗含了在动物生灵中，借助于灵魂可以实现自由往来、相互借助的状态。它隐喻了这样一层文化内涵，即人也是自然的一部分，而万物平等。"真正的鄂温克族人告别世界都是通过肉体与周围环境完美地融合而实现灵魂再生的，他们并没有与大自然真正分离。"② 这种认知还具象在鄂温克人独特的风葬仪式上："在鄂温克人古老观念中，有一条河，那是氏族的生命之河，在河流的中部生活着享受阳光的人们，河流的下游居住的是那些告别阳光投入月光的人。那高耸的风葬架象征着木排，载着告别阳光的灵魂，顺着氏族的河流而下，漂向最终的归宿地。"③ 可见，乌热尔图在小说中自觉地将带有万物互通意味的轮回思想注入其中，在对待生命的态度上体现的是真诚而平等。

在乌热尔图的小说中，老人的塑造在文学地理学视角下也是极具象征意义的。小说《丛林幽幽》中的萨满托扎库进入"人神双体"的萨满世界后，富有节奏地吟唱了关于狩猎民族迁徙的路径：

石勒喀河是我们的发祥地，

① 乌热尔图：《小说二题》，《中国作家》1993 年第 3 期。
② 师海英：《乌热尔图小说人物形象折射出的作家的生态理念》，《语文学刊》2012年第 1 期。
③ 乌热尔图：《萨满，我们的萨满》，青海人民出版社 2014 年版，第 230 页。

> 阿穆尔河畔是我们的宿营地，
>
> 锡沃霍特山是我们的原住地，
>
> 萨哈林的山梁使我们分迁……①

这段带有山河信息的述说，其实正是额波尔迪河畔鄂温克族的神圣历史，小说中多次提到"一个部族失去老人，意味着即将失去智慧、偏离传统、意味着灾难降临"；"整个部族对于代表历史、代表智慧的老人们，保持着孩童般的精神依赖"②；"崇拜老人是千百年来养成的部族生存的需要"③，等等。鄂温克族没有文字，知识经验的传播是活态的，依赖于年长者的地理经历和口口相传的、以重要地理景观为参照物的歌曲，它往往能指导游猎民族今后的迁徙指向和发展路线。因此，鄂温克族的老人在脑海中通过上一代记忆、自我经历等，构建了一幅含有丰富地理景观的地图，老人们存在于自我精神世界的地理景观、地理经验等，是神圣的，并受族人推崇的。

（二）梦境、幻觉——人与自然相处的镜像

梦境书写，在乌热尔图的部分小说中是贯穿始终的，大多是对未来的预测和往昔生活的再现，这些梦境映射出了鄂温克族集体无意识的民族心理，堪称复杂的人与自然相处的镜像。

以乌热尔图代表作《萨满，我们的萨满》为例，小说中以童年时代的"我"和成年后的现实境遇，两段经历交叉叙述。达老非萨满在十一岁时初次进入了"我"的梦境，即使现在记忆早已模糊，

---

① 乌热尔图：《萨满，我们的萨满》，青海人民出版社2014年版，第233页。
② 同上书，第217页。
③ 同上书，第247页。

但犹记得那种威严和神秘感。他指引"我"在第二天去一片松林，之后便看到了漂亮强健的野鹿和各种生灵，还有"和善的像一位老人的熊"，默默地同我照面后又悄无声息地离去。童年的记忆里，梦中万物静好，画面温馨。逐渐长大后，第二次的梦境是在一片血色余晖的松林中，萨满向我威严地吟唱，使我陷入思考："我那蒙昧的灵魂一下子领悟到那不可言说的神威，体味到在人和山野，还有在那你不可触摸的神秘时空之间，'萨满'到底意味着什么。"① 在最后一次的梦境中，在生死虚实间游走的老萨满仿佛超脱生死、跨越时空与我对话。这种带有预见性的声音更像是一种警示："不久的那一天，林子里的树断了根，风吹干了它的枝，太阳晒黄了它的叶……不久的那一天，鸟儿要离开林子，像秋天的松果甩开枯枝……我的眼睛穿透了裹在时间里的雾气——你戳在那儿，离我很远很远……在不久的那一天，在一个陌生的地方，在一群陌生的人中间，你也像一棵树。我当时怀着灵魂的震颤，对未知的明天感到一种恐惧，我的本能以似懂非懂的麻木来抗拒那恐惧。"② 当最后达老非萨满的预言开始在"我"身上应验时，"我"果真立于陌生的人群中，确确实实感到困兽般的焦虑和断木一般的僵硬，此时的"我"开始怀着甜蜜和苦涩，真切地追忆起当年的情景。三段梦境意蕴深刻，这其实正是乌热尔图通过族群个体的追忆来复现民族记忆，最后以"我"的麻木来批判追问族群的未来何在，似幻实真，格调沉郁。

小说《灰色驯鹿皮的夜晚》，以第三者的视角记录了巴莎老奶奶梦游致死的故事。寒冬初雪降临的夜里，巴莎老奶奶在梦境中呼唤、

---

① 乌热尔图：《小说二题》，《中国作家》1993 年第 3 期。
② 同上。

追寻着心中的驯鹿，雪夜狂奔却浑然不知，最后竟在梦游中冻死，结束了生命，这是"她自己找的归宿"。《玛鲁呀，玛鲁》描述了在自然环境被破坏、野鹿锐减的境遇下，猎手努杰却只能沉浸在七年前打猎的场景中，与现实脱节，无法分辨幻觉和真实。《丛林幽幽》中托扎库萨满在营地陷入绝境时引导人们做梦，整个营地的人全部梦到了神鹿并欣喜若狂。其实这是在营地破坏、多日的颠簸寻找而不堪重负时，人们将希望寄托于萨满，自然产生了幻想而并非是萨满的神力作祟，这是"一种对集体性的再寻求，这种集体性以族群共同体文化的面目出现"①，乌热尔图通过梦境这一诗学手段，将族群个体心理与自然的关系，以神秘的方式勾连呈现给读者。这些书写含蓄而又饱含痛楚，虽未直言，但工业文明如何戕害山林和鄂温克人的侧面书写力透纸背。种种梦境的叙述，具有指导性和暗示性的作用，是作者包孕的身份意识流露以及对族人精神世界的深度挖掘，旨在唤醒鄂温克人的共同记忆，它牵系着民族重要的历史记忆和精神内核。

此外，幻觉在小说中也有生动细腻的展演。以《最后一次出猎》为例，猎人舒日克在追捕一头怀胎母鹿的过程中产生了种种幻境，如幻想自己烤炙于一个"陌生的太阳"之下，处于无法逃脱的左右为难之境，猎人内心的孤独惶恐随着逐渐耗尽母鹿体力而"完胜"时加剧。直到最后射杀母鹿，在母鹿跪地的一瞬间，恍惚中竟又看到了自己怀孕妻子的影子，随后崩溃、懊悔等负面情绪井喷般涌来，这种诡异幻觉的出现，正是猎人压抑的心灵包袱在最后一刻的释放。最后的母鹿化妻这一极端的情境将矛盾尖锐化到了极致，昭示了原

---

① 刘大先：《重寻集体性与文学共和——为什么要重读乌热尔图》，《暨南学报》（哲学社会科学版）2014年第3期。

始的鄂温克人与千百年来和谐相处的自然的决裂以及精神寄托的虚幻殆尽。在这场人鹿角逐中没有胜利的一方，是人与自然的共同毁灭。舒日克逐鹿过程中的幻想可谓是鄂温克人追逐，更确切说是被迫追逐现代文明的内心世界的缩影。作者对于民族心理的刻画入木三分，最后的警示可谓振聋发聩。

鄂温克人眼中的各类动物，既是猎物、役使物，又是朋友、依赖者，这一矛盾始终存在。而鄂温克人自古遗留的解决方式是通过祭拜"白那查"山神来平衡内心，这一神圣仪式一旦打破，也就意味着信仰的缺失。面临如何自处的困惑，鄂温克人精神上的煎熬和痛苦，是难以估量的，犹如从灵魂中生生割裂与生俱来的另一重生命体。

由此可见，当乌热尔图超越现实地理世界走向鄂温克民族的精神世界时，小说创作也进入了成熟阶段：他的追求已经绝非肉眼可识地、浮泛地展示鄂温克民族的森林生活，而是开始深掘鄂温克民族深埋于历史中的独特精神世界和民族文化性格的独特性——对鄂温克民族心理审视和未来的深深忧虑，成了创作的意义中轴。这些彰显文化根基的部分，便由鄂温克之梦、鄂温克之幻形成了。"可以说那是以独特形式表达群体意识的'隐形文本'，其旨在阐释整个部族的精神世界，使其更具凝聚力与部族意识，以便同其他生存群体相区别。"① 此时，乌热尔图给我们呈现的不仅是自己民族的历史与现实，还有小说写作中超越现实叙事的、带有审美质素的文学地理学主题：对人与自然关系的分析把握，对族群命运的前瞻性关照。

总而言之，小说中独特的自然地理景观描写，是作者主体情感

---

① 乌热尔图：《不可剥夺的自我阐释权》，《读书》1997 年第 2 期。

的寄托和内心世界的真实再现，其中包括大量对自然万物拟人化的亲昵描写，并赋予了它们丰富的想象力。这是鄂温克人崇拜的万物有灵，追寻人与自然平等相处的共同心理的体现。他们已然认识人依附于自然，并力求做到与大自然共荣共存。这些地理景观的存在，已经不只是构成小说活动背景的一种单纯的环境或景物描写，有时甚至具有了本体性。地理景观作为一个自足主体，拥有着丰富的象征意味和宗教寓意，它们在乌热尔图的笔下化虚为实，支撑着文本地理空间的建构，对于主题的深化发挥着重要作用。

第十九章 "封闭空间"与"开放空间"的二维构建

　　"文学的地理空间,是指作家在文学作品中创造的与地理相关的空间,往往存在三重性,即现实空间、想象空间与心理空间的统一。"① 乌热尔图独特的森林小说中涉及的地理空间也是这三种空间的有机统一,既有真实可查的现实地理空间,还有承载民族文化之魂的鄂温克人精神空间,同时还有游离于现实与虚幻间的回顾叙事中的印象空间。从文学地理学的角度切入,乌热尔图的小说完成了"封闭空间"与"开放空间"的二维构建,其背后也反映了"外来文化"与"本族文化"的复杂关联。

一 "封闭空间"与"开放空间"

　　封闭空间有着双重含义,即在生存空间和思想空间上的封闭。鄂温克族千百年来在世袭之地上生活,从未踏足大兴安岭之

---

　　① 邹建军:《文学地理学批评的十个关键词》,《安徽大学学报》2010年第2期。

外，直到新中国成立后，才结束了其原始社会制度。长期与外界的隔绝、信息获取的滞后等因素，也自然导致了鄂温克人思想的封闭。同样，开放空间在小说中既指地理空间意义上的开放——人物活动范围的延伸和拓展，还体现为与外来文化的融合导致的思想上的开放。大量原始猎民从屈居一隅的深山老林转移到现代化社会之中，从狭小的族群生活空间游移到四通八达的城市，形形色色的人物活动轨迹在小说中错综交织。精神空间随着地理空间的延伸而扩展，使得人物关系也开始变得复杂纠缠，山内人与山外人的矛盾不时体现在作品中，这样的空间互动，带来的是两个完全不同的世界，在小说中的交流、碰撞、融合。

乌热尔图的小说以地理空间为依托，向我们展示了两种截然不同的文化：深受现代文明浸染的功利社会与不染纤尘、受自然馈赠的原始社会。作者的矛盾心理显而易见，既想通过文化的融合摆脱苦难落后，又想保持鄂温克族纯洁的民族特质，两种空间的微妙关系，使得小说具有更加耐人寻味的复杂意蕴。

"在文学地理学意义上，所谓文学作品的现实空间，是指在文学作品中作家以一种现实的眼光如实地描写自然地理形态，作品中存在的空间形态与现实生活中的客观实景相比没有很大的变形，可以唤起我们对现实地理空间的实体印象。"① 乌热尔图小说中有关鄂温克人森林生活场景的地理空间设置，实为现实空间的投射，他以地理空间为依托，向我们展示了其背后的深层文化内涵。

---

① 邹建军：《文学地理学批评的十个关键词》，《安徽大学学报》2010 年第 2 期。

（一）山林智慧的缔造者——传统鄂温克人

鄂温克这一族称意为"住在大山林中的人们"，在 20 世纪 50 年代前一直处于原始社会，过着古老北方民族特有的狩猎生活，直到新中国成立后，才开始了定居和放牧的生活。

虽然鄂温克猎人的生产活动在某种程度上也被山林外的经济市场所左右，但森林孕育出的民族深受萨满教影响，尊重自然、敬畏自然，是其生存立足的核心观念。直到现在，他们创造的传统文化仍发挥着主导作用。在以萨满文化为内核的文化影响下，鄂温克人建构了一系列适应自然的人伦关系和生存法则——依循俭朴、适可而止的生活态度；杀戮与感恩、负疚共存的生存现实对猎手的约束行为；积极保护母兽及其幼崽、厌恶盲目滥杀野兽的冲动；面对自然万物既勇毅进取，又保持敬畏节制的精神品格，等等。从积极意义上讲，这一信仰有效抑制了人类征服大自然的冲动，正是在艰难的生存环境中善待自然的生存策略，方使一代又一代的鄂温克后人有机会享用这笔珍贵的自然遗产。

在对待金钱等物质需求时，《雪》中的猎手伦布列说："说到金子，鄂温克人也知道它值钱，可我们从来不把它揣在心上，大家都愿意用自己从林子里打来的猎物，换点吃的呀，穿的呀，这样不知过了多少年。"[1] 由于千百年来形成的迁徙与狩猎习俗，鄂温克人不愿为任何一种形式的财物所累，所需所取之物皆来自于森林。不曾走出世代生存之地的他们，理性审视自然赐予的一切，多习惯于轻装简从，绝不过度索取，长久以来，都以一种最低需求的生存方式

---

① 乌热尔图：《萨满，我们的萨满》，青海人民出版社 2014 年版，第 92 页。

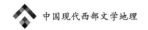

与大自然和谐共处，从而顺应着森林生生不息、周而复始的自然规律。

正如《清晨点起一堆火》中芭莎老奶奶所说："我们不是全像鸟儿似的靠林子活命吗？"① 由此衍生出来的鄂温克人独特的精神品格。我们观察乌热尔图笔下的鄂温克猎民群像，总体来说是淳朴粗犷、真实感人。《琥珀色的篝火》中为了解救三个迷路的陌生人，不惜丢下病重的妻子而去营救他人的尼库，拯救了素不相识的路人却延误了妻子去医院的时间，导致妻子病死在路上，但是率真善良的他始终认为："不论哪一个鄂温克人在林子里遇见这种事儿，都会像他这样做的。"② 《堕着露珠的清晨》里待人真诚，憨痴的别吉大叔，当客人想找一件他穿的皮上衣时，他便直接脱下来披到客人身上，看着客人的尴尬，别吉大叔豁达地说："你喜欢我的东西，我会高兴的，不要害怕。"那些外来的歌唱家听完别吉大叔的歌声后，更是由衷地赞叹："鄂温克人在大自然面前是伟大的。"③ 《瞧啊，那片绿叶》中因为误伤工作队长而以血的代价来惩罚自己的拉杰，爱憎分明，看到受"文化大革命"迫害的"老朋友"吴乡长，完全不顾在场人，上去就要带走胸前挂着大木牌子、正在受批斗的吴乡长。小说还塑造了诸如经常给扑火队当向导、带病帮扑山火的一百多人走出森林的"护林模范"古杰耶（《一个猎人的恳求》）；心里替他人着想，却一声不吭、默默帮人做事的何林（《我在林中狩猎的日子》）；自己儿子被地主掳走，备受折磨却不计前嫌收养汉人孩子的敦杜（《森林里的歌声》），等等。

---

① 乌热尔图：《萨满，我们的萨满》，青海人民出版社 2014 年版，第 139 页。
② 乌热尔图：《琥珀色的篝火》，《民族文学》1983 年第 10 期。
③ 乌热尔图：《堕着露珠的清晨》，《人民文学》1984 年第 10 期。

聚居型的群体生活，使得鄂温克人几乎不存在私有观念，劳动成果是共同享受的。小说《沃克和泌利格》里描述了猎手在打到一只犴时如何分给大家的情景："犴的脊骨有八节，如果营地里有六顶帐篷，那么一户分一节，剩下的两节短骨留给猎手；小腰骨有八块，一户分一块，剩下的给自己；犴肾有两个，切成六块，一户分一块；肋骨有十六条，一户分三条，不够的下次再补；只有犴的舌头才是完整属于猎手自己的。"① 《丛林幽幽》中也提到，即使打到一只小小的松鸡，也要按帐篷平均分摊给族群每个人，大家共同品尝。猎手们的想法是单纯质朴的："没打着猎物的人，有权索要打中的野兽的人的猎物。而一个成熟猎手的信念是：自己打着的送给别人，这样的人永远能打中猎物。只顾自己而不顾别人的人，永远打不着野兽。"②

这些形形色色的人物，为我们展现了传统猎民的闪光之处——勇敢、勤劳、善良、无私、平等且始终保持着自己坚守的那一套森林准则——懂得分享、在向自然索取的同时也回报自然。这是受祖祖辈辈熏陶，遗留至今的可贵品格。"所谓民族性格、民族心理素质，并不是某种抽象的符号，而是一个民族生活条件的反映，是民族作家从周围环境得来的印象的结晶。"③ 这类血肉丰满的、极具鄂温克民族性格人物形象的塑造，得益于乌热尔图熟悉鄂温克人的历史传统、真实的生活体验。这样的人物刻画，为我们真实再现了一个独特的地理空间中的民族风度与气质。

---

① 乌热尔图：《萨满，我们的萨满》，青海人民出版社 2014 年版，第 146 页。
② 同上书，第 247 页。
③ 郭超：《他在发掘本民族独特的精神财富——漫谈乌热尔图的短篇小说及其美学观》，《小说评论》1986 年第 2 期。

（二）"山外人"的多副面孔

居住在深山密林中的鄂温克人自称是"山里人"，与此相对应的，按地域划分，不属于鄂温克聚居地的，则统称为"山外人"——在乌热尔图的小说中特指汉族人。"山外人"作为相对于鄂温克人来说的文明人，在进入深山丛林后，同时也将现代文明带进了这一原本封闭的地理空间。鄂温克人仿佛一夜之间被历史挟裹着进入另一片大千世界，由此，乌热尔图的笔下也为我们呈现了形形色色的"山外人"形象。

1. 文明负载者抑或"入侵者""冒犯者"

在新中国建立初期，随着林区的不断开发，大量的伐木军带着作业工具涌入了大兴安岭腹地。面对突然出现的陌生面孔，鄂温克人且惊且喜，还未来得及对自身处境和部族未来做出思考，便张开双臂，以善良、淳朴的好客天性迎接了山外人的到来。铁路、公路如蛛网般在森林里铺展开来。伐木运输工具的进入，打破了大兴安岭的宁静；沉寂了千年的丛林，在数年内出现了热闹的集市；交通的便捷，也使得越来越多的偷猎者、观光客混杂其间。

在与山外人的交往接触中，鄂温克人开始渐渐发觉自己经常"上当受骗"，承受难言的屈辱。一些小说中多次写到，鄂温克人告诫后代，千万不要下山，"山外人，心不好"等，这些朴素的语言中反映出屡遭冒犯的鄂温克人对山外人的整体印象。对封闭空间中固有文化的坚守，正是缘自"山外人"对"山里人"欺凌冒犯，使得原始猎民宁可固守贫穷而安宁的自在状态，而不愿融入这个可怕的外部世界，这是发自内心深处对祖祖辈辈的生息之地的坚守和保护。小说也从侧面赞扬了鄂温克人"有一把猎刀就可以生活下去""宁死也不会下山去"等信念,这种"与世隔绝"的封闭文化心理,其实是两种不对称空间交流、碰撞的必然结果。

到了20世纪80年代,因为生存所需,鄂温克人与山外人的接触逐渐变得频繁。《一颗被刺伤的心》讲述了这样一次自杀事件:当地旗公安局的人请鄂温克猎民阿力克协依当向导,他诚挚地配合了这次官方行动,靠着惊人的记忆走遍丛林河流,不仅帮助找到了自己家族的仓库,还帮山外人找到了其他家族的仓库。结果二十多座储存着鄂温克人宝贵物品的仓库被洗劫一空。这次并未征得鄂温克族人应允的行动,让阿力克协依意识到毁掉的不仅是一些仓库,而且包括鄂温克族内对他的信任,而他自己也觉得做了一件无法弥补的错事,一件无法辩解、难以洗刷的亏心事,于是,沉默不语的阿力克协依,最后选择以自杀来赎罪。

乌热尔图的小说中,蜻蜓点水般写到的这些无名无姓的山外人形象,他们虽是文明的负载者,却在行为上有诸多野蛮行径,让人愤怒。站在民族本位的视角下,山外人的闯入,是凌驾于鄂温克人之上的"虚伪生态主义"行为,在经济利益的驱使下,森林沦为外来者掠取金钱的工具。在这片未开垦的"处女地"上,一些外来者虽打着资源保护的旗号,但其深层的动机不是改造自然,而是功利主义的掠夺行为。于是唯利是图成为外来者的重要标志,他们逐渐在乌热尔图的笔下变成了闯入者、冒犯者、掠夺者。

2. 鄂温克人的欣赏者或帮助者

在乌热尔图的小说中,除了"冒犯者""入侵者"等一系列令人生厌的形象外,同时出现了诸如鄂温克人的"欣赏者""帮助者"等一类作者讴歌的形象,这体现了乌热尔图对于两种空间融合的理性思考。在封闭空间已经以不可阻挡之势被打破之后,对于另一空

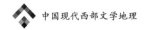

间，不可一味拒斥，而是要在交流中相互理解，相互尊重。

《堕着露珠的清晨》中写道："从远方飞来的鸟儿——城里的歌唱家、舞蹈家，头一次飞到这样一片陌生的林子，树枝上的每片叶子都使他们新奇"①，歌唱家赞叹道，"这是我见过最有味的村子""简直是走进了安徒生的童话世界"②。舞蹈家则认为："我在村里瞧见几个鄂温克猎人，给我的第一直觉，这里应该有吉普赛人那种奔放、节奏强烈的民间舞。"③ 鄂温克村庄如同田园诗般的独特风光，经由具有审美意识的外来者中的艺术家用赞美诗般的语言展现出来，从这类"被看"的积极性描写不难看出，乌热尔图对鄂温克人的家园受到赞美是很高兴的。这说明，外来者以欣赏的态度认可鄂温克生活，自然会得到鄂温克人的爱戴。

值得注意的是，乌热尔图在其早期小说中，也讴歌了一批帮助鄂温克人脱离贫穷艰苦生活的山外人形象——共产党人。这类小说虽然不免夹杂政治色彩，但是从其中出现的大量高饱和度色彩的语句来看，流露的情绪是欣喜的。例如，有着象征意义的"金色的太阳""悠扬奔放的歌声飘荡在兴安岭的密林中，奔腾的流水、气势磅礴的松涛在为歌声伴奏。灿烂的朝阳把温暖的光芒洒遍密林、山岗……"④ 等词句。这些都体现了新中国成立后，乌热尔图对国家和民族未来充满了热情和信心，喜悦之心是发自内心的。

《熊洞里的孩子》《瞧啊，那片绿叶》《一个猎人的恳求》等乌热尔图早期的作品，多是歌颂新中国建立后带来的生活巨变、民族政策的实施以及共产党人的无私奉献。这种时代烙印，不是乌热尔

---

① 乌热尔图：《堕着露珠的清晨》，《人民文学》1984 年第 10 期。
② 同上。
③ 同上。
④ 乌热尔图：《森林里的歌声》，《人民文学》1978 年第 10 期。

图书写的鄂温克民族文学独有的，而是当代中国文学的整体风格。作者巧妙地通过叙述鄂温克人命运的变化，来表现共产党的伟大。从某种意义上讲，这类题材的书写，也体现了鄂温克人对先进文化的认同。

总之，乌热尔图小说中多面相的山外人形象的塑造，正是在"自我"与"他者"的交流、碰撞中完成的。然而，这些形形色色的山外人形象中，却没有出现对作为另类文化——鄂温克文化的反思者，因此可以大体上认为，外来者形象实为美己之美的借镜。乌热尔图在小说中融入了个体的民族情感体验和对不同文化交流、碰撞乃至重建的思考。

（三）"家"的地理空间构建

一个地方的景观（及其变迁），既展现了该地区的文化变迁过程，也浓缩了其文化精粹。正如卡尔·索尔所说："如果不从时间关系和空间关系来考虑，我们就无法形成地理景观的概念。它处于不断发展或消亡、替换的过程中。"① 在现代化进程中，乌热尔图展示的新中国成立前，鄂温克人生活地域的地理景观，实为其根据祖先记忆而为读者构建的跨时空对话。在这种封闭生活空间向开化社会打开缺口的跨越中，几乎没有过渡期。他们不得不响应国家的政策，由游猎生活过渡到定居生活；由游猎帐篷向具有现代意义的"家"——定居房屋转变，难免会产生冲突。由于鄂温克族是狩猎民族，游猎营地经常变换，且没有建造固定的房屋等人文地理景观，

---

① Sauer C., *Land and Life: A Selection from the Writing of Carl Sauer*, p. 333, ed. by John Leighley, Berkeley: University of California Press, 1962. 转引自［英］迈克·克朗《文化地理学》，杨淑华、宋慧敏译，南京大学出版社2003年版，第22页。

因此，乌热尔图对鄂温克族的"家"这一地理空间描写，作为小说中唯一的内在空间，是很耐人寻味的。

在《灰色驯鹿皮的夜晚》中的巴莎老奶奶，在新中国成立后告别生活了一辈子的猎营地和精心饲养的百余头驯鹿，来到村里的定居点，开始适应外部世界的生活。可在来到村子的第二天，她就在新房边搭起一座游猎式帐篷。隔了几日，又在帐篷旁边砌起凸型的石板烤炉。她觉得盖房子用的水泥使她闷得透不过气来，她甚至觉得下雨的时候，在里面待着，人身上会长出蘑菇。在《老人和鹿》中的老人，住在村里出门的时候需要有人领，可在山里好像啥都能看见，似乎树长在了他的心里，小路铺在了他的手掌上，让人猜不准老人的眼睛是好是坏。老人对小孩说："记住我的话，人离不开林子，林子里也不能没有歌儿。"① 《琥珀色的篝火》里的妻子塔列，身患重病还从医院逃回山林，她觉得："在山上……我死了也不觉得难受……要不是怕你生气，这次我真不想下山……我真要死的话，早晚也得埋在山上。"② 《在哪儿签上我的名儿》中，腾阿道劝说在山外生活了几年的诺克托："住在那个我叫不出名字的城里，不管他混得多好，哪怕真的比别人高出一头，可那是在人多得拉屎都找不到地方的城里，没准他也是整天心烦意乱的。回到猎营地，这儿早和他心里想的不一样了，这儿不比那个拉屎找不到地方的城里静多少了。"③

创造"家"或"故乡"，是相对于自然地理的人文地理景观建构，也是一种心理空间的建构。乌热尔图中后期的小说，多集中展

---

① 乌热尔图：《老人和鹿》，《上海文学》1981 年第 8 期。
② 乌热尔图：《琥珀色的篝火》，《民族文学》1983 年第 10 期。
③ 乌热尔图：《萨满，我们的萨满》，青海人民出版社 2014 年版，第 152 页。

现这一矛盾，多次影射鄂温克人对新中国成立后离开自己的故土，开始定居生活不免产生的抵触、排斥情绪。"家"是被看作可以依靠、安全，同时又受限制的空间。游牧民族对住所的观念是很淡薄的，小说《静静的等待》中就表现了鄂温克人的这种观念："咱们住惯了鹿皮帐篷的人，信的是熊神，熊的天性无牵无挂，四处浪游，只要吃得饱，睡得好就行了。"① 可以看出，鄂温克人对定居型村庄的排斥，是由于习惯了无边界的自由、开阔生活空间的骤然变化带来的不适感。整合型的处所，相对于游猎生活的范围，无疑是极具限制性的，同时被动的整合所建立的"家"，使得天性崇尚自由的鄂温克人难免会发出反对的声音。尤其是老一辈鄂温克人，这种文化的强烈冲击，对他们来说是始终难以释怀的，即使现实的物质生活空间发生了转型，但他们的心灵仍然诗意地栖息在那片古老的森林中。乌热尔图的这一空间转型书写，正是对于鄂温克民族传统生活空间遭外来文化侵蚀、逐渐缩小而表达出的忧虑，同时也流露出老一辈鄂温克人挥之不去的"故乡"情结。

二　两种空间的碰撞

在封闭空间与开放空间的碰撞中，我们看到了长期屈居一隅的鄂温克人被动地卷入了现代化的浪潮中，突如其来的政治风暴也裹挟着诸如地主阶级、资本家、共产党等各种现代群体与党派相伴而来。相对来说，鄂温克族人口数量少、地理环境偏远狭小、思想意识滞后，在与这些外来群体的交流、碰撞中，难免产生一系列的矛盾。

---

① 乌热尔图：《静静的等待》，《上海文学》1988 年第 9 期。

乌热尔图作为极具民族与地方特色的小说家，他对地区意识的理解，在其小说中是有着诸多体现的：20 世纪 80 年代工业化对这块地域的侵入、森林的砍伐、野生动物的猎杀，以及现代机械的轰鸣，在原始森林安静祥和的一方净土中，发出了刺耳的声音⋯⋯这一系列有关地理景观变迁的描写，揭示了金钱对土地和森林的控制、掠夺。

（一）萨满文化与商品经济的碰撞

萨满文化是北方民族的共同祖源文化，在乌热尔图的部分小说中，作为民族领袖的萨满，常常以民族之魂的具象化形象出现。

随着森林中公路等交通设施的完善，外来游客从四面八方如潮水般涌向传统的猎营地，狩猎文化逐渐沦为外来游客猎奇的对象。在《萨满，我们的萨满》中，乌热尔图描述了这样一种境况：

> 他们那种仿佛到了一个新天地的心情；他们那种被某种东西压抑着的内心突然得以释放的心绪，我当时无从揣摩和想象。从他们之中发出的孩子般的欢叫，以及随之而来的，欢快的、笨拙的、蹒跚的、一同扑向驯鹿群的动作，使我坐在一棵树墩旁捂嘴窃笑。当时我觉得他们好似从另一个世界闯入的，只是在某一点与自己有些相似、没见过世面的生物。他们对营地里的一切表现出了没完没了的兴趣，这真使我感到奇怪。他们一个跟着一个挤进那我在里面降生的、平常到了不能再平常的桦树皮帐篷，瞪大了眼，东瞧西看，谁也不知道，他们自己也不清楚到底想在里面发现什么。他们脸上的神情变化之大，使营地里的猎狗都感到惊奇，那神情好似他们在某一处辉煌的圣地和苍凉的古墓之间漫游。我记得有一个傻瓜伸手去摸帐篷里点

着的火堆，结果被狗咬了似的发出一声尖叫。①

　　封闭空间开始出现缺口，小说中德高望重的萨满——达老非被游客发现后，即使在属于自己的林子里、营地里，也被照相机囚禁，遭到了游客"闪电的无终止的照射"。他像一件旅游观光品一样被紧紧地挤在人群中间，被好奇的游客当作商品般肆意地抚摸捏拍，甚至被迫表演跳神。在持续的不堪重负后，"达老非萨满不动声色地把一脬臭屎拉在裤裆里的时候，那些人为了自己的鼻子才在他的周围闪出一小块空地……那是他绝无仅有的最高智慧性的成功反抗"②。作为鄂温克族中神圣的存在，受人崇拜的老萨满在森林中却需要用"一脬臭屎"来为自己争取一小块空间。啼笑皆非间，作者向我们传递的信息其实是，封闭空间打开缺口后，在商品化的境遇中，就连神圣的萨满也被物化，被矮化，沦为了被观赏的活的展览品，令人叹息。最后的达老非躲进树洞，却被众人围猎一般地搜寻发现，在乡长的巧言威逼下，只能又一次披上神袍，他用鄂温克语宣布"我—是—头—熊"，随后开始了"熊舞"表演。这是他自己的选择——"宁愿回到与熊共舞的荒蛮时代"。在这样的屈辱境遇下，老萨满愤怒而无奈的举动，正是对民族文化被猎奇、被冒犯、被不平等对待的绝望反抗。小说在结尾，面对萨满神性的丧失，乌热尔图也表达了自己深深的隐忧："我也说不清楚究竟从什么时候开始，'萨满'——这个代表着鄂温克人的灵魂和力量，这个同整个部族的命运纽结在一起的，江河一样存在了千百年的称呼，一下子在人们的嘴上消失了，好像变成了新的禁忌。"③

---

①　乌热尔图：《小说二题》，《中国作家》1993 年第 3 期。
②　同上。
③　同上。

在《丛林幽幽》中，游荡萨满托扎库的吟唱，犹如来自旷古先祖的洪钟大鸣、人神同体的法术，在展示给鄂温克人时带来的是卑微、恐惧和恭顺。在鄂温克开始下山住进村庄后，托扎库萨满也消失在了人们的视线中。为纪念过去的狩猎生活，政府在河边建造起所谓的"游猎文化博物馆"。小说中的主人对这一承载萨满之魂的人文地理景观嗤之以鼻："当年的猎营地挺有生气，不会是你在克波迪尔河畔的奥彼莱新村，那简陋的、死气沉沉的实物陈列室看到的模样，那几件东拼西凑的狩猎用具，还有一堆由外乡的三流工匠制作的劣等仿制品，让你一眼就看出，只是几个嬉皮笑脸、披着猎人旧装的陌生人在演戏。如果你真把那陋室当成'游猎文化博物馆'，想从那里感受当年猎营地的真实气氛，那可真要上当了……"① 除了这些器物，还有一件沉甸甸的萨满神袍，这件装点有代表自然万象十二面铜镜和勾画着满是象征符号的古老服饰，好在沉睡几十年后被奇勒查家族的人带走了。"虽然它早已与萨满那代表生命和智慧的躯体分离，丧失了灵性，变成一堆无生命、无感觉的实物，但你那与心灵连接的视觉，你的以经络相连的肢体，在与它接触的瞬间，不能不感到战栗，还有紧随而来的不明缘由的敬慕。"②

无独有偶，小说《你让我顺水漂流》中，同样作为鄂温克族的最后一个萨满——卡道布，他的被视为生命的圣物——萨满神袍也被异族人盗窃，廉价卖掉。无助的他几近疯狂，选择把自己包裹在桦树皮中等待死亡，却被"我"意外救下，最终选择让族人把他扔到河里顺水漂流，结束生命，他死时双手攥着仅剩的两件器物：鹿筒和一副光秃秃的旧鹿角。作为族中世代沟通天人的神秘存在，最

① 乌热尔图：《萨满，我们的萨满》，青海人民出版社2014年版，第210页。
② 同上书，第240页。

终却要以生命为代价来反抗被物化、被商品化的生存境遇。

总之，封闭空间的破坏，不仅展示了外来文化的侵入，同时也影射了作为鄂温克文化中心的这一萨满文化群体的精神空间，也在遭受创伤。作者在小说中营造了大量现已几乎不复存在的萨满的神圣性回归仪式，如熊舞等。卡道布虽能预言未来，热爱森林，却无法改变现状，只能坐等厄运降临；达老非同样无力摆脱犹如困兽般的被观赏、猎奇的命运，等等。他们的愤懑、无声反抗不失刚烈，但也很无奈。乌热尔图向这些外来者传达了这样一种人文关怀：两种不同文化的空间壁垒已经打破，面对处于弱势群体的民族文化、狩猎文化、萨满文化，我们需要的不是猎奇的空洞眼光、不是偷盗的野蛮行为、更不可任由无知的好奇心来进行精神上的践踏。我们需要的是理性的保护、合理的开发、适度的交流、双向的理解。超时空的萨满文化描写，是萨满教在乌热尔图内心的厚积薄发，小说中浓厚的充满仪式感的萨满文化气氛，也是他对鄂温克文化的祭祀和追悼。

（二）鄂温克人的精神空间变化

随着地理空间的融合，大量年轻一代的鄂温克人在接触现代文明后，开始个满足于原始的狩猎生活，下山接触现代文明，并在山下定居。乌热尔图的一些小说以一种异常通透精微的笔触描述了多种人物的活动轨迹，活动轨迹的变换也引发了原始猎民思想意识、伦理道德和价值理念的变化，鄂温克人的精神空间出现了复杂的形态。乌热尔图捕捉了在这一商品经济大潮下各色鄂温克猎民群像，在小说中为我们呈现了一个五味杂陈的精神世界。

在《越过克波河》中，为个人利益所驱使，蒙克无视猎人的传统规矩，越过克波河到卡布坎的猎场狩猎，他的这种行为受到了来自年轻一代小猎手波拉的指责："蒙克大叔竟然这样！别人嘴里的东西他也想抠出来，填进自己的肚子里。这也算得上猎手？鄂温克人的老规矩：部落里的好猎手从来都是谦让的，喜欢把自己的猎物分给别人。"① 而最终蒙克被卡布坎猎枪误伤，受到应有的惩罚。作者通过对老猎手卡布坎的谨守森林铁律和青年猎手蒙克的漠视传统、利欲熏心的观念之间的对比，隐晦地表达了鄂温克传统和商品经济观念之间的冲突。

《沃克和泌利格》通篇小说以沃克和泌利格的灵魂对话为主，高密度的对话时时穿插在叙述当中，直到通篇结束我们才能真正理解小说内容。原来沃克与泌利格相约出猎，途中发生了和山外人的接触，但两人观念产生了分歧。对养育他们的森林，鄂温克族老猎人泌利格始终坚守自己的一套规矩，而在年轻猎手沃克看来，这样的故步自封是古板僵化的。观念上的冲突，导致沃克不小心枪杀了泌利格，杀人之后沃克充满了悔恨和愧疚，渴望得到山神的宽恕。小说中既体现了传统鄂温克人对生命的尊重，也入木三分地刻画出了年轻一代内心深处新旧价值观念的剧烈冲突。

追溯鄂温克民族的商品观念，迄今为止，鄂温克人意识到鹿茸、鹿胎等名贵之物是值钱的东西，也不过短短百年。自从有了商品经济的观念后，猎取鹿茸成了各个部族一年之中头等重要的狩猎活动。从乌热尔图的小说来看，这是一种与鄂温克人传统文化相悖的狩猎活动，鄂温克人向来对怀胎母兽和初生幼崽呵护有加。这样残忍的分离行为，是由于猎人屈服于攫取利益的冲动，对关乎生计的物质

---

① 乌热尔图：《萨满，我们的萨满》，青海人民出版社 2014 年版，第 49 页。

的过度渴求，逐渐战胜了珍惜生命的传统价值观。

众所周知，貂毛和松鼠皮是鄂温克族和外界皮货商交易的硬通货，除了鹿茸鹿胎，麝香熊胆也是内地中医趋之若鹜的稀缺药材，这些药材通过皮货商廉价收购或用烟酒茶等外来普通商品交换，将其转运内地以获取高额利润。交流的日益频繁导致了这样一个结果：鄂温克猎人的猎枪瞄准什么，实际上已被唯利是图的商人，或者被内地商品市场这只无形之手固定了。可见，鄂温克人与外界商人之间长久以来逐渐形成的商业关系早已冲破了所谓的"封闭社会"。商品经济的出现，使得鄂温克社会已经不再是质朴宁静的世外桃源。

《最后一次出猎》揭露了猎人的尊严与动物生命之间的冲突。主人公舒日克受到山外商品经济观念的影响，追杀一只怀孕母鹿，猎手的内心独白，显示自己为利益所驱使而心不由己的愤恨，他"开始怨恨那些内地的老客，要不是他们把鹿胎吹上了天，四处宣扬他们的祖先把鹿胎写入了皇家药典，根本就不会有在鄂温克人的猎场里打鹿胎这种事儿！"① 在强烈的利益驱动之下，传统的狩猎习惯和价值观念显得苍白无力："难道按照老人们传下来的规矩，找颗大树砍出山神的模样，在它面前说上一堆好话，那就能糊弄过去吗？他觉得那些老把戏起不了什么作用。"② 以致最后当他狠心打死母鹿后，鹿栽倒的地方，出现的却是自己怀孕妻子的幻象，这瞬间的幻想，折射了一个猎手灵魂深处的悔恨和恐惧。小说结尾时，舒日克麻木懊恼，近乎发疯的悲哀，面对旷野，跪倒在地，深受内心煎熬的他，由此终结了他的打猎生涯，并引发了关于"他者"与"自我"的冲突思考。

---

① 乌热尔图：《萨满，我们的萨满》，青海人民出版社2014年版，第83页。
② 同上。

《雪》中的年轻猎手认为，出猎是靠勇气而非老猎人所言的敬畏自然。从山外归来后，他将古老的狩猎原则抛诸脑后，在急功近利的心理推动下，他悖逆先辈的狩猎法则，一路狂飙，强行猎捕野鹿。在第一次把公鹿活活累死后，无视老猎手申肯就此收手的劝告，反而乘胜追击，被追逐的另一头怀胎母鹿也宁愿放弃生命而不肯屈服，选择了自杀。年轻一代秉持猎民与大自然之间是征服与被征服的关系，而非老猎手的生命伦理观，他的行为与代表老一代传统猎民观念的申肯大叔形成强烈反差。小说的结局是发生了雪崩，一切均毁于瞬间。乌热尔图的观点不言自明：伦布列的结局正是大自然对其的惩戒。同样在《一个清清白白的人》里，主人公将部落群体视作谋求自身利益的手段，这一行为也是受到了商品经济中私有观念的影响。

在强势文化与弱势文化的交流碰撞中，强势文化的一系列生存法则必然会影响弱势群体的意识、精神、心理。乌热尔图的这些小说主人公皆因背离本民族的生存法则而受到惩罚，惨淡收场的相似命运，引发了对生存在现代文明边缘的鄂温克人丧失传统信仰的心灵困境的深刻反思。这也向我们敲响了警钟，如果先进文明带来的不是进步思想，反而将本民族传统文化中的精华部分丧失殆尽，那么，这样的文化交流、融合还有什么意义。正如《一个猎人的恳求》开篇所说："朋友，当狂风卷起漫天风沙的时候，你们可曾想起森林里的小树，那样嫩弱的小树……"① 小说中对鄂温克人精神世界的蜕变深表惋惜，这正是乌热尔图对鄂温克民族走向现代化的忧虑。

---

① 乌热尔图：《一个猎人的恳求》，《民族文学》1981 年第 5 期。

第二十章　乌热尔图小说语言地理学分析

　　"'地理叙事'是一个新提法，顾名思义，大意是指运用各种有关'地理'的叙事手段去推动行文的前进、主题的表达、风格的建构等的叙事方法。"① 当代少数民族文学的"地理叙事"，无疑是极具特色的，其鲜明的表征主要体现在地域语言的运用上。许多民族作家都自觉运用地方话语或少数民族语言灌注在创作文本中，本土或本民族语言资源的鲜活提炼、采撷，为自我声音的阐释开拓了一片相抗衡于"主流话语"的"精神洼地"。这种颇具抵抗意味和自足性的表述方式，复活了被现代空间日益逼仄的民族语境，这一言说方式的博弈，无疑是少数民族作家身份持守的生动体现，也提升了少数民族文学的独特魅力。

　　鄂温克族是一个以听觉为主的民族，传统文化、生存经验，在本真的口口相传中得以传承、延续。乌热尔图是鄂温克族的第一位作家，作为民族代言人，他传递着民间和底层的文化诉求，承载着一个具有强健生命力民族的理想和寄托，其小说对于我们窥视鄂温

---

　　① 肖太云：《文学地理学维度下的中国当代少数民族文学扫描》，《民族文学研究》2012 年第 3 期。

克族文学独具特色的语言表述，有着代表性意义。乌热尔图的小说中存在着大量的无听众式的讲故事的叙述行为，话语结构形式只是一种表象。朴拙平实而又带有原始意蕴的深层表达方式，其实暗含着历史悠久的鄂温克族背后的民族记忆、民族经历，而乌热尔图充当了一个无文字民族口传文化的记录者身份，有着"田野作业"的特点。因此，他的小说的语言表述有着鲜明的地理学属性，按照地理叙事的独特性可以划分为两类：鄂温克民族语言的汉语音译借词和具有地域、民族特色的语言表达方式。

一　乌热尔图小说中的汉语音译借词

鄂温克语属阿尔泰语系满—通古斯语族通古斯语支，分海拉尔、陈巴尔虎、敖鲁古雅三种方言，没有本民族文字。乌热尔图的小说主要是以其出生地敖鲁古雅的语言表述为依托，他的文本作业的完成，是取以音译的汉字来表述鄂温克人的声音的。值得注意的是，鄂温克族书写被识别和为人所知，是以文学作品为媒介的。迟子建虽然也是占有重要地位的描写鄂温克族故事的作家，但由于她汉族作家的身份，因此在一些独有的民族特征、民族记忆或是民族历史的表述上必然有着先天不足。而乌热尔图作为本民族作家"自说自话"式的表达，全面实现了鄂温克语和汉语的转换，如二者在对鄂温克常见事物的命名方式上存在的迥异就可见一斑。

（一）常用词汇

小说中常见词语均是鄂温克语的汉语音译借词，如姐姐、婶母统称为"eki"，母亲称为"enin"，小说中用"额妮"表示。还有"鄂温克人在森林里搭建的 kuaolaobao 即仓库的意思，时间久远，属于游猎时期鄂温克人的生活设施，归属于不同的家族、不同的'乌力楞'，一般存放着猎人的私密物品"①。乌热尔图深知民族形象的建立，离不开具有标签式的民族语汇的支撑，除了北方民族共用、具有普遍性的音译词，他小说中其他汉字拼写的鄂温克专有词汇，皆属首创。

乌热尔图小说中鄂温克民族语言的汉语音译借词

汉语借词	代表含义	小说出处
乌力楞	由血缘关系组成的游猎部落	《瞧啊,那片绿叶》
仙人柱	由木杆和桦树皮搭成的尖顶住宅	《森林里的歌声》
撮罗子	木杆搭成的可拆卸性帐篷	《堕着露珠的清晨》
柱	对住宅的简称	《森林里的歌声》
新玛玛楞	鄂温克部落里推选出来的头领,有大家的代表之意	《森林里的歌声》
塔坦达	说话算数的头儿	《雪》
额妮	母亲	《森林里的歌声》
阿敏	父亲	《森林里的歌声》
努坤咪	我的兄弟	《瞧啊,那片绿叶》
乌娜吉	姑娘	《森林里的歌声》
雅炮安	鄂温克人对日本人的称呼	《瞧啊,那片绿叶》
康苦斯	鄂温克人对土匪的称呼	《瞧啊,那片绿叶》
安达克	朋友,鄂温克人对奸商的称呼	《森林里的歌声》《瞧啊,那片绿叶》

① 乌热尔图:《萨满,我们的萨满》,青海人民出版社 2014 年版,第 271 页。

续 表

汉语借词	代表含义	小说出处
德酷勒萨满	不属于某一家族的萨满,即游荡萨满	《丛林幽幽》
萨曼	懂法术的神医,神的使者	《瞧啊,那片绿叶》
玛鲁	圆形口袋中装有各种神灵象征物的总称	《玛鲁呀,玛鲁》
舍卧刻	祖先的象征	《丛林幽幽》
舍利	蛇神,也是最厉害的神	《丛林幽幽》
乌麦	保护幼儿生命的神	《丛林幽幽》
阿隆	驯鹿群的保护神	《丛林幽幽》
卡瓦瓦、翁基勒	用来驱邪除污的野草和树木	《丛林幽幽》
刻尔根基	什么也切不断的钝家伙	《萨满,我们的萨满》
呼翁基	吹火棍	《萨满,我们的萨满》
邦克	盛碗筷用的盒子	《梦,还有猎营地捅刀子的事》
佳乌	桦皮船	《琥珀色的篝火》
油吱拉儿	冷冻的兽油,鄂温克人过冬的重要食品	《我在林中狩猎的日子》
奥莱翁	鹿哨	《老人和鹿》
犴达罕	驼鹿	《琥珀色的篝火》
索格召	野生驯鹿	《琥珀色的篝火》
埃彼西	您好	《瞧啊,那片绿叶》
西,埃恰	你这是咋了	《瞧啊,那片绿叶》

由上表我们可以看到，这些音译词涉及鄂温克族生产生活的方方面面，既有住所、狩猎工具、吃饭工具等物品名称，还有表示区别本族人和外来人不同身份的专有音译词。这些词语的使用，显示了鄂温克人独特的生活方式，尤其是对神灵的信仰。这些独具民族性、地域性的借词，一方面，给小说文本增添异域风情和陌生感，同时也给日渐通俗化、大众化的当代汉语增添了涩味和异质因素。

在乌热尔图的小说中，鄂温克猎人在森林中常常表现出让人瞠目结舌的惊人记忆力和辨识力。"苏噶拉"是猎人们常用的位移标记，猎手在森林狩猎时的联系全仰仗于此。他们往往在松树上砍出豁口，再用柳树枝编制环状物，拴在一根小木棍上，把木棍嵌于松树缺口上，这个木棍便指示了迁移的方向，而环状物与树干之间的空隙大概表示了行走的距离。山川河流在鄂温克人的眼中皆是富有活力的生命体，在我们看来可能大同小异，但是智慧的鄂温克人给他们赋予了不同的面孔，他们用语言记述着每条河流的形状特点、源头分流点、不同季节的走向，等等。长年累月地穿梭于森林当中，使得每个成熟的猎人在脑海深处构建了一张以河流为血脉的生命之网，记下了这些流动生命的细微差别，并赋予了它们各类极具生趣或人格化的名称，如"额尔古纳河"为黑龙江的正源，是鄂温克honkirnaur的音译，意思就是"鄂温克江"；"金河"意为捡到犴的里脊肉的地方；"牛耳河"是"牛勒"的谐音，指射出的箭头，是鄂温克人留给子孙后代的善意提醒：这是一条水深流急的大河。至今仍在使用的还有贝尔茨河、莫尔道嘎、乌玛、克波迪尔、满归等诸多名称，这些音译汉字基本都源自古老的鄂温克语。

从读者角度来看，以上这些生涩的词语让普通读者阅读，不免会产生陌生感和怪异感，然而这种造成阅读障碍的词语再造，是乌热尔图的良苦用心。因为有着族源标记的文化词语直接用汉语音译，便在某种程度上避免了文化的断裂。在乌热尔图小说的整体汉语叙述中，这些绘声绘色的音译词汇，就像点缀在苍穹中的闪闪星斗，熠熠生辉，耀眼夺目。

（二）其他特殊的音译词

除以上所述，还有一类特殊的表示部族神话、萨满宗教和图腾信仰等深层含义的鄂温克词语，是值得我们关注的。

"刻尔根基"意为"什么也切不断的钝家伙"，"呼翁基"意为"打不死任何野兽的吹火棍"，这类鄂温克语其实是指猎民在猎杀熊所用的猎刀、火枪等器物的词语，这是源于鄂温克人崇拜的熊图腾。与熊的特殊感情而衍生出了一套自己的独特用语，这是受萨满教影响所特有的鄂温克民族语言。"在他们看来，刀和枪是杀伤力极强的凶器，死则是更可怕的词语，所以，鄂温克人对于和他们有亲族关系而倍受崇拜的熊，极其避讳使用这些不吉利的说法，而是使用种种委婉、体面而又含蓄礼貌的语言来表述与熊相关的各种活动和现象，以此来安慰和平衡他们猎到熊后内心深处产生的恐惧、不安，并想用这种尊敬的语言求得熊灵的宽恕。"[1] 在小说《萨满，我们的萨满》中，主人公将达老非萨满称为"老头儿"，这在鄂温克族中实为一种带有恭顺色彩的敬语，和汉语中的"老人家"有异曲同工之处。"在鄂温克语中，'老头儿'又与'公熊'的发音几乎相同。所存在的微妙不同是，'老头儿'一语与'公熊'的称呼相对比，含有'小老头儿'或'老头儿们'的意思；而'公熊'的发音语气

---

① 汪立珍：《论鄂温克族熊图腾神话》，《民族文学研究》2001 年第 1 期。

显露着威严和苍老的意味。"① 老人的社会地位比较尊崇，但与熊相比，鄂温克人自觉略低一等，这种有象征意味的表述，让代表智慧的长者和具有图腾意味的熊发生关联，是一语双关的巧用。

鄂温克人信仰并供奉着诸多神灵："舍卧刻：用木头雕刻的稚拙的小人，一男一女，形体轮廓清晰，罩着皮制的小外衣。这是祖先的象征。舍利：最厉害的神，他的象征物是用铁器制成的长蛇，雄蛇头部三个角，雌蛇两个角。乌麦：保护幼儿生命的神，象征物是松木雕成的小鸟。阿隆：落叶松、桦树上长出的弯曲枝条，它是驯鹿群的保护神。"② 玛鲁神则是一个袋子，里面装有以上各类神灵的象征物。小说中大量描述鄂温克部族在营地迁徙时要将玛鲁神挂在帐篷外的最高处，犯了错误选择自我救赎时也要祭拜玛鲁神。当代表神物的玛鲁沾染血等不洁事物时，要点起篝火，在下面用"卡瓦瓦"野草或"翁基勒"朽木燃烧产生的烟雾来驱邪除秽。

我国幅员辽阔，民族众多，成分复杂，在悠久的历史中形成了多元一体化的格局，其中汉民族以主体民族的身份在整个中华民族中占据主导作用。由于大部分少数民族有着各自的聚居地，因而少数民族文化在表现民族性的同时也常常表现出了地域性的特点。在这样一种多民族文化体系中，许多少数民族由于缺少本民族的文字工具，只能借助汉字来进行文学书写，这样难免造成了少数民族文学向汉族文学的靠拢和归化。

由于汉语的强势语言地位，部分少数民族作家在扩大审美视域的同时，也存在着"自我消解"，失去民族个性的危险，"诸如达斡尔族作家的'李陀现象'等，他们作品取材和表现与汉文学不无两样，造

① 乌热尔图：《小说二题》，《中国作家》1993 年第 3 期。
② 乌热尔图：《萨满，我们的萨满》，青海人民出版社 2014 年版，第 237 页。

成'本文丢失'（达斡尔族文化事实上绚丽多彩），令人遗憾"①。从国家统一和民族团结的层面考虑，以中心话语构建的文学文本有着凝聚民族向心力的重要作用，本无可厚非。但是多元一体的民族文化构成，必然要显示出文学的多样性与差异性。尤其是让那些鲜为人知的少数民族，能够借文学绽放他们的异彩，发出自己的呐喊，显得尤为重要。少数民族作家在汉语写作中音译借词的大量使用，是他们凸显其民族的文化记忆和文学民族特性的无奈之举。

其实，20 世纪八九十年代以来，以地方语言来凸显文化、文学的地方性色彩的，不限于少数民族作家。韩少功在《马桥词典》中，以其天马行空的艺术思维和对"语言与存在"的哲学思考，虚构了一个"马桥镇"。小说通过 115 个地方性词语，构造了一个小小村寨的文化和历史。小说对方言俚语这一地方知识的挖掘和拓展，使得语言横跨在空间和时间的双向维度上。小说的语言地理学属性是很鲜明的，作者于妙趣横生的娓娓叙谈中，让读者领略了边缘语言何以达到"证古"的效应。反观乌热尔图的创作之路，他在历经民族和地域的精神漫游后，逐渐跳出了民族、地域和文化的窠臼，寻找到了弱势文化和强势文化之间得以平等对话的可能。

二 具有地域、民族特色的表达方式

乌热尔图的小说中除了使用大量来源于鄂温克语的汉语音译借词外，还有人物的对话、独白等表述，也体现着独特的地域、民族

---

① 田青:《"田野"关怀与"独语"构筑——关于乌热尔图诗化文本的解读》,《语文学刊》1999 年第 6 期。

特色。鄂温克人在与外部世界沟通之前，其生活主要集中在深山老林，因此一些俗语、日常用语、比喻等，都与他们日常生活中的事物密不可分，这些表述机巧、新鲜，反映了鄂温克人的生存智慧和生活情趣。

如在小说《越过克波河》中，年轻猎手蒙克起初迫切希望去打猎，他认为"人也像一棵小树，去年树枝上冒出十片树叶，今年呢，就该长得更多一些呀"①。心急难耐，无视同行老猎手卡布坎的忠告。卡布坎对蒙克的冒失自大，通过独白的方式表达了担忧："他现在变得这么性急，让人觉得他心里长了一根草，这可不太好。那野草要是长在山坡上真没啥，长在人的心里却早晚是个麻烦。"②并暗示爬到了猎手生涯顶峰的蒙克："谁都在用一生的气力去爬那属于自己的山，但就算你爬到了山顶，容不得你喘上一口气，就会朝山底滑下来。"③在《沃克和泌利格》中，有段对泌利格生气状态的描写："这么大年纪怎么一下变成发了情的公鹿？到了晚上，就是另一番架势了，我觉得自己不小心踩在了一头母熊的后胯上。等你张嘴说话……嘴巴一上一下地扇动着，好像有条小河从里边哗哗地流出来……"④其中还有"我这些话扔到火堆里都不会走样的"，这里的火堆则象征火神是检验话语真诚的重要标准。在小说《雪》中，伦布列讲述自己的英雄往事时，把旗长当年对他的夸赞形容为"就像蹦出火堆的木炭还没凉透呢"⑤。《在哪儿签上我的名儿》里的腾阿道在受到山外人的侮辱后，仍豁达处之，丝毫没有嫉恨之心，他认为这"就像一阵风迷了你的

---

① 乌热尔图：《萨满，我们的萨满》，青海人民出版社 2014 年版，第 42 页。
② 同上书，第 43 页。
③ 同上。
④ 同上书，第 145 页。
⑤ 同上书，第 90 页。

眼,你揉揉眼,却不会去嫉恨是什么沙子迷的你"①。

乌热尔图小说中比喻修辞选取的意象,都跟鄂温克人特定的生活地域、独特的生活方式、宗教信仰,甚至跟鄂温克人独特的感知方式、思维习惯密切相关,这些看似朴素平淡的叙述,生动而有灵气,把鄂温克人生活的方方面面,活灵活现地呈现于读者眼前,这不得不归功于乌热尔图在母语和汉语之间出神入化的转化。

小说中以地理景观作比的表达

作比对象	例句	语境	出处
树木	我的小桦树,你的脸蛋,太阳真的就染不黑吗	拉杰调侃陆辉	《瞧啊,那片绿叶》
	小树长在大树下,是长不好的	波热木大叔鼓励年轻猎手独立自强	《一个猎人的恳求》
	你不该服老,别像那些树,先从树芯里空了	小猎手对老猎手的鼓励	《雪》
日月	没有猎枪,我们还算什么猎人,还怎么打猎?为啥不把太阳和月亮一块没收去	"文化大革命"中,被强行没收猎枪的老猎人对枪的依赖	《一个猎人的恳求》
河流、泉水	怀着一种类似泉眼被石板压住,泉水憋足了气力,即将迸发的冲动	古杰耶和熊展开搏斗,之前积压了怒气	
	我的记忆也变得溪水一般清晰而富有条理了		《萨满,我们的萨满》
	记忆就像河水在河道中被分成两段		《丛林幽幽》

① 乌热尔图:《萨满,我们的萨满》,青海人民出版社2014年版,第156页。

续 表

作比对象	例 句	语 境	出 处
工具	刀刃一般光洁而平展的公路		《萨满,我们的萨满》
	像残缺的斧把,东一截西一块,扔得太久了,以致完全忘记了它的存在	断裂的记忆	《丛林幽幽》
猪	它活得上劲的时候,真像揣了崽儿的母猪,说不上什么时候,在你面前弄出一群活蹦乱跳的东西	努杰姐姐自述,形容以前的猎场物产丰富	《玛鲁呀,玛鲁》
熊	你在山里一转悠就是半年,真象熊一样忘了自己有个窝了	奥莎坎抱怨自己父亲的不辞而别	《静静的等待》
	山外人的心和黑熊的皮一样	乌娜吉拒绝山外人的邀请	《瞧啊,那片绿叶》
松鼠	天空中的乌云翻腾起来,像一群松鼠在撕咬、追逐		《琥珀色的篝火》
	我当时肯定是麻木的,带着摆脱不掉的恐惧,就像一只被夹住后腿的小松鼠	"文化大革命"期间,年幼的"我"遭到了驱逐	《我在林中狩猎的日子》
	天色变成松鼠一般颜色的时候		《最后一次出猎》
鹿	哈协步态轻松犹如猞猁,举手投足间允满了活力,挺像一头野鹿		《哈协之死》
	没想到狼群里能跑出鹿来,汉人里也有这样好心的人	拉杰看到山外也有好心人	《瞧啊,那片绿叶》

续　表

作比对象	例　句	语　境	出　处
鹿	一个群里的驯鹿还有白有灰,人脑袋上的头发也有白有黑	长期受压迫的教杜看到山外也有受苦人	《森林里的歌声》
	狼肉是贴不到鹿身上的	愤怒的延妮娜坚持要杀了汉人流浪儿给儿子昂嘎报仇	
	发了疯似的在林子里跑,挺像一头被野蜂蛰了嘴巴的驯鹿	离开营地的诺克托	《在哪儿签上我的名儿》
蜂	像野蜂一样不分好人和坏人	拉杰误伤山外好人	《瞧啊,那片绿叶》
鸟儿	猫着腰待在一旁,垂着头像受伤的鸟儿缩着翅膀,让你看到的只是她那颤抖的双肩	嘎拉亚死后妻子的状态	《梦,还有猎营地里捅刀子的事》
	就像一只飞鸟——两个爪子是空的	继父嘲笑小猎手没打到猎物归来	《七岔犄角的公鹿》
狍子	什么时候了,狍子脊梁上的毛,你都一把攥不透了	伦布列质疑申肯大叔的预测	《雪》
水獭	一顶谁都想扣在头上的水獭皮帽	伦布列回忆起当年的荣耀往事	
野牛	整个大地开始摇动,一上一下地蹦起来,像发了疯的野牛	山崩	
	心情烦躁,像憋了一肚子怨气又无处发泄的公牛	猎手舒日克追不到母鹿	《最后一次出猎》

作比对象	例　句	语　境	出　处
鼠	达老非保持那鼹鼠一般诡秘而无言,无忧无怨的生活方式……他或多或少改变了鼹鼠一般隐秘的生活,从他藏身的洞穴探出了头	躲避游客追寻的萨满小心翼翼地生活	《萨满,我们的萨满》
	手腕上的表,听它在咔嚓咔嚓地响,像老鼠嚼草根		《最后一次出猎》
马	沙栗马的鼻涕冻成两根冰柱,像野猪的一副獠牙		《最后一次出猎》
	梦,可是一匹扯不住缰绳的野性子马……不管把我驮到哪儿,我都一直骑在它的背上		
	在火光照亮的马屁股大小的地方		
	像一匹瘦马,嚼了满口碎石	努杰笑容	《玛鲁呀,玛鲁》
	瞅的我挺不舒服,就像我是一匹怀了驹的母马	路人对鄂温克人带有歧视性的眼光	《绿茵茵的河岸》
兔子	觉得自己真是懦弱,就像一只没有胆量的兔子	额波看到熊后胆怯跑掉	《棕色的熊——童年的故事》
鱼	人群来了一拨又一拨,像早春洄游的鱼群	外来人	《萨满,我们的萨满》
鹰	鄂温克人走在林子里,像山鹰飞在天上,从来不知道累的	猎手拉杰对走累的山外人陆辉说	《瞧啊,那片绿叶》
蛤蟆	就像夏日河湾里的蛤蟆,张大了嘴巴喘着粗气	跑得太急	《最后一次出猎》
蚂蚁	林子里的那么多生人,像一窝窝长满白牙蚂蚁,爬来爬去	外来人	《玛鲁呀,玛鲁》

从上表所列的不难看出，这些话语是长久以来，鄂温克人在生产生活中形成的一系列特殊的表达方式，作比的对象皆取自森林常见的地理景观。这里，不同动物有着不同的象征性意义。例如，多篇小说中用蹲仓的老熊来形容动作迟缓者，使人读来更觉得新鲜，饶有趣味。这种相对封闭、自言自语的表达方式，不仅由鄂温克猎民祖祖辈辈独特的狩猎生活方式决定着，正如孙国亮所说"这种语言既沉淀着与山相依的怪异与奇崛，又泛溢着与水相依的鲜活与透亮"①；而且是乌热尔图地方意识、身份持守的生动体现。

在全球化的背景下，趋同和差异、中心和边缘、强势和弱势等不同文化之间的较量，再次成为人们关注的话题。我们向来赞同文化多元共生的局面，个体和差异性的言说虽然在一定程度上受国家话语的规约，但求同存异的文化战略，使得边缘话语拥有足够的言说空间。乌热尔图作为鄂温克族第一位作家，能够站在多元共生的文化高度，敏锐地审度鄂温克文化的生存状态和未来走向，试图避免"个体"陷入危机。因此，他通过具有鲜明的民族性、地域性的语汇和修辞方式，表达他对即将消失的母族文明和生活方式的留恋；同时，也正是通过这种方式，他让这个鲜为人知的少数民族的文明和生活方式，得到了发扬光大，凸显了鄂温克民族独特的地位和文化价值。就小说文本而言，作者自觉借助具有民族和地域特色的语言和修辞方式，丰富和增强了小说的语言张力，使他的小说与同时代作家相比，更具创造活力和新鲜感。

从整体来看，乌热尔图有着自觉的地理建构意识，对小说中独具特色的山、水、森林、雪等自然物象、地理地貌和众多飞禽走兽，

---

① 肖太云：《乌江风情的书写与土家精神的现代诠释——田永红小说创作研究》，《民族文学研究》2010 年第 2 期。

他始终用着充满地域特色的诗性语言来呈现，使得小说的地理空间显得更加饱满、充实，从而为作品的森林故事搭建了坚实的框架，使之有了着床之地。"审美活动除了其实践的形式之外，还存在它的内在的精神形式：这就是感情洋溢而闪烁理智光辉的审美印象。乌热尔图的诗化文本，取了一种'文化考查'的态度，使其文化与文学一体化。"① 这样，乌热尔图一方面完成了由个体向群体代言人的角色转换，另一方面也彰显了本民族自我言说行为的构建诉求。

结　语

乌热尔图不仅作为一名优秀的文学工作者、文化传播者，更不失为一名地理学家、环境保护先锋。质朴的笔锋在向我们展示了另类世界的特质文化时，也在启发着我们对民族精神、深层文化的思考。

从一种文化步入另一种文化的路径中，对弱势文化行使肆意掠夺和任意处置的方式，以及傲慢无礼、自以为是的高位者姿态，是极不合理的。在跨文化交际中，平等、真诚、互助、理解，才是应秉持的基本道德准则。任何群体、民族，都具有"自我阐释权"。乌热尔图作为鄂温克族历史的回顾者、亲历者，自觉地担负起了表达本民族声音的重担，疏离、叠合、呼喊式的小说创作，为当代文坛填上了一抹极具边缘活力的亮丽色彩。正如乌热尔图所说："我力图通过自己的作品让读者能够感觉到我的民族的脉搏的跳动，让他们

---

① 田青：《"田野"关怀与"独语"构筑——关于乌热尔图诗化文本的解读》，《语文学刊》1999 年第 6 期。

透视出这脉搏里流动的血珠，分辨出那与绝大多数人相同，但又微有特异的血质；我希望我的读者能够听到我的民族的跳动的心音，让他们看到那样一颗——与他们的心紧密相连的同样的心。这是因为惟有在人的心灵上才能刻上历史的印迹，时代的烙印；这是因为心是人的生命的标志，力量的源泉。"①

同时，乌热尔图在小说中为地理景观、空间关系、历史沿革等赋予的不同意义，也给我们展示了作者对狩猎文化的珍视和保护意识。"文学作品不只是简单地对地理景观进行深情的描写，也提供了认识世界的不同方法，揭示了一个包含地理意义、地理经历和地理知识的广泛领域。"② 文学地理学使我们站在了时间和空间的双重维度上去审视乌热尔图的作品，他的小说不拘泥于既有的主流写作形式，对本民族艺术价值审美习惯的坚守，以及对鄂温克同胞的赤诚忧思，表达了他对这片生于斯长于斯的热土的感恩之心。正如乌热尔图在应邀去澳大利亚纳姆地保留地参观时，采访的部落代表玛瑞娅所说："我们属于这片土地，而不是说我们拥有这片土地；我们负责照顾这片土地。"③ 而他，至今笔耕不辍，用文字在始终如一地捍卫着这片土地。

---

① 乌热尔图：《写在〈七岔犄角的公鹿〉获奖后》，《民族文学》1983 年第 5 期。

② ［英］迈克·克朗：《文化地理学》，杨淑华、宋慧敏译，南京大学出版社 2003 年版，第 52 页。

③ 乌热尔图：《穿行在澳大利亚的北部地区》，《骏马》2007 年第 6 期。

后　记

　　仓促中校完这部书稿，已是暮春三月，可兰州依然这么春寒料峭。兰州仿佛没有春天，在严寒中翘首春暖花开。在不经意地等待中，冬的尾巴已碰到了夏的脚趾间。我们的青春恰如这不经意间溜走的春光。这些年来，看到当年自己刚参加工作时的上司、前辈……一个个都退休了，蓦然发现，我们现在就成了当年的他们。浑然不觉间，我们已到中年！

　　在日复一日的奔波间，枉费了青春，忘却了诗意。每当深夜扪心，"长恨此身非我有"。我是何其羡慕闻一多"西窗剪烛，杯酒论文"的优雅，郁达夫"何当放棹江湖去，浅水桃花共结庵"的洒脱。

　　生命经不起等待，意义经不起追问……

　　本书在草创过程中，受益于多方面人士和机构。2008 年至 2010 年，我在华东师大中文系从事博士后研究期间，我的合作导师陈子善先生，给我布置的书目中，有一本英国学者迈兑·兑朗的《文化地理学》。没想到这次不经意的阅读，成了我后来涉足文学地理学研究的基础和契机。近年来，从事中国文学地理学研究的国内学者，杨义、梅新林、曾大兴诸位先生的著作，给了我很多启发。美国华裔学者、"人本主义地理学"（humanistic geography）的创始人段义孚先生，他的《恋地情结》《逃避主义》《经验透视中的空间与地方》等皇皇巨著，使我对人地关系有了全新的认识，也为我从文化地理学的角度研究中国现代文学，打开了一孔新的窗口。我对诸位学术前辈开拓性的研究，深表钦佩！

我的同事李小红博士和陈力副教授分别撰写了本书的《甘肃地理与甘肃当代文学审美特征》和《地理环境的多样化与甘肃当代长篇小说创作》两章。我的两位硕士研究生庞彦婷和陈浩然分别完成了《文学地理学视野中的张承志小说》和《文学地理学视野中的乌热尔图小说》两大问题的研究。我对他们的支持和参与深表谢意。

本书的部分课题在研究过程中，受到甘肃省社科基金、国家民族事务委员会"中青年英才培养计划"和西北民族大学科研创新团队计划的资助；本书的部分成果，曾在《中国现代文学研究丛刊》《西北师大学报》《现代中文学刊》《中国社会科学报》等刊物得以发表；本书的出版，得到"西北民族大学重点学术著作出版资助项目"和"西北少数民族文学研究中心"的经费支持；郭晓鸿博士不辞辛劳，再次担任拙作的责编，让我不胜荣幸。感谢以上机构的经费支持和编审人员，为拙作发表付出的辛苦。

本书虽然是我们尝试用新的理论和视角去研究现代西部文学，但由于对理论的理解和运用并不娴熟，加之缺乏细致的推敲和琢磨，使得我们对有些问题的论述略显粗疏，我们深切期待能得到同行的批评和指正。

最后，我要感谢我的父母和家人，他们永远是我坚强的后盾！

张向东

2017 年 4 月 20 日于兰州安宁